책숲마실

책밭을 거닐고픈 숲사람
숲에서 숲으로 숲을

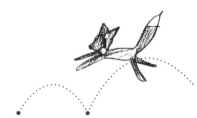

책숲
마실

숲노래 기획
최종규 글·사진
사름벼리 그림

스토리닷

벼리

고작 1000곳 남짓
다녔지만

지난 서른 해 동안 고작 즈믄(1000) 군데가 넘는 책집을 다녔습니다. 제 마음 같아서는 얼추 오천이나 일만이라는 책집을 다녀야 비로소 '책집을 말할 만하지 않나' 하고 여겼습니다. '만 곳에 이르는 책집을 다니며 책집마다 백 자락쯤 책을 장만해서 읽고 나면, 만 군데 책집을 다니며 백만 자락쯤 되는 책을 읽으면' 비로소 책집이며 책을 차분차분 말하면서 상냥상냥 노래하는 글 한 줄을 적바림할 만하다고 여겼습니다. 고작 즈믄 군데쯤 되는 책집을 다녔습니다만, 이 발자취 가운데 열 해치를 《책숲마실》이란 이름으로 추려 봅니다.

모든 책은 숲에서 왔기에, 이 숲을 담은 책을 어디에서나 즐겁게 읽으며 아름답게 피어나기에, 우리 스스로 활짝 웃고 노래하는 살림을 지으면서 너나없이 어깨동무하는 길을 나아가기를 꿈꾸이에, '책 + 숲 + 마실'이란 이름을 지어 보았습니다.

언제나 한결같이 돌아봅니다. '듬직한 책집이건 스러진 책집이건 모두 우리한테 마음을 살찌우고 사랑하도록 북돋우는 사랑스럽고 참한 이야기꽃이라는 씨앗을 남기는 빛살'이라고. 책에서 빛을 찾고, 빛에서 숲을 보며, 숲에서 다시 책을 마주하며 하루를 읽습니다. 아름책을 보여준 모든 마을책집을 하나하나 그려 봅니다.

8

나무 곁에 책집 있고
책집 옆에 숲이 있고
이 둘레에 집을 짓고
집집이 어울려 마을로

마을에 책집을 여는 마음을 생각합니다. 즐겁게 일하며 아름다운 이웃·동무·글님을 만날 뿐 아니라, 이 마을에서 살아가는 보람까지 누리는 길입니다. 힘들거나 지치는 날이 있을 테고, 책손이 뜸한 날이 있겠지요. 그렇지만 책집에 건사한 모든 책이 저마다 다른 소리로 나긋나긋 노래를 들려줍니다. "걱정은 언제나 걱정을 낳으니, 늘 노래를 낳는 노래를 불러 봐. 이 마을에 지은 이 사랑스러운 책숲을 그려 봐."

이곳에 이웃이 있으니 이곳에서 즐겁습니다. 저곳에 동무가 있으니 저곳으로 가는 길이 신납니다. 그곳에 글님이 있으니 그곳으로 찾아가서 만날 글님 생각에 발걸음이 가볍습니다. 마음으로 삶을 바라보고, 마음으로 삶을 노래하기에 시를 쓴다고 느낍니다. 마음으로 사랑을 생각하고, 마음으로 사랑을 꿈꾸기에 시를 읽을 수 있다고 느낍니다.

사전 짓는 책숲 '숲노래'에서
글쓴이 적음

일러두기

ㄱ 이 책을 쓴 사람은 '우리말사전(국어사전)'을 쓰는 일을 합니다. 책숲마실을 다닌 이야기를 틈틈이 갈무리했고 글로 남겼는데, 우리말사전을 쓰는 사람이다 보니, '사회에서 흔히 쓴다는 일본 한자말이나 번역 말씨'를 좀 손질하거나 바꾸어 보자고도 생각합니다. 그래서 '간판'을 '알림판'으로, '기차역'이나 '버스터미널'을 '기차나루·버스나루'로, '책 한 권'을 '책 한 자락'으로 '책방'을 '책집'으로, '여행·순례·투어·방문·산책'을 '마실·나들이·찾다·찾아가다'로, '동네'를 '마을'로 고쳐서 씁니다.

ㄴ 책집 연락처는 따로 안 밝힙니다. 사라진 책집이 있고, 옮기는 책집도 있지만, 요새는 책집 연락처를 손전화로 알아보기 쉽기 때문입니다. 그리고 손전화나 셈틀로 책집 연락처를 알아보다 보면, 그 책집 곁에 있는 다른 책집도 알아볼 만해요.

ㄷ 책집을 나들이하며 장만한 책을 이야기 끝에 붙이는데, 그 책집에서 장만한 책을 모두 붙여놓지는 못합니다. 한글로 도무지 옮기기 어려운 나라밖 책도 많고, 책이름만 늘어놓아도 길이가 넘치는 바람에 미처 다 적어 놓지 못했습니다. "이름을 밝히지 못한 책들아, 너희를 사랑하지만 너희 이름을 다 밝히지 못했단다, 너그러이 봐주렴!"

ㄹ 이 책에 실은 사진은 모두 다른 마을책집입니다. 2011~2020년 사이에 다닌 책집은 꼭지에 맞추어 넣고, 2010년까지 다닌 책집 사진은 해나눔이나 칸나눔을 하는 자리에 넣었습니다.

ㅁ 자주 드나든 책집이 있고, 틈틈이 찾아간 책집이 있으며, 아직 한걸음만 한 책집이 있어요. 책집을 다닌 모든 이야기를 이 책에 담지는 않습니다. 그동안 다닌 책집을 놓고서 한 곳마다 딱 하루치 이야기만 뽑아서 엮습니다.

신촌 언저리
헌책방 2럼
-최경희 그림-

2001년
8월

경성중고

우리은행
버스
135-1,
135-2,
138,
82번

성서초등학교
+
02)324-6353
들머리 헌책방

양화도
유적지

조폭
적십자

02)337-6044
영광서점

버스
131
135-2

명지대
전철 6호선

청기타
우리

버스

서교
가든

성산
초등학교

국민은행

전철2호선
오이터

서교텔

129-1, 130, 921, 1003
139, 426, 588,
103, 118, 129, 131,
버스

버스

주택은행

밀씨
생명

제일
호텔

한타운
복지리

전철 2, 6호선 합정역
지하철

양화대교

버스

버스

버스 < 지하철 6호선
2, 7, 361 당산역

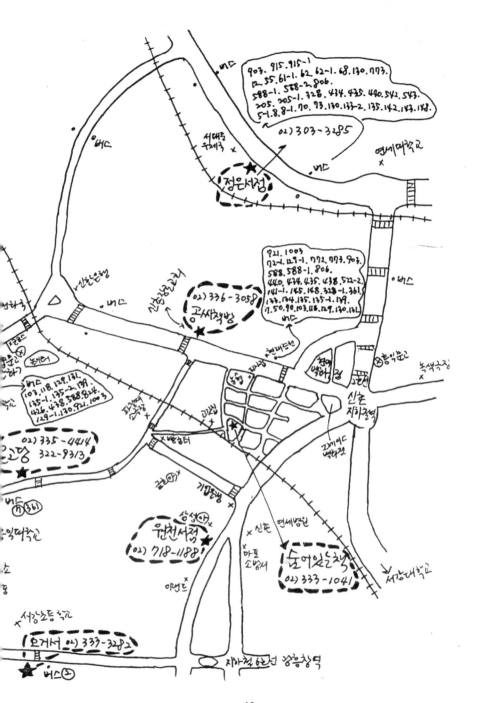

13

이 도서관에 놀러오실 누구는
바람을 타고 단풍나무,
벗나무, 자주빛나무가 선 곳으로
날아와 주세요.

2011년

나라밖에서 나온 클림트 책을 곰곰이 살피다가 문득 느낍니다. 좋은 노래라 한다면 우리말로 흐르는 노래이든 일본말로 흐르는 노래이든, 늘 좋은 노래예요. 좋은 사진이라 한다면 헝가리사람이 찍었든 우리나라 사람이 찍었든, 언제나 좋은 사진이에요. 좋은 그림이라 한다면 스리랑카사람이 그렸든 이웃나라 사람이 그렸든, 노상 좋은 그림입니다. 저는 좋은 노래, 좋은 사진, 좋은 그림을 사귀면서 이 삶을 좋은 넋으로 보듬고 싶습니다. 저는 좋은 책에 깃든 좋은 사랑을 읽으면서 이 마음을 좋은 꿈으로 돌보고 싶습니다.

책이란 길,
삶길 말길 사랑길 사람길 마음길

인천 〈아벨서점〉

인천에서 '동인천'이라는 곳은 초 · 중 · 고등학교가 많이 모인 곳이기도 하지만, 사람들이 먹고 마시고 노는 가게도 잔뜩 모입니다. 이제는 옮긴 축현초등학교가 술집 · 고기집이며 줄줄이 늘어선 골목 한쪽 모퉁이라 할 만한 자리에 울타리를 마주했지요. 여기에 새책집 · 헌책집도 가까이 줄줄이 있었고요. 이 둘레 학교가 옮기며 마을이랑 책집도 줄어들었어요.

벼슬아치 · 구실아치한테 생각힘이 있었다면 오랜 학교를 안 허문 채 마을살림터 · 마을놀이터로 바꾸거나 열린책터 · 열린놀이터 · 열린모임터로 돌렸겠지요. 옛마을을 숱한 학교를 새마을로 옮기더라도 예전 학교를 마을에서 새로 꾸며서 옛마을이 옛마을스러운 멋으로 깃들도록 하면 됩니다. 그러나 오래된 축현초등학교를 허물 적부터 인천은 살림꽃(문화행정)이 쩸치였지 싶어요. 흙놀이터를 밀어 시멘트바닥으로 청소년문화회관을 만들면서, 동인천역 앞마당을 없애고 백화점을 끌어들이겠다고 어수선판을 꾀하면서, 옛마을 가꾸기랑 동떨어진 채 삽질만 해댔어요.

이제는 떠난 인천이지만, 이 고장을 새로 찾을 적마다 막삽질로 파헤친 자국이 멍울처럼 보입니다. 그래도 마을사람은 골목 한켠에 꽃씨를 심고 나무를 돌봐요. 철마다 숱한 꽃이 갈마들고, 여름부터 온갖 열매가 맺습니다. 살구, 복숭아, 오얏, 탱자, 석류, 능금, 대추, 감이 잇달아 맺는 깊디깊은 골목을 품은 숨결을 두 다리로 거닐며 읽을 줄 아는 살림꾼 눈빛을 꿈꾸면서 배다리 헌책거리로 걸어갑니다.

다달이 여는 '시읽기잔치'로 살뜰한 〈시다락방〉을 건사하는 〈아벨서점〉에 들러 곁님 뜨개책이며 아이들 그림책을 잔뜩 고르고, 제가 건사할 사진책이며 이야기책을 한가득 살핍니다. 책값을 셈할 즈음 책집지기하고 이야기가 흐릅니다. "책이란 뭘까요?" "책이란 길 아닐까요?" "그렇지? 사람이 사람답게 걸어가는 길이 책이 아닌가 싶어." '책길'을 종이에 적다가, 삶길 말길 사랑길 사람길 마음길 같은 말을 더 적습니다. 살림길 글길 숲길 꽃길 생각길 같은 말도 더 적습니다.

책을 만나는 일이란, 책에 깃든 사람들 숨결을 만나는 일이라고 생각합니다. 두 손으로 이 숨결을 만나고, 두 눈으로 이 숨결을 읽고, 두 다리로 이 숨결하고 이어집니다. 책을 읽는 일이란, 책을 짓고 엮은 사람들 손길을 마주하는 일이라고 느낍니다. 책집에 들러 책을 장만할 적에는 책을 내놓고 다루는 사람들 사랑을 나누고요.

《황금구슬과 종이비행기》(푸른나무 이야기모임 엮음, 푸른나무, 1989)
《만화창작 1》(편집부, 만화창작사, 1999.10.)
《사진과 사회》(지젤 프로인트/성완경 옮김, 눈빛, 1998)
《주역은 못난이》(문여송, 미소출판국, 1979)
《세계사진가론 1900-1960》(육명심, 열화당, 1987)
《나비타령》(이양지, 삼신각, 1989)
《사진기술개론》(제리 율스만·커크 커크패트릭/이복희·박종우 옮김, 해뜸, 1987)
《증보조선소설사》(김태준/박희병 교주, 한길사, 1990)

길들지 않기에 빛나는 길

수원 〈오복서점〉

요새는 알찬 그림책이 꽤 많이 나와요. 지난날에 대면 책을 무척 넉넉히 누립니다만, 어린이한테 새로운 그림책은 건네더라도 '책쥠새'를 찬찬히 일러 주거나 가르치는 어버이나 샘님이나 책지기를 만나기란 퍽 어렵습니다. 손바닥책 쥠새, 그림책 쥠새, 만화책 쥠새, 양장본 쥠새, 무겁고 커다란 책 쥠새는 다 다릅니다. 쥠새뿐일까요. 꽂음새도 다르지요. 그러나 이를 갈무리하는 이도 드물고, 아니 없다시피 하고, 이 대목을 짚거나 이야기해도 시큰둥한 얼굴인 분이 많아요. 어느 도서관에 가서 책 이야기를 펴다가 쥠새 이야기를 했더니 '바쁜데 뭘 그리 따지느냐'는 핀잔을 들었습니다. '그렇게 따지지 않고 쥐어도 책이 다친다는 생각을 하지 않는다'고도 하더군요. 가만 보면 이 나라 도서관에 꽂힌 책치고 깨끗해 보이는 책이 드뭅니다. 커다란 새책집에서도 보기책은 대단히 지저분해요. 아무리 보기책이라 하더라도 책을 그렇게 마구 다루고 너덜거리도록 해도 좋을까요?

일본사람 시노야마 기신 님이 있습니다. 이분은 누에천길(실크로드)에 꽂혀 몇 해 동안 그 길을 걸었고, 사진책 여덟 자락으로 낸 적 있어요. 〈오복서점〉에 이 책이 들어왔기에 석 달치 살림돈을 긁어모아 모두 장만하기로 합니다.

잘 찍은 사진이라서 좋은 사진이 되지 않습니다. 잘 못 찍은 사진이라서 나쁜 사진이 되지 않습니다. 멋스러운 사진을 모으기에 좋은 사진책이 되지 않습니다. 멋이 안 나는 사진을 모으기에 나쁜 사진책이 되지 않습니다. 이야기를 담기에 사진입니다. 이야기를 엮기에 사진책입니다. 사진을 찍은 한 사람 이야기만 담을 수 있고, 사진을 찍은 사람하고 만난 숱한 사람들 이야기를 골고루 담을 수 있습니다.

이 나라에는 '예쁜 사보 사진'을 찍는 분이 많습니다. '쏠쏠히 돈벌이하는 사진'을 찍는 이가 참 많아요. 쉬운 일에 길든다기보다, 틀에 매여 삶 · 사람 · 사랑을 못 느끼고, 삶 · 사람 · 사랑을 찾지 못하거나 아끼지 못하는 사진길이지 싶어요.

굳이 '무겁게' 사진을 찍어야 하지 않아요. '제3세계'를 찍어야 다큐사진이 되지 않아요. 우리보다 가난한 나라로 찾아가야 '이야기 있는 사진'을 찍을 수 있지 않아요. 생각하는 사진쟁이가 아니라면 제3세계를 찾아간들 똑같이 '예쁜 웃는 얼굴 사진'만 빚습니다. 사랑하는 사진쟁이가 아니라 한다면 그저 '무겁게'만 찍어 무거운 짐덩이를 빚습니다.

《シルクロード 1 日本》(篠山紀信, 集英社, 1982)
《シルクロード 2 韓國》(篠山紀信, 集英社, 1982)
《シルクロード 3 中國 1》(篠山紀信, 集英社, 1982)
《シルクロード 4 中國 2》(篠山紀信, 集英社, 1982)
《シルクロード 5 パキスタン·アフガニスタン·イラン》(篠山紀信, 集英社, 1982)
《シルクロード 6 リシア·ヨルダン·イラク》(篠山紀信, 集英社, 1982)
《シルクロード 7 エジプト》(篠山紀信, 集英社, 1982)
《シルクロード 8 トリコ·ギリシア·イタリア》(篠山紀信, 集英社, 1982)

혜화동 헌책집 마지막 마실

서울 〈혜성서점〉

어제 3월 30일 아침, 서울 혜화동 헌책집 〈혜성서점〉 지기님이 전화를 하셨습니다. "4월 5일에 책방 문을 닫게 됐어. 한 번 올라올 수 있나. 저녁이나 같이 먹지?" 이른아침부터 신나게 놀던 아이를 재우고 겨우 고단히 잠자리에 누우려다 일어나서 집안일을 추스릅니다. 밤을 꼴딱 새워 기저귀 빨래를 비롯해 갖은 집안일을 마칩니다. 새벽바람으로 자전거를 몰아 길을 나섭니다. 마을 앞을 지나가는 시골버스는 늦거든요.

헌책집 〈혜성서점〉에 닿습니다. 등판이 땀으로 절었습니다. 책집을 코앞에 두고 사진을 몇 자락 찍습니다. 책집지기님한테 꾸벅 절을 합니다. 지기님은 웃는 얼굴입니다. 이야기를 할 적에 그저 웃습니다. 〈혜성서점〉 지기님 웃음이 쓴웃음이라거나 슬픈 웃음이라거나 아쉬운 웃음이라거나 느끼지 않습니다. 〈혜성서점〉을 처음 만난 열 해쯤 앞서부터 오늘에 이르기까지 지기님은 언제나 웃는 얼굴이었습니다.

책집을 통째로 다른 곳에 넘기기로 하셨답니다. 오늘 낮에 한쪽 책꽂이를 조금 덜어 짐차를 불러 실어 갔다고 합니다. 텅 빈 자리를 바라봅니다.

조금 일찍 왔다면 아직 책이 꽂힌 모습을 마지막으로 찍을 수 있었을 텐데 하고 생각하다가, 이렇게 쓸쓸하게 빈 모습하고 아직 가득 쌓이거나 꽂힌 모습을 나란히 바라보는 모습을 찍을 수 있어도 좋지 않겠느냐고 생각을 바꿉니다.

1960년대 첫머리부터 샛장수를 하며 때때로 길장사를 하기도 했다는 〈혜성서점〉 전인순 님은 1978~79년에는 이 자리 맞은켠에서 꽤 작은 가게로 알림판 없이 헌책집을 꾸렸다고 합니다. 두 사람이 함께 꾸리다가 서로 따로 가게를 차리기로 하며 이곳에서 1985년부터 가게를 꾸렸다고 하니까, 한 자리 스물여섯 해이고, 헌책집 살림으로는 서른두어 해입니다. 서른두어 해 동안 얼마나 많은 책이 이곳을 거쳐 새로 빛을 보았을까요.

사진을 한참 찍고 나니 비로소 몇 가지 책이 책시렁 곳곳에서 눈에 들어옵니다. 꽂힌 채 그저 바라보기만 합니다. 그래도 차마 어루만지지 않을 수 없기에 두어 자락은 살며시 뽑아 봅니다. 살며시 뽑고는 가슴으로 살살 쓰다듬은 다음 고개를 가볍게 숙이고 제자리에 꽂습니다.

이제 〈혜성서점〉 지기님하고 저녁을 같이 먹습니다. 처음입니다. "한 권 한 권 이 책을 모으려고 해 봐. 돈이 얼마가 드나. 한꺼번에 가져간다면 싸게 치이겠지만."

버릴 책이 있을까요. 버릴 책이 없다기보다는, 저마다 다르게 아름다이 빛나는 책이 있습니다. 저마다 다른 이야기와 손자취가 서린 책이 있습니다. 1938년에 태어나 스물을 갓 넘긴 1960년대 첫무렵에 샛장수로 책을 처음 만진 발걸음은 2011년 4월 5일로 마감합니다. 숱한 책을 나르던 짐자전거도 오늘이 마지막입니다. 그동안 고마웠습니다. 언제나 아름다운 책을 만날 수 있도록 두 손에 굳은살 박히며 책먼지 흠씬 뒤집어쓰신 땀내음을 고이 건사하겠습니다.

길을 틀다

춘천 〈경춘서점〉

작은아이가 태어나서 자라날 곳을 헤아리며 새로운 시골을 찾을 적에 강원도 춘천에 계신 분이 찾아왔습니다. 새터로 가려 한다면 춘천 김유정문학마을 한켠에 새롭게 집을 올려서 칸마다 다른 도서관을 꾸미면 어떻겠느냐고, 새집을 올리기까지 여러 해 걸릴 테니 그동안 춘천 시내 한켠으로 우리 도서관을 옮긴 다음에, 새집이 다 되면 시골자락 보금자리에 도서관을 누리면서 춘천에 책마을을 이루면 좋지 않겠느냐고 물으셨어요.

곰곰이 생각하며 춘천을 들락거렸고, 그리 하면 좋겠다고 여겼습니다. 이러면서 춘천 어디쯤에 살림집을 놓고 도서관은 어디쯤이면 좋으려나 하고 자전거로 골목골목 누비기도 했습니다. 춘천에서 책빛을 밝히는 〈경춘서점〉에서는 오랜 춘천 살림을 보여주는 묵은 졸업사진책을 여섯 꾸러미 장만했어요. 다른 터로 더 옮기지 않아도 되고, 또 우리 살림집하고 도서관을 옮길 삯을 춘천에서 대준다고 하셔서 그동안 건사한 목돈을 〈경춘서점〉을 드나들며 책값으로 신나게 썼습니다.

일이 99.99퍼센트가 마무리될 즈음 곁님이 불쑥 한 마디를 합니다. "여보, 그런데 춘천에 그렇게 골프장이 많아요?" (뜨끔) ……." "골프장이 그렇게 많으면 우리는 깨끗한 물을 어떻게 마셔요?" (뜨끔) ……." "우리가 시골에서 사는 뜻은 맑은 물하고 바람하고 해인데, 물이 안 되는 곳으로 가서 살 수 없잖아요? 아이들한테 어떤 물을 먹이려고요?"

살림집도 도서관도 새터를 찾을 수 있습니다만, 그곳 둘레에 잔뜩 있는 골프장을 우리가 치워 버리지 못한다면, 우리 보금자리를 춘천으로 옮기지 못하겠다고 깨달았습니다. 한참 헤매면서 길을 찾으려 했으나 도무지 길이 안 보이더군요. 그래서 우리를 춘천으로 데려가고 싶어한 분들한테 고개를 숙여며 손사래를 하기로 했습니다. 춘천에 터를 잡으면 적어도 이레마다 들르리라 여긴 〈경춘서점〉에 언제 다시 올 수 있으려나 하고 생각하며 찾아갑니다.

1975년치 전화번호부가 보입니다. ㄱㄴㄷ으로 나오는 흐름에서 '서점'을 살피니 춘천 〈경춘서점〉은 "경춘서점 7234…중앙2-29"로 나옵니다. 이 밖에 원주는 서점 전화번호가 안 나오고, 강릉은 〈삼문사〉와 〈삼일사〉 두 군데가 나옵니다. 그러나 전화번호부에 오르지 않은 책집이 많아요. 전화를 안 놓은 데가 많았거든요. 게다가 예전에는 꽤 많은 헌책집이 알림판도 이름도 없이 책을 사고팔았습니다. 조그마한 마을을 밝히는 조그마한 책집으로 서로 이웃이 되었어요.

《이주》(박경주, 다빈치 기프트, 2005)
《韓日의 廣場》(한일뉴스) 20호(1986.6.)
《강원 전화번호부 75》(원주체신청, 1975)
《계해생 친목회》(1982)
《숭실대학교 1988 달력》
《춘천 사범학교 14회 졸업사진책》(1957)
《월간사진》 467호(2006.12.)

2011.9.10.

책집골목

부산 〈충남서점〉

새책집 여러 곳이 나란히 있는 책집골목이나 책집거리는 찾아보기 어렵습니다. '똑같다 싶은 책'이 있을 테니 쉽지 않을 만합니다만, 저마다 다른 갈래를 저마다 다른 눈빛으로 갈무리하고 건사하는 '빛깔 있는 책집'으로 가꾸면 돼요.

날마다 새로 나오는 모든 책이 모든 새책집에 꽂히지는 않습니다. 책꽂이에 하루도 꽂히지 못한 채 스러지는 책이 수두룩합니다. 누가 찾으면 그제서야 갖다 놓기는 하되, 꽂지 않고 '물어본 사람한테 바로 건넬' 뿐입니다. 이 대목을 헤아려 새책집마다 다 다른 빛깔로 다 다른 갈래 책을 알뜰히 그러모으면, 새책집마다 새롭고 재미난 책시렁을 누릴 만해요. 참고서뿐 아니라 베스트셀러랑 스테디셀러까지 치우면서, '책집지기 스스로 사랑하고 아끼고 싶은 아름책'을 정갈하게 그러모아 알려주고 보여주어 다루는 책집골목이나 책집거리를 이룰 만합니다.

이른아침에 보수동 헌책집골목이 기지개를 켤 무렵 천천히 거닙니다. 이곳에서 두어 자락, 이다음 곳에서 두어 자락, 그다음 집에서 석 자락씩 고르니, 어느새 책꾸러미가 묵직합니다. 열 군데 책집에서 두 자락씩만 골라도 스무 자락입니다.

두 손이 무거워 보수장 여관으로 갑니다. 이곳에 여러 날 묵으며 보수동 헌책집골목에서 책을 구경하고 사람들을 만납니다. 아침부터 책집마실을 하며 고른 책을 여관 한쪽에 내려놓습니다. 빈 종이꾸러미를 몇 얻어서, 그날그날 고르는 책을 차곡차곡 담습니다. 시골집으로 돌아가기 앞서 책꾸러미를 그득 채워 부치려고요.

새로 빈손이 되어 헌책집골목에 섭니다. 〈충남서점〉에 들릅니다. 1936년에 태어난 오진태 님이 1981년에 내놓은 사진책《바닷소리》를 읽습니다. 사진책《바닷소리》는 부산에 있는 인쇄소에서 찍었습니다. "갯가에서 나서 갯가에 살고 있습니다(맺음말)." 하는 말을 읽고, "이제 여기 몇 점 바다 내음의 조각들을 모아 보았습니다(맺음말)." 하는 말을 읽습니다. 책끝에 실은 오진태 님 모습은 최민식 님이 찍었습니다. 오진태 님은 1969년에 중앙일보 사진콘테스트 금상을 받고, 1975년에 신동아 초대작품 14점 '바다의 삶'을 내놓았답니다. 바다를 좋아하면서, 또는 바닷가에서 태어나면서, 바다를 마음에 담고, 바다를 사랑으로 마주하면서, 찬찬히 사진을 찍으셨겠지요. 문득 부산문화재단이나 부산시청 같은 데에서 오진태 님 같은 사진가들 옛 사진책을 하나둘 캐내어 새롭게 다시 펴낼 수 있으면, 또 지난날 내놓은 사진책에 담지 못한 필름을 더 찾아내어 한결 알차게 펴낼 수 있으면, 이렇게 해서 부산에서 부산 나름대로 사진빛을 일구고 책빛을 엮을 수 있으면, 부산에서 나고 자라는 젊은이가 부산에서 즐겁게 나아갈 사진길과 책길과 삶길을 즐겁게 일굴 만하겠다는 생각이 듭니다. 애먼 길바닥돌은 그만 까뒤집고.

《시골 장터 이야기》(정영신 글·유성호 그림, 진선, 2002)
《바닷소리》(오진태, 세명출판사, 1981)

2011.9.11.

책을 읽는 마음,
책집 하는 마음

부산 〈책의 마음〉

책을 읽는 마음이란 살아가는 마음이라고 느낍니다. 책을 읽는 사람 누구나, 스스로 일구는 삶결대로 책을 마주합니다. 책을 고르는 사람 누구나, 스스로 누리는 삶에 따라 책을 받아들입니다. 이 책을 사서 읽든 저 책을 빌려서 읽든, 마음에서 우러나기에 책을 손에 쥡니다. 이 책에서 이 대목을 고개 끄덕이며 받아들이든 저 책에서 저 대목에 밑줄 그으며 받아들이든, 살며 겪은 앎에 맞추어 받아들여요.

사람들이 책을 읽습니다. 책을 쓰는 사람이 있고, 책을 엮는 사람이 있으며, 책을 알리는 사람이 있습니다. 사람들이 책을 읽은 지 얼마나 되었을까 곰곰이 생각해 봅니다. 이 나라에서 책이란 무엇이었을까 되새겨 봅니다. 아마 서양에서는 퍽 예전부터 종이책을 읽었을는지 모릅니다. 중국에서도 꽤 예전부터 종이책을 읽었을는지 모릅니다. 그런데 종이책을 읽는 사람은 큰고장을 이룬 곳에서 어느 만큼 힘이나 돈이 있는 집안 사람이었어요. 시골에서 살더라도 매한가지였어요. 지난날에는 몇몇 힘꾼이나 돈꾼을 빼놓고는 모두 흙을 일구거나 숲을 돌보며 살았습니다. 여느 사람은 흙책이며 숲책을 읽었다면 힘꾼·돈꾼은 종이책을 읽었지요.

1987년 2월에 나온 《부산 한글》은 '국어 교육과 한자 문제'를 머릿글로 다룹니다. 부산 교육밭에서 내로라 할 만한 분을 비롯해 부산에서 평교사로 일하는 분들이 이 문제를 놓고 글을 씁니다. 한자이든 영어이든 이런 말은 바깥말로 삼아 슬기롭게 가르치면 됩니다. 이러면서 우리말은 우리말답게 가르칠 노릇입니다. 이뿐입니다. 생각하는 힘을 기르도록 여러 말을 가르치되, 우리가 쓰는 말이 흘러온 자취를 짚고, 이 자취를 오늘 새롭게 가꾸어 새말을 짓는 즐거운 밑틀을 알려주면 돼요.

아이들은 학교에 길들면서 정작 말을 잊는구나 싶습니다. 대학바라기에 옭아들면서 참말 시험공부에만 마음을 기울일 뿐이라, 동무나 이웃이나 살붙이하고 즐겁게 주고받을 말하고 동떨어져서 마음을 잃어요

말 한 마디를 아끼는 마음으로 책 한 자락을 아낄 수 있어요. 책 한 자락을 아끼는 마음으로 책집 한 곳을 아낄 만합니다. 책집 한 곳을 아끼는 마음으로 마을이며 골목을 아낄 테고, 이 마음이 잇닿아 바다랑 숲이랑 하늘을 아낄 만해요.

마음을 가다듬어 책을 읽습니다. 마음을 갈고닦아 삶을 읽습니다. 마음을 다스리며 책을 읽습니다. 마음을 추스르며 사랑을 읽습니다. 가을비는 가을을 부르고, 겨울비는 겨울을 노래합니다. 봄비는 봄을 속살이고, 여름비는 여름을 빛냅니다. 빗물은 철마다 싱그러운 마음으로 흙에 깃듭니다. 새로 움트는 〈책의 마음〉을 지키는 일꾼과 이곳을 드나드는 책손이 저마다 살림을 빛내는 마음이면 좋겠습니다.

《부산 한글 6》(한글학회 부산지회, 1987.2.)

골목마을에 깃든 책쉼터

서울 〈기억속의 서가〉

서울 서대문구 홍제동에 헌책집 〈대양서점〉이 있고, 곁에 〈대양서점〉 2매장이 있었습니다. 오랜 나날 홍제동 사람들한테 아름다운 책을 베푼 〈대양서점〉인데, 1매장 곁에 있던 2매장은 홍은동 안골목으로 깃들며 책집 이름을 〈기억속의 서가〉로 바꿉니다. 2011년 여름(8월), 아버지 헌책집(대양서점)과 아들 헌책집(기억속의 서가)은 저마다 새로운 이야기를 품에 안고 새삼스레 책쉼터로 나아갑니다.

주룩주룩 내리는 비를 느끼며 〈기억속의 서가〉를 찾아갑니다. 빗물은 우산을 때리고 골목집 지붕을 때리며 호텔 창문을 때립니다. 빗방울은 마을버스에 달라붙고 등짐과 신에 달라붙으며 골목길 바닥에 잔잔히 물결을 이루며 달라붙습니다. 조금씩 오르막이 되는 골목길을 거닐며 〈기억속의 서가〉와 가깝게 다가서면, 자동차 소리가 줄어들고, 매캐한 바람이 수그러듭니다. 같은 서울 하늘이지만, 한복판과 곁자리는 달라요. 삶터가 삶빛이 나무그늘이 나무바람이 다르지요.

강주수퍼마켓 맞은켠 조그마한 빈터에서 소담스레 자라는 배추포기를 바라봅니다. 고이 사랑 받으며 무럭무럭 자라는 배추포기에는 푸른 숨결이 깃들겠지요. 이 푸른 숨결은 골목가게 옆 헌책집으로도 시나브로 스며들까요. 헌책집으로 들어섭니다. 조용합니다. 등짐을 내려놓고 젖은 몸을 말립니다. 책에 빗물이 튀기지 않기를 바라며 조금 기다립니다.

곰곰이 생각하면, 신문·잡지·방송이란 모두 이야기꾸러미입니다. 사건·사고를 다루는 곳이 아니라, 이 얘기 저 얘기를 이 사람 저 사람한테서 들으며 아기자기하게 엮는 이야기꾸러미입니다. 글책도 사진책도 그림책도 꾸러미이고 타래입니다.

책을 고릅니다. 헌책집 일꾼하고 말을 섞습니다. 책값을 치릅니다. 헌책집 일꾼하고 밥을 나눕니다. 고즈넉한 마을을 감도는 빗소리를 듣습니다. 고요한 책쉼터에 흐르는 책내음을 맡습니다. 헌책집 한 곳 있는 마을과 헌책집 하나도 없는 마을은 사뭇 다릅니다. 헌책집뿐 아니라 새책집 한 곳 있는 마을과 조그마한 새책집 하나조차 없는 마을은 아주 다릅니다. 도서관 한 곳 깃든 마을이랑 가게만 수두룩한 마을은 느낌부터 다릅니다. 이 나라에 책집이 모두 사라지면 어떻게 될까요. 그래도 누리책집이 있다면, 사람들은 책을 사서 읽을까요. 다리품을 팔아 나들이할 책집이 없다 하더라도, 사람들은 아무렇지 않게 책을 사서 읽을까요.

책집이 사라지기 앞서, 작은도서관을 열기 앞서, 오래도록 뿌리내리며 책이야기를 길어올리던 책쉼터를 사랑할 노릇이지 싶습니다. 책이 어떻게 태어나고, 책을 어떻게 만나며, 책을 읽은 삶은 어떻게 거듭나는가 하는 실타래를 풀 노릇이지 싶어요.

《장재구 사진집》(장재구 사진·주명덕 엮음, 한국일보사, 2007)
《대나무골》(신복진, 엔칼라스, 2005)
《朝鮮語大辭典 上·下》(角川書店, 1986)

경성중고
버스
고깃간
소천지
생활잡화.공미디어도소매
010.773-1736
제일 호텔
극동 방송국
서강초등학교
오거서 02) 333-3282
버스
지하철 6호선 상수역
② ⑦ 361
버스②

2012년

고등학교 2학년인 1992년 7월 어느 날이었어요. 값을 치르고 책집을 나서려는데 어쩐지 뒷통수가 간지럽더군요. 왜지? 왜 뒤가 간지럽지? 문득 뒤를 돌아보았습니다. 뒤에는 아무도 없어요. 다만 제가 뒤를 돌아본 곳에는 '책'이 있습니다. 작은 책집 책꽂이에 빼곡하게 꽂힌 책이 있어요. 이 책이 저를 불렀어요. 저는 책이 부르는 소리를 들었습니다. '얘, 얘, 책집에 왔으면서 책을 안 보고 어디 가니? 너 말이야, 책집에 와서 참고서만 보고 책은 안 보고 갈 수 있니?'

바닷바람 곁에서

여수 〈형설서점〉

아침 일찍 시골버스를 타고 고흥읍으로 갑니다. 아이들과 나들이를 다닐 적에 제 등짐이며 끌짐은 온통 아이들 옷가지입니다. 작은아이가 기저귀를 뗀다면 기저귀랑 바지 짐이 퍽 줄겠지요.

읍내에서 시외버스를 탑니다. 이웃 여수 바다를 만나러 갈 생각입니다. 시외버스로 두 시간하고 십 분 즈음 걸리는 먼길이라, 세 사람은 모두 멀미를 합니다만, 이럭저럭 여수 시내에 닿습니다. 여수 바다를 본 아이들은 고흥 바다처럼 마음껏 들어가지 못한다는 말에 서운합니다. 들어갈 만한 바다는 꽤 멀다는군요. 아이들한테 싹싹 빌면서 〈형설서점〉에 찾아갑니다. 큰아이는 "난 이 만화책 할래." 하면서 두 손으로 내밉니다. 곁님은 뜨개책을 한 짐 챙깁니다.

책 한 자락으로 삶을 새롭게 바라보는 실마리를 얻습니다. 책 한 자락을 손에 쥐면서 삶을 새롭게 사랑하는 슬기로운 숨결을 깨닫습니다. 헌책집이 여러 곳 옹기종기 모인 골목도 재미나고, 바다가 가까운 여수도 재미있습니다. 그저 천천히 걷기만 해도 마음이 푸근할 만하고, 바닷바람을 쐬면서

하늘바라기를 하더라도 '하늘읽기 = 책읽기'가 될 만합니다. 어느 책집이
든 살며시 들어가서 가만히 책꽂이를 돌아보면 마음을 한껏 사로잡을 만
한 책이 꼭 나타납니다. 들길을 걷고 바닷가를 거니는 동안 맞아들이는 바
람도 언제나 마음을 싱그러이 잡아끕니다.

길은 길을 찾으려는 사람이 찾습니다. 책은 책을 읽으려는 사람이 읽습
니다. 삶은 삶을 지으려는 사람이 짓습니다. 스스로 할 때에 합니다. 스스
로 안 할 때에 안 합니다. 기쁘게 마음밥을 먹으려 하기에 생각을 토닥토닥
북돋웁니다.

아름다운 책은 바로 우리 손에 있습니다. 오늘 이곳에서 우리가 집어든
책이 아름답습니다. 아름다운 책집은 바로 여기에 있습니다. 오늘 우리가
찾아간 책집이 바로 아름답습니다. 아름다운 사람은 바로 곁에 있습니다.
우리가 바라보는 사람은 누구나 아름답고, 우리를 바라보는 눈빛은 '아름
다운 나'를 느낍니다.

손꼽히는 노래꾼 삶을 읽어도 즐겁습니다. 수수한 여느 어머니와 아버지
삶을 읽어도 즐겁습니다. 이웃 아지매와 아재 이야기를 들어도 즐겁습니다.

낮에는 따스한 바람입니다. 저녁에는 스산한 바람입니다. 새벽에는 차
가운 바람을 밀어내는 포근한 노을이 천천히 퍼집니다. 밤에는 온누리를
살가이 어루만지는 달빛에 별빛이 내려옵니다. 숱한 별이 숱한 사람한테
하나하나 드리우듯, 헌책집 책시렁 숱한 책은 저마다 다른 사람들 가슴에
이야기씨앗 하나로 드리웁니다.

《바다의 향기를 품은 도시, 여수를 만나다》(GS칼텍스, 2009)
《괴테 평전》(P. 뵈르너/안인길 옮김, 삼성문화재단, 1973)
《明夷待訪錄》(황종희/전해종 옮김, 상성문화재단, 1971)
《젊은 화가에게 주는 편지》(허버트 리드/유근준 옮김, 상성문화재단, 1977)

책으로 가는 사람들

파주 〈문발리 헌책방〉

경기도 파주 책고을에 몇 군데 헌책집이 있습니다. '아름다운 가게'에서 연 곳이 하나 있고, 예부터 헌책집으로 꾸린 〈이가고서원〉이 있어요. 서울 신촌에 있는 〈숨어있는 책〉이 2호점을 파주 책도시에 한동안 열기도 했지만, 2012년 첫머리에 2호점 살림은 접습니다. 그리고 '김형윤편집회사' 1층에 〈문발리 헌책방〉이라는 이름으로 새로 한 곳 엽니다. 2012년 5월 1일입니다. '새 헌책집 연 넋을 기리는' 뜻에서 〈문발리 헌책방〉에서 '헌책집 이야기 사진잔치'를 2012년 5월 한 달 동안 꾸렸습니다. 즐거이 여는 헌책집 한 곳이 씩씩하게 이어갈 수 있기를 빌어요.

5월에는 파주까지 갈 일이 없었으나 9월에 이르러 자리가 생깁니다. 파주에 있는 고등학교를 다니는 아이들하고 '우리말 살려쓰기 이야기'를 함께하는 자리에 가기 앞서, 살짝 20분쯤 〈문발리 헌책방〉을 들릅니다. 애써 먼길을 달려 고흥에서 파주까지 왔으니, 조금이나마 틈을 냅니다. 이야기마당을 잘 꾸리는 일에도 마음을 기울여야겠지만, 저는 이곳이 얼마나 씩씩하게 책살림을 꾸리는지 살피면서 책마실하는 데에도 마음을 기울이고 싶습니다.

첫돌맞이를 하지 않은 책시렁은 꽉 차지 않습니다. 첫돌을 지나고 서너 해쯤 지날 무렵, 비로소 '헌책집답다' 할 책빛이 드러나겠지요. 어느 헌책집이고 하루아침에 이루지 않아요. 몇 해 사이에 뚝딱 하고 사랑받지 않아요. 천천히 뿌리내리고, 자리잡으며, 사랑받는 책집입니다. 헌책집으로 흘러들어서 새로운 책손을 만나 새길 떠나는 책도 하루아침에 와르르 들어왔다가 나가지 않아요. 헌책집이라는 곳은, 책흐름이 느리지도 않되 빠르지도 않습니다. 한 사람이 책 한 자락을 펼쳐 찬찬히 읽어내기까지 '길지도 빠르지도 않는 겨를'을 들이듯, 헌책집 책살림은 꾸준하게 보살피고 가꾸는 손길을 먹으며 씩씩하게 자랍니다.

알맹이를 읽으려는 사람은 알맹이를 읽어요. 껍데기를 읽으려는 사람은 껍데기를 읽어요. 누구나 그래요. 스스로 읽으려고 하는 모습을 읽습니다. 사랑을 읽고픈 사람은 사랑을 읽어요. 꿈을 읽고픈 사람은 꿈을 읽어요. 노래를 읽고프다면 노래를 읽겠지요. 우리가 책을 읽는다 할 적에는 '어떤 책'을 '어떤 마음' 되어 읽는다고 할 만할까요. 우리는 책을 왜 읽으며, 책을 읽고 난 다음 '어떤 사람'으로 거듭나고 싶을까요.

책으로 가는 길에 섭니다. 우리가 책을 좋아하면, 우리는 책으로 가는 길에 섭니다. 우리가 춤을 좋아하면 춤으로 가는 길에 서겠지요. 우리가 꽃을 좋아하면 꽃으로 가는 길에 설 테고, 스스로 좋아하는 길이 스스로 살아가는 길이 됩니다. 스스로 사랑하는 길이 스스로 일구는 길이 됩니다.

《사명당실기》(신학상, 기린원, 1982)
《윤동주 유고집》(최문식·김동훈 엮음, 연변대학출판사, 1996)
《중국조선족시조선집》(연변시조시사 엮음, 민족출판사, 1994)
《은산 별신굿》(김수남 사진·임동권+최명희 글, 열화당, 1986)
《옹진 배연신굿》(김수남 사진·황루시 글, 열화당, 1986)

어떤 책을 장만하든

부산 〈글벗2 책집언니〉

어떤 책을 장만하든 우리가 스스로 읽을 책입니다. 어떤 책을 어떤 값을 치르면서 장만하든 우리가 스스로 건사해서 아끼려는 책입니다. 우리 집을 도서관처럼 꾸밀 수 있고, 우리 집을 책집처럼 가꿀 수 있습니다. 우리 집은 스스로 읽는 책으로 가득한 아름다운 보금자리가 될 만하고, 우리 집은 우리가 사랑하는 책으로 언제나 푸른 바람이 일렁이는 숲이 될 만합니다.

모든 책은 나무에서 옵니다. 나무는 숲을 이루지요. 책을 손에 쥐는 사람은 나무를 두 손에 안은 셈이요, 숲을 고이 품는 셈입니다. 책을 집에 건사하는 사람은 책꽂이마다 온갖 나무를 알뜰살뜰 모시는 셈이면서, 우거진 숲을 아름드리로 누리는 셈입니다. 새책집에 놓은 솜털이 보송보송한 책도, 헌책집에 깃들인 빛이 살며시 바랜 책도, 모두 우리 가슴을 북돋우는 이야기꾸러미요 푸른나무입니다.

〈글벗2 책집언니〉에서 묵은 책을 뒤적입니다.《원효의 대승기신론 소·별기》를 집어듭니다. 사전을 쓰는 사람은 성경도 불경도 읽습니다. 말이 흐르는 자취를 살피기에 모든 책을 언제나 새롭게 읽어요. 옮긴 사람이 어느 만큼 삶·사람·사랑을 읽거나 헤아리는가에 따라서 책이 사뭇 다릅니다. 우리가 한문을 익혀서 원효라고 하는 분이 쓴 책을 스스로 읽는다 하더라도, 우리 스스로 한문뿐 아니라 삶·사람·사랑을 어느 만큼 살피거나 헤아렸는가에 따라 다 다르게 읽을 수밖에 없습니다. 다 다르게 읽으며 다 다르게 눈물웃음으로 피어나고요.

사람 사귀는 일을 떠올려 봐요. 누구를 몇 날 만났다거나 얘기를 몇 나절 해봤대서 그이를 '안다'고 할 수 없어요. '스치'거나 '몇 판 만난 적' 있을 뿐, 사람읽기나 사랑읽기는 했다고 할 수 없어요. 밥그릇을 앞에 놓고 오래도록 쳐다봤대서 밥을 먹었다고 할 수 없어요. 냇물이나 샘물을 손으로 떠서 낯을 씻거나 입을 대고 마시지 않고서 물을 '안다'고 할 수 없어요. 숲속에 깃들며 나무를 손으로 살살 어루만지거나 껴안지 않고서 나무를 '안다'고 할 수 없을 뿐더러, 나무씨앗 하나 흙으로 떨어져 뿌리내리는 흐름을 가만히 바라본 적 없이 나무를 '보았다'고도 할 수 없어요.

종교를 믿는 분들은 성경이나 불경을 어떤 마음으로 오늘을 새롭게 가다듬으면서 읽는 눈빛일까요. 더 많이 읽거나 더 오래 읽어야 알아차리지 않아요. 마음을 사랑으로 채우는 눈빛이기에 기쁘게 맞아들입니다. 깊게 읽든 얕게 읽든 대수롭지 않습니다. 한 줄을 읽더라도 삶으로 받아들여 삭히면 잘 읽은 셈입니다. 한 줄 한 줄 마음으로 아로새기면서 북돋울 적에 비로소 책읽기를 하는 셈입니다.

《원효의 대승기신론 소·별기》(은정희 옮김, 일지사, 1991)
《학교를 만들자》(구도 가즈미/류호섭 옮김, 퍼시스북스, 2009)
《거짓없는 기도》(W. 브레오/표동자 옮김, 성바오로출판사, 1980)
《酒とサイコロの日日》(鷺澤萌, 新潮社, 1998)
《의미의 경쟁》(리차드 볼턴/김우룡 옮김, 눈빛, 2002)
《1901년 체코인 브라즈의 서울 방문》(서울역사박물관, 2011)

햇볕이 스미는 내음

부산 〈헌책방 초록〉

가을햇살이 환하게 비추는 디딤칸을 밟고 2층으로 천천히 올라갑니다.
부산 보수동 헌책집골목은 가을맞이 '헌책집골목 책잔치'로 부산합니다.
2012년에 아홉째를 맞이한 책잔치입니다. 책을 살리고 인문학을 살리자면
서 한국 곳곳에서 책잔치를 여는데, 책집이 옹기종기 모인 책집골목에서
이루는 오직 하나 있는 책잔치가 부산에 있습니다. 다른 책잔치는 으레 출
판사가 끼하지만, 부산 보수동 헌책집골목 책잔치는 책집 일꾼들이 힘과
슬기를 모아서 엽니다.

두 아이를 이끌고 조용한 헌책집을 찾아듭니다. 책잔치가 열릴 때면 사
람들은 으레 골목을 휘휘 걸어다니며 사진을 찍기에 바쁘기도 한데, 이런
잔치 저런 마당하고 살짝 떨어진 곳을 찾아오면 '바깥에서 무슨 일이 벌어
지는지'를 하나도 알 수 없습니다. 얼핏 느끼기에 책잔치에 '잔치 구경'을
해야지, 왜 조용한 데를 찾아가느냐 싶지만, 책잔치가 열린다 해서 왁자지
껄하게 놀아야 한다고는 느끼지 않아요. 책잔치이든 책집골목이든 '책'을
한복판에 놓아야지 싶어요. 책을 생각하고 책을 아끼며 책을 좋아하는 삶

을 돌아보려고 하는 책잔치라고 생각해요. 호젓하게 책시렁을 돌아보고, 느긋하게 읽을 수 있으면 책하고 한결 가까이 사귀거든요.

큰아이는 디딤칸을 콩콩 뛰어서 오릅니다. 작은아이는 아버지 품에 안겨 오릅니다. 햇살이 눈부시게 들어오는 자리에 큼지막한 사진책이 나란히 있습니다. 《세시풍속》하고 《고사순례》인데, 서문당에서는 "한국의 미"라는 이름을 붙여 여러 사진책을 내려고 했습니다. 이 가운데 몇이나 나왔는지 모르겠는데, 책날개를 살피면 "고건축미"와 "명산사계"를 비롯해서 "국립공원"과 "한강문화"와 "한복의미"와 "관혼상제"와 "신라문화"와 "백제문화"와 "문양의미"와 "민화감상"까지 내려고 한다고 밝힙니다.

〈헌책방 초록〉 지기님이 우리 아이들더러 "여기에서는 마음껏 뛰놀아도 돼요." 하고 얘기해 줍니다. 아이들은 널따란 책집을 이리저리 달리고 기고 구르면서 놉니다. 조그마한 걸상을 서로 들면서 놀고, 잡기놀이를 합니다. 이 아이들이 도서관에 마실을 간다든지 새책집에 나들이를 간다면 이렇게 못 놀지요. 가만히 생각하니, 아이들은 어느 헌책집에서라도 이리 달리고 저리 뛰며 노는구나 싶어요. 아이들로서는 어디나 놀이터인데, 헌책집에서는 살짝 소리 높여 떠들거나 노래하더라도 이럭저럭 받아들이는구나 싶어요. 한창 몸이 자라나며 간질간질하는 아이들더러 옴쭉달싹 못하게 하고는 얌전히 걸상에만 앉아 책을 펴라고는 못하겠어요. 마음껏 뛰놀고, 개구지게 뛰논 다음, 땀을 식히며 책도 읽어 보라고 슬며시 건넵니다.

《세시풍속》(임석재 사진·최상수 글, 서문당, 1988)
《고사순례》(임석재 사진, 서문당, 1988)
《미지에의 도전 2 발굴과 인양》(이병철 엮음, 아카데미서적, 1989)
《백치슬픔》(신달자, 자유문화사, 1989)

2012.10.8.

이어가는 삶

부산 〈다성헌책방〉

처음 쓰기로는 오래되었겠지만, 처음 만나고 읽으며 느끼고 생각하기로는 바로 오늘이에요. 오늘 읽는 책이기에 모든 책이 새책이 됩니다. 글을 쓴 분은 모든 책을 예전에 마무리했으니 글을 읽는 사람으로서는 바로 오늘 새삼스레 만나기에 '새책'으로 맞아들입니다.

저는 때때로 "모든 책은 헌책이고, 모든 책은 새책이다" 하고 말합니다. 모든 책은 '펴낸날이 오늘'이라 하더라도 어제 쓴 글을 엮기에 헌책일밖에 없습니다. 어제 쓴 글이라 해도 이 글을 읽는 사람은 처음으로 마주하기에 '새로' 읽어요. 책은 책이라 할까요. 책은 삶이라 할까요. 책은 사랑이라고, 이야기라고, 숨결이라고 할까요.

가을햇살이 책마다 살포시 내려앉습니다. 가을햇살은 헌책집 일꾼 등허리에 내려앉습니다. 골목에서도 책집에서도 개구지게 뛰어노는 우리 아이들 온몸에 내려앉습니다. 책집 곳곳을 돌며 바리바리 책을 장만하여 낑낑대며 짊어지는 이 어깨죽지에 곱다시 내려앉습니다. 가을내음 물씬 풍기는 시월을 누리며 아이들 손을 잡고 파란하늘을 올려다봅니다.

부산마실을 온 김에 연산동에서도 하루를 묵으며 〈다성헌책방〉을 누리려고 합니다. 고흥에 돌아가서 아이들하고 읽을 그림책이며 뜨개책을 한가득 살핍니다. 1985년에 3학년이던 국민학교 어린이가 낸 '육성회비 영수증'을 보다가 '아!' 소리가 터져나옵니다.

2000년대 오늘날 사람들 삶자국도 3000년대나 4000년대쯤 되면, 또는 5000년대나 10000년대쯤 되면, 새롭거나 놀랍다 여길 문화재를 캐내며 역사나 발굴이나 고고학을 말할까 궁금하곤 합니다. 흔한 말로, 오늘날 비닐자루 쓰레기조차 먼먼 앞날에는 유물이나 문화재가 될 수 있다고 해요.

문득 생각합니다. 큰고장에서 벌이는 삶이나 살림이란 덧없기 때문에 그만 사라지거나 스러지지 싶어요. 시골에서 일구는 삶이나 살림이란 1000년이 되든 10000년이 되든 한결같기에 사라지거나 스러지지 않고 사람들 가슴에 고이 이어가지 싶고요. 시골에서는 문화재도 유물도 없다 할 만합니다. 시골사람이 빚는 연장이란 하루하루 흐르며 삭거나 닳아 흙으로 돌아가요. 흙집이든 짚을 이은 지붕이든 모조리 흙으로 가요. 유물도 문화재도 없지만, 쓰레기도 없는 시골살림이에요. 역사책에 남을 이야기는 없을 만하지만, 삶 · 사랑 · 꿈은 오래도록 이어가는구나 싶어요.

《육성회비 영수증 1985학년도》(동명국민학교 육성회)
《난간 위의 고양이》(박서원, 세계사, 1995)
《오, 나는 미친 듯 살고 싶다》(알렉산드르 블로끄/임채희 옮김, 열린책들, 1989)
《티베트, 인간과 문화》(티베트 문화연구소 엮음, 열화당, 1988)
《야성의 왕국, 아프리카 탐험》(중앙일보사 엮음, 중앙일보사, 1982)
《컬러 산수 대백과사전》(편집부 엮음, 진현서관, 1981)
《敎育名言辭典》(寺崎昌男 엮음, 東京書籍, 1999)
《비둘기 통신》(카와바타/조풍연 옮김, 계몽사, 1987)
《궁핍한 시대의 시인》(김우창, 민음사, 1977)
《한국 호랑이》(김호근·윤열수 엮음, 열화당, 1986)

최민식, 헌책집, 배움길

부산 〈우리글방〉

헌책집마실을 하면, 헌책집이기에 만날 수 있는 책을 만납니다.《남해도 지명어 형태론적 연구》같은 논문은 헌책집이기에 만납니다. 이 등사판은 몇 자락이나 찍고, 몇 군데 대학교에 있을까요. 논문이다 보니 딱딱한 말을 씁니다. 땅이름을 살핀다는 글이지만, '땅이름을 살핀다'고 말하지 못해요. 이 글을 쓴 분이 경남 섬마을을 돌면서 땅이름을 살필 적에 시골 할배 할매한테 '지명어 형태론적 연구'를 한다고 말했을까요, 아니면 '시골 땅이름을 알아보러' 왔다고 말했을까요.

되읽힐 만한 값이 있기에 헌책집 책꽂이에 꽂힙니다. 새책집에서는 사라졌되, 틀림없이 이 책을 찾을 만한 사람이 있다고 여겨 헌책집에서 건사합니다. '인기투표'하듯이 '베스트셀러·스테디셀러'만 읽는다면 헌책집은 있을 수 없습니다. 우리한테 아름답게 스며들 책 하나를 만나려는 뜻에서 헌책집 나들이를 다닙니다.

1970년대만 하더라도 이 나라에는 마땅한 사진 길잡이책이 없었어요. 나라밖 책이나 잡지에서 '이름난 사진'을 오려 어설피 엮은 책이 몇 가지 있고, 일본에서 펴낸 '세계사진역사'를 다룬 책이 드문드문 나왔어요.《세계걸작사진집》은 아직 사진살림이 밑바닥이라 할 이곳에서 사진빛을 북돋우려는 뜻으로 엮은 '뒷길(해적판) 길잡이책'입니다. 온누리로 눈을 돌리면, 이 작은 나라에서 사진길을 걷는 몸짓이 얼마나 작고 우스운가 하는 대목을 깨달을 만하니 이런 책을 엮어요.

이 나라는 어느 갈래를 보더라도 스스로 삶을 짓지 못하는구나 싶어요. 지나치게 다른 나라 틀에 얽매입니다. 우리 이야기를 풀어낼 생각보다는 유럽이나 미국 틀에 짜맞추려 하고, 멀리 배움길을 떠나지요.

프랑스로 배우러 간 사람은 무엇을 배울까요. 프랑스사람이 일구어서 프랑스사람이 스스로 누릴 삶을 배우겠지요. 미국으로 배우러 간 사람은 무엇을 배울까요. 미국사람이 일구어서 미국사람이 스스로 누릴 삶을 배워요.

이 나라보다 앞선다는 나라에서 '앞선 살림 · 빛 · 넋(문화 · 이 · 철학)'을 배워서 받아들이는 일이 나쁘다고 여기지 않습니다만, 우리 스스로 제대로 바라보지 못한다면, 아무리 다른 나라에서 놀랍거나 멋진 길을 배우더라도, 스스로 새롭게 거듭나지 못해요.

판이 끊어진 지 한참 된《누나들은 아빠만큼 공이 빠르지 않다》를 고릅니다. 어버이를 아주 일찍 잃은 아이들이 어떤 하루를 누리는가를 지켜보며 아이들 목소리를 고스란히 담아낸 책입니다. 책을 읽습니다. 책에 깃든 삶을 읽습니다. 책을 찾습니다. 책에 서린 삶을 찾습니다. 책을 장만합니다. 책에 감도는 이야기를 고맙게 장만합니다.

《남해도 지명어 형태론적 연구》(정복현, 부산대학교 교육대학원, 1987)

《한국의 비극》(고무로 나오키/윤영호 옮김, 섭정, 1991)

《역사적으로 본 일본인의 한국관》(미야케 히데토시/하우봉 옮김, 풀빛, 1990)

《세계걸작사진집 1》(최민식 엮음, 삼성출판사, 1979)

《누나들은 아빠만큼 공이 빠르지 않다》(질 크레멘츠/홍윤기 옮김, 영림카디널, 1992)

학교는 무엇을 읽힐까

의정부 〈헌책사랑방(안가네 책방)〉

책집을 찾아 나들이를 떠납니다. 마음밭을 살찌우는 이야기를 찾고 싶거든요. 나들이를 떠나는 길에 책집에 들릅니다. 나들터 둘레에 어떤 책집이 곱게 있는가 하고 살핀 뒤, 살짝 짬을 내어 책내음을 들이켭니다. 읽고픈 이야기가 있기에 책을 찾습니다만, 어떤 이야기를 읽고픈지 미리 가늠하지 않습니다. 어떤 이야기가 되든 마음을 살찌울 수 있으리라 생각합니다. 아직 잘 모르는, 아직 만나지 못한, 아직 마주치지 못한, 아직 깨닫지 못한 책을 만날 수 있으리라 생각합니다.

의정부고등학교 푸름이하고 이야기를 펴는 자리가 있어, 고흥에서 의정부까지 마실을 갑니다. 아이들과 즐겁게 이야기꽃을 피우고서 홀가분하게 책집마실을 합니다. 의정부여고 뒤쪽에 〈헌책사랑방(안가네 책방)〉이 있습니다. 예전에는 의정부에 헌책집이 퍽 많았다지요.

책을 손에 쥐면서 숲을 마음속으로 그립니다. 책이 온 숲을 그리고, 책이 나아갈 숲을 그립니다. 마음이 나무와 같이 푸르고 싱그럽게 자라기를 바랍니다. 생각이 나무와 같이 시원하고 우람하게 자라기를 바랍니다. 사랑이 나무들 깃든 숲처럼 포근하고 따사로우며 아늑하기를 바랍니다.

책 하나는 숲이 됩니다. 책 하나는 나무가 됩니다. 사람들 누구나 숲이면서 나무입니다. 책집 한 곳은 크거나 작거나 모두 숲이면서 나무예요. 서울을 밝히거나 시골을 빛내는 숲이요 나무인 책집입니다. 나라를 밝히고 푸른별을 빛내는 책집입니다. 헌책집도 새책집도 도서관도 아름다운 책숲이자 사랑스러운 책나무입니다. 이 책나무 곁에서 책그늘을 누리니 푸르게 흐르는 싱그러운 바람넋이 됩니다.

학교에서 가르치는 길이란, 학교에서 읽히는 우리말이란 무엇일까요. 학교에서는 삶·사랑·살림을 어떻게 들려주나요. 학교에서는 책이나 수학을 어떻게 보여주나요. 아이들은 스스로 읽고픈 이야기를 교과서로 읽을 수 있는가요. 어른들은 스스로 읽고픈 이야기를 교과서에 담는가요. 아이들은 스스로 누리고픈 삶을 학교에서 마주하나요. 어른들은 스스로 즐기고픈 삶이 학교라는 곳에서 피어나는가요.

아름답지 못한 이야기라면 굳이 글로 쓸 일이 없으며, 애써 읽을 일도 없습니다. 사랑스럽지 못한 삶이라면 딱히 바라볼 일이 없고, 힘들여 마주할 일조차 없습니다. 아름다운 이웃과 사귀고 사랑스러운 동무와 만납니다. 아름다운 책을 장만하고 사랑스러운 이야기를 읽습니다. 아름다운 삶이 될 때에 즐겁습니다. 사랑스러운 이야기가 될 적에 책이 태어납니다. 새로 태어난 책을 쥐면서 이 마음에 새롭게 꽃망울이 맺습니다.

《자본주의 TV의 이데올로기》(N.S.비류코프/김동민 옮김, 이론과실천, 1990)
《말할 때와 침묵할 때》(안토니 드 멜로/박영 옮김, 자유문학사, 1990)
《몽당연필로 그리는 사랑이여》(성인문화사, 1990)
《잃어버린 말을 찾아서》(이청준, 문학과지성사, 1981)
《문화편력기》(요네하라 마리/조영렬 옮김, 마음산책, 2009)
《과학 정신과 기독교 신앙》(말콤 A.지베스/이창우 옮김, 종로서적, 1980)

손으로 만져서 읽는 책

마산 〈영록서점〉

처음부터 누리장사를 하지 않은 헌책집입니다. 누리장사를 연 뒤에도 사람들은 다리품을 팔아 책집마실을 했고, 두 손으로 책을 만지면서 고르기를 즐겼습니다. 다리품을 팔아 책집마실을 즐기는 사람이 줄었다지만, 씩씩하게 다리품을 팔며 책빛을 누리려는 사람은 어김없이 있습니다.

마산역 저잣거리 2층에 있는 〈영록서점〉은 나날이 늘어나는 책살림인 터라, 늘어난 책을 둘 만한 자리를 찾아 이곳으로 옮겼다고 합니다. 길가에 따로 알림판이 없고, 2층으로 올라가는 길을 찾기 쉽지 않습니다. 한 바퀴를 빙 돈 끝에 길을 찾아냅니다. 등짐을 어귀에 내려놓고 둘러보는데, 2층을 통째로 책집이자 헛간으로 씁니다.

김수영 님 글은 다른 책으로 읽었지만 《시인이여 기침을 하자》를 고흥으로 돌아가는 길에 다시 읽자고 생각하며 고릅니다. 그동안 두 자락 건사했고, 이웃님한테 두 자락 드린 적 있는 시집 《서울의 양심》을 봅니다. 경남사회복지관 도서실에 있다가 나온 《한국현대시문학대계 11 신석정》을 봅니다. 복지관 도서실에서 깨끗하게 건사했다가 내놓아 주니 고맙습니다.

'민간도서관 책사랑' 도장이 찍힌 《동요하는 배는 닻을 내려라》를 봅니다. 민간도서관도 처음에는 씩씩하게 열었을 테지만 아스라이 사라진 듯합니다. 우리 스스로 느긋하며 너그럽고 차분한 삶길로 거듭나지 않으면 책을 가까이하기 어렵습니다. 책을 가까이하지 못한다면, 이웃을 느긋하고 너그러우며 차분하게 마주하지 못하지 싶어요. 바쁘니 이웃하고 못 사귀고, 바쁘니 책을 못 읽어요. 바쁘니 가난한 이웃한테 등을 돌리고, 바쁘니 어깨동무나 두레를 안 합니다. 마산에서 2002년에 첫 호를 냈다고 하는 《people, 아름다운 얼굴 피플경남》을 보면, 헌책집 〈영록서점〉을 만난 이야기가 있어요. 마산이란 고장에서 사람들이 손으로 짓는 삶길을 책에서 배우면 좋겠다는 책집지기 마음을 읽습니다.

누리책집으로 책을 사든 다리품으로 책을 사든, 늘 손으로 만져서 읽습니다. 누리책조차 손으로 꾹꾹 누릅니다. 손으로 읽고 귀로 듣고 눈으로 보며 가슴으로 아로새기는 책입니다. 손을 거쳐 온몸으로 쭉쭉 뻗는 이야기가 흐드러지는 책입니다. 손꽃이 책꽃으로 잇닿습니다.

《시인이여 기침을 하자》(김수영, 열음사, 1994 고침3쇄)

《서울의 양심》(정희수, 시인사, 1988)

《한국현대시문학대계 11 신석정》(지식산업사, 1985)

《파란마음 하얀마음 2 용감한 사람들》(대교문화, 1987.8.1.)

《아프리카의 어제와 오늘》(김창훈, 탐구당, 1972)

《사부 3》(이향원, 북토피아, 1991)

《피안의 곡예사들》(부름, 1980)

《산수 2-1》(문교부, 1972)

《이제 우리는 무엇을 그리워 하는가》(권오운, 국문, 1981)

《유리가면 39(흑나비 6)》(넬베르디 원작/김이순 그림, 진성문화사, 1994)

《한국현대시문학대계 11 신석정》(지식산업사, 1985)

《동요하는 배는 닻을 내려라》(김형수, 살림터, 1992)

《people, 아름다운 얼굴 피플경남》(청암, 2002) 1호

2012.11.30.

신문사 문화부에서 내놓은

서울 〈골목책방〉

진눈깨비 흩날리는 늦가을 저녁에 책집마실을 합니다. 해 떨어지기 앞서는 찬비였다가, 해가 떨어지면서 진눈깨비로 바뀝니다. 추적추적 떨어지는 진눈깨비는 찬바람이랑 몰아치며 영천시장 어귀 헌책집으로 훅 들어옵니다. 〈골목책방〉은 1971년부터 이 자리를 지켰어요. 여름에는 그늘로, 겨울에는 찬바람으로 기나긴 해를 살아오며 책손하고 책을 잇는 다릿목이 되었습니다.

오늘은 마침 신문사에서 나온 '보도자료 꽂힌 새책'이 퍽 많습니다. 출판사에서는 책을 알리려고 알뜰살뜰 신문사로 보도자료랑 새책을 띄우고, 신문사는 자루조차 안 뜯은 채 헌종이로 내놓습니다. 헌책집지기는 종이쓰레기터(폐지처리장)에 가서 '자루조차 안 뜯긴 채 버려진' 책을 건사합니다.

문화부 기자를 탓할 마음은 없습니다. 바쁠 테니까요. 그래서 저는 신문글을 안 읽고 신문글을 안 믿습니다. ㄱ신문사 문화부 ㅎ기자한테 들어온 《2012 추천도서목록》을 봅니다. 328쪽짜리인데 1쪽부터 49쪽까지 청소년 책 광고입니다. 광고를 이토록 싣고도 책값을 3만 원 붙이는군요. 어쩌면 추천도서목록은 이름만 '추천도서'일 뿐, '광고목록'은 아닐까요? ㅎ기자가 버린《학교도서관저널》21호를 보니 자본주의를 나무라는 글이 가득합니다. 틀린 나무람질은 아닐 테지만, 입시지옥이 무시무시한 나라에는 자본주의도 똑같을밖에 없지 싶어요. 입시지옥 아닌 '살림배우기'로 거듭나지 않고서야 모두 말뿐인 나무람만 되리라 느낍니다.

다른 신문사에서 버린《동시마중》13호는 백 사람이 쓴 동시 백 가지를 담는데, 동시이건 어른시이건 글을 쓰는 분은 거의 서울에서 살아가는구나 싶어요. 시골살이나 숲살림을 노래하는 동시는 없어요. 따분합니다.

〈골목책방〉 지기님이 책값을 셈하는 동안 난로 곁에 서서 언손을 녹입니다. 헌책집 아저씨는 아침부터 저녁까지 이 추운 겨울에 책살림을 꾸리자면 손발이고 몸이고 꽁꽁 얼어붙겠지요. 그러나 저잣거리 골목 한켠에 자리한 헌책집으로 책손들 발길이 복닥거리면 서로 몸이 스치고 마음이 만나며 추운 날씨에도 포근한 기운이 감돌리라 생각합니다.

책이 있는 골목이 환합니다. 책이 있는 마을이 어여쁩니다. 책이 있는 삶터가 따사롭습니다. 마음 가득 "따뜻해, 따뜻해." 하고 생각하니 참말로 따뜻합니다. 책이 있는 마음이 넉넉합니다. 책은 삶이고 사랑이며 꿈이기에, 조그마한 책 한 자락으로 얼마든지 이 눈바람이며 칼추위를 녹일 만하지 싶습니다. 곰곰이 보면 '버려지는 책'이 아닌 '되읽히려고 자리를 옮긴 책'이지 싶어요.

《2012 추천도서목록》(학교도서관저널, 2013)
《학교도서관저널》 21호(2012.3.)
《동시마중》 13호(2012년 5·6월)
《비데의 꿈은 분수다》(정덕재, 애지, 2012)
《산에서 살다》(최성현, 조화로운삶, 2006)
《리얼리스트》(삶이보이는창) 2호(2010.6.)
《우리교육》 2012년 가을호

경성중고
버스
하우 스튜디오
수선
오서점
책 대여점
극동 방송국
서강초등학교
오거서 02) 333-3282
지하철 6호선 상수역
버스 ② ⑦ 361
버스 ②
제일 호텔

2013년

우리네 헌책집에서도 그런 모습을 볼 수 있는 곳이 있을까요? 헌것은 싫어하거나 꺼려하고 새것만을 찾거나 좇는 이 물결 때문에 낡거나 오래 묵었어도 값어치를 헤아려 주고 느끼면서 함께 아우를 수 있는 눈빛이 이 땅에 있는가 모르겠습니다. 오래된 알림판이면 오래된 그대로 두면서 우리 발자취를 알리고 말할 수 있을는지요. 아마 거의 '없다'는 쪽으로 기울지 싶습니다. 오래오래 손내음이 깃들었기에 굳이 바꾸고픈 마음이 없어도 새것으로 바꾸지 않으면 사람들이 안 처다보려 한다는 걱정에 묻히기 쉽지 싶습니다. 나라도 지자체도 으레 '알림판 바꾸기'를 꾀하면서, 마치 마을살림을 북돋우는 줄 잘못 알기 일쑤입니다. 서울 청계천 헌책집거리를 보면 알림판이 얼마나 자주 바뀌었는지 잘 엿볼 만합니다. 속살림을 거들지 않고 껍데기 바꾸기에만 돈을 쓰는 서울시요 나라인 셈일까요.

2013.1.10.

책이 흐르는 날

서울 〈책나라〉

1940년에 나온《朝鮮步物古蹟圖錄 2 慶州南山の佛蹟》(朝鮮總督府)를 1994
년에 열화당에서 새로 떠내어 내놓은 책을 봅니다. 우리말로도 옮기면 훨
씬 나았겠다 싶습니다. 한쪽에 쌓인 얇고 커다란 사진책은 '한국의 고건축'
꾸러미로군요. 모두 넉 자락입니다. 아주 깨끗합니다. 이 책은 어떻게 오늘
이곳에 들어왔을까요. 책 앞뒤를 살피는데, 뒤쪽 책자취가 있는 자리에 '인
천 남동구 만수동'에 있었다는 〈율곡문고〉 살피종이가 있습니다. 새책집
딱지가 그대로 있으니, 새책집에 들어와서 오래도록 안 팔렸다가, 책집이
문을 닫으면서 그대로 흘러나온 책일 수 있습니다.

　크리슈나무르티 님이 쓴《자유 속으로 날다》를 읽으면, '교육과 사회규
범'은 우리한테 아름답고 사랑스러우며 기쁜 숨결을 무너뜨린다고 밝힙니
다. 교육부에서 장관이 되거나 구실아치가 되는 분이 무엇을 하는지 생각
해 보면, 대통령 · 시장 · 군수 같은 벼슬아치뿐 아니라, 교장 · 교감을 맡는
사람, 교사 · 교수를 맡는 사람, 학교에 아이들을 보내는 어버이라는 사람
은 무엇을 하는지 헤아려 보면, 그저 슬픕니다. 아이들은 학교에서 교과서

를 배우지요. 교과서로는 대학입시를 가르치지요. 이뿐입니다. 학교에서는 이것 말고 없습니다. '교과서로 다루는 대학입시 지식' 빼고는 안 가르치고 안 보여줍니다. 이러니 학교를 다닐수록 죽은 낯빛이 되겠지요.

아이들한테 앞날을 밝히는 넋을 이야기하는 분은 몇쯤 될까요. 아이들한테 앞날을 밝히는 넋을 이야기하는 분은 학교에서 '구실아치 자리'를 지킬 수 있나요. 다시 말하자면, 아이를 학교에 보내어 입시교육을 시키면 시킬수록, 우리 삶은 아름다움하고 멀어지는 셈이에요. 어버이 스스로 아이한테 꿈과 사랑을 보여주면서 가르치려고 할 적에 비로소 꿈과 사랑이 피어날 테고요. 사랑을 가르쳐야 사랑을 배우지요.

쓸쓸히 서서 책을 읽자니 "뭔 책인데 그런 얼굴이오?" 하고 〈책나라〉 지기님이 묻습니다. "뭐, 좋은 책은 잔뜩 골라 놓고서 책값이 비싸다고 그러시우?" "아니요. 이 책에 흐르는 이야기가 쓸쓸해서요." "하긴 그래. 요 앞이 경희대학곤데, 대학생들 책 사러 안 와. 교수들도 안 오는걸, 뭐." 그래도 어느 분이 알아보고 기쁘게 읽은 책이 헌책집이란 징검다리를 거쳐 저한테 흘러왔습니다. 앞으로 제 손을 거쳐 흐를 글은 어디로 나아갈까요.

《朝鮮步物古蹟圖錄 2 慶州南山の佛蹟》(朝鮮總督府, 1940/1994)
《한국의 고건축 2 경복궁》(임응식, 광장, 1976)
《한국의 고건축 3 종묘》(임응식, 광장, 1977)
《한국의 고건축 5 강원도 너와집》(강운구, 광장, 1978)
《한국의 고건축 7 수원성》(주명덕, 광장, 1982)
《독립기념관 기념사진첩》(두손아트, 1987)
《자유 속으로 날다》(크리슈나무르티/조찬빈 옮김, 문장, 1983)
《이 나라가 누구 나라냐》(임수태, 거름, 1988)
《김남주의 집》(김남주, 그책, 2010)
《서른의 당신에게》(강금실, 웅진지식하우스, 2007)

살리는 손빛, 읽는 손끝

청주 〈대성서점〉

책에 적힌 글을 훑자면 눈을 써야 할 테지만, 책에 담긴 줄거리를 살피는 곳은 머리요, 책에 깃든 넋을 헤아리는 곳은 가슴이리라 생각해요. "책을 읽는다"고 할 적에는 손으로 읽지 싶어요. 손으로 만지는 책이고, 손으로 넘기는 책입니다. 손으로 첫 쪽을 펼치고, 손으로 마지막 쪽을 덮습니다. 손으로 책시렁에 놓습니다. 손으로 책꽂이에서 뽑습니다. 손으로 종이를 쓰다듬습니다. 손으로 종이를 쥐면서 책내음을 맡습니다.

책을 이루는 글을 손으로 씁니다. 글을 책마을 일꾼으로 손으로 품을 들여 가다듬고 엮어 책으로 빚습니다. 책이 태어나면 책집 일꾼이 책시렁에 정갈하게 꽂습니다. 책손은 손으로 책을 하나하나 어루만지며 살핍니다. 〈대성서점〉에 찾아갑니다. 청주를 밝히는 알뜰한 헌책집입니다. 빼곡한 책더미에서 《세계 어린이 민요》를 돌아봅니다. "청주시 북문로2가"에 있었다는 〈개신서원〉 붙임종이가 있습니다. 〈개신서원〉은 어떤 책집이었을까요. 프랑스 아이들이 부른다는 '우리 푸성귀밭'이라는 노래가 재미납니다. 이야, 프랑스에서는 이런 흙일을 이런 멋스러운 노래로 부르는군요. 게다가 우리말로 옮긴 분이 '푸성귀밭'이라 쓴 이름이 아름답습니다. '채소'도 '야채'도 아닌걸요. 《표준 한글 사전》을 들추다가 "[꽂개] 아이들 놀이의 한 가지"라는 풀이를 봅니다. '꽂개'는 어떤 놀이일까요?

1969년 9월 1일에 나온 《LIFE》를 보는데, 'T.Tanuma'라는 분이 담은 '매잡이' 사진이 눈부십니다. 'the youth communes'라는 이름으로 '큰고장을 떠나 숲에서 살림하는 사람'을 담은 사진이야기가 있습니다. 전기도 기계도 없이 풀밭에 천막을 치고 흙을 일구면서 살아가는 모습이 싱그럽고, 밤에 초를 밝혀 아이한테 책을 읽히는 어버이 모습이 싱그럽습니다. 우리는 1969년에 어떤 살림이요, 어떤 나라였을까요.

이야기를 담은 책을 읽으면서 이야기를 받아먹습니다. 사랑을 담은 책을 만지면서 사랑을 느낍니다. 먼먼 옛날부터 사람들은 글 없이도 입에서 입으로 슬기랑 삶이랑 꿈을 물려주었습니다. 오늘날 우리는 글도 쓰고 책도 엮어 우리들 슬기하고 삶하고 꿈을 뒷사람한테 물려줍니다. 모두 따순 손길을 물려줍니다. 저마다 따순 눈빛을 새로 북돋웁니다.

《세계 어린이 민요 1 북아메리카·남아메리카》(정상록 옮겨옮김, 예림당, 1972)
《세계 어린이 민요 2 서유럽》(정상록 옮겨옮김, 예림당, 1972)
《세계 어린이 민요 3 남유럽·지중해·아시아·오세아니아》(정상록 옮겨옮김, 예림당, 1972)
《한국민간전설집》(최상수, 통문관, 1958/1984)
《표준 한글 사전》(이윤재, 고려서적주식회사, 1947/1952)
《이선희 영상악보집·순수》(편집부, 상산, 1990)
《바른말 고운말 사전》(한갑수 엮음, 삼중당, 1975)
《樹の本》(サンワみとり基金, 1985)
《國語 4 下》(教育出版, 1995)
《발전하는 새 보성》(보성군, 1980)
《한국의 굿 1~5·7~17·19·20》(열화당, 1983~1993)
《pacific friend, photo of japan》 1970년대치 한 꾸러미
《LIFE》(LIFE) 1960년대치 여럿

책집은 책집이다

남원 〈용성서점〉

지난 2005년 어느 날 남원 〈용성서점〉 앞을 자전거를 타고 지나간 적 있습니다. 그때에는 서울에서 전주로 기차를 타고 간 다음, 전주부터 자전거를 달려 남원을 지나갔어요. 함께 자전거를 달린 벗님이 있기에 헌책집 〈용성서점〉을 보기는 했어도 혼자 멈추지 못했습니다.

여닫이를 스르륵 열고 들어서면서 "사장님, 책을 보면서 사진을 찍어도 될까요?" 하고 여쭙니다. 오늘이 지나면 이 헌책이 조금 있는 자리조차 사라질지도 모를 노릇입니다. 이곳이 책집으로 남원 이웃님하고 얼크러진 곳인 줄 느끼도록 사진 몇 칸을 남기고 싶어요. 책지기님은 "볼 책이 뭐 있겠어요? 이제는 볼 책이 없어요." 하고 말씀하지만, 저는 꼭 한 자락이라도 이곳에 볼 만한 책이 있으리라 생각합니다. 아니, 이곳에서 볼 만한 책을 찾아내면 돼요. 책시렁을 살피며 두 손으로 먼지를 닦습니다. 손은 이따가 남원 기차나루로 돌아가서 물로 씻으면 됩니다. 조금이라도 이곳 책시렁 먼지를 삭삭 닦아 주고 싶습니다.

남원시에서 남원문화나 남원관광을 소리 높여 외치려 한다면, 이 작고 예쁜 곳이 참말 작으면서 예쁜 책집으로 뿌리를 내리며 꽃을 피우도록 마음을 기울일 수 있어요. 남원에서 초·중·고등학교 교사로 일하는 분이 소매 걷고 앞장서서 남원에 아직 있는 이곳을 아름다운 '책집'이 되고 '책숲'으로 거듭나도록 북돋울 수 있습니다. 아직 있는 책집을 살리는 품과 돈과 땀은 조금이면 됩니다. 역사가, 문화가, 책이 무엇인가요. 행정으로 만들지 못해요. 예술가가 만들지 못해요. 돈만 있대서 만들지 못해요.

남원 〈용성서점〉은 언제부터 이곳에서 책터로 뿌리를 내렸을까요. 남원에 〈용성서점〉이 처음 기지개를 켤 무렵 다른 헌책집은 없었을까요. 〈용성서점〉을 마지막으로 삼아, 다른 헌책집은 모두 사라졌을까요. 남원에도, 구례에도, 곡성에도, 화순에도, 영암에도, 부안에도, 목포에도, 강진에도, 해남에도, 완도에도, 보성에도, 장흥에도, 고흥에도 마을책집이 깃들 수 있기를 빕니다. 작은 시골에 작은 마을책집이 하나씩 있기를 빕니다. 큰고장이든 작은고장이든 시골이든, 이곳저곳에서 다 다른 사랑을 받아서 태어난 아이들이 하나같이 서울로 가려고 다투기보다는, 저마다 태어나서 자라난 고장과 고을과 시골에서 곱게 무지개빛을 길어올리는 책숲을 일굴 수 있는 웃음꽃을 피운다면 반가운 일입니다.

이제 '시골 작은 오락실' 구실이 한결 크구나 싶은데 이곳에 놓은 오락 기계를 두들기러 찾아오는 아이들이 "아, 이곳에 책이 있구나? 오늘은 책을 읽어 볼까?" 하는 마음이 싹틀 날을 그려 봅니다. 마을책집은 마을을 새롭게 지피는 텃밭이자 마당이자 풀숲입니다.

《나도 아빠가 되었다》(봅그린/김재영 옮김, 서울포럼, 1992)
《서글픈 고정관념》(박종화, 시와사회, 1999)
《일본 유학생의 한국 체험》(히다카 유니/김재영 옮김, 서울포럼, 1991)
《사랑이여 나의 목숨이여》(신달자, 오상, 1989)
《마이클 잭슨 스토리, 나의 사랑 나의 노래》(넬슨 조지/오현주 옮김, 평범서당, 1984)

반공책

전주 〈일신서림〉

학교를 다닐 적을 떠올리면 수업을 받다가도 교과서 귀퉁이에 으레 그림을 그리거나 글을 끄적였습니다. 그림쟁이나 글쟁이가 되려고 그리거나 끄적이지 않았어요. 교과서를 외우는 수업이 지겹고 졸리니 으레 딴청이었어요. 머리를 지키고 마음을 살리고 싶기에 저절로 그림놀이나 글놀이 같은 딴짓을 했고, 교사한테 들통나 출석부로 흠씬 얻어맞는 나날이었습니다.

시험을 치를 적에도 똑같아요. 100점을 안 맞더라도 시험문제는 10~20분이면 다 풉니다. 남아도는 틈에 시험종이 빈자리에 온갖 그림과 글을 채웁니다. 자율학습·보충수업으로 시달릴 적에도 이렇게 했지만, 고등학교 2학년 가을부터 자율학습·보충수업을 곧잘 빼먹으면서 헌책집으로 내빼어, 헌책집 한켠에 옹크리고 앉아 책집지기님이 "어이, 학생, 이제 나도 집에 가야 하는걸?" 하고 물을 때까지 책읽기에 사로잡혔습니다.

남원에서 전주로 건너와 〈일신서림〉에 들릅니다. 전주에 올 적마다 찾아가던 〈비사벌〉은 이제 없지만, 〈일신서림〉은 자리를 씩씩하게 돌보셔서 고맙습니다. 한창 책을 살피는데 '양서의 전당, 전주 민중서관' 살피종이

가 붙은 책이 보이고, '재활문고'라는 이름이 붙은 《아아! 우리 조국》을 봅
니다. 반공책이로군요. 이 책은 끝에 '재활문고 및 반공책 도서목록'을 붙
이는데, "초등 1~2학년(노경실), 초등 3~4학년(윤영일), 초등 5~6학년(이
상기), 중·고등학생(이효성)"에 따라 반공책을 달리 밝힙니다. 쓸쓸하지만
잊기 싫은 자취입니다. 독재 우두머리한테 빌붙어 반공동화를 쓰거나 반공
추천도서를 퍼뜨린 글쟁이는 오늘 무엇을 할까요? 돈·이름·힘을 얻고자
반공책에 앞장선 이들은 이 허튼짓을 뉘우친 적이 있나요? 반공독후감·
반공웅변에 시달린 어린 날은 생각하기 싫도록 소름돋습니다.

전주여자고등학교 도서관에서 내다버린 《조선도공을 생각한다》를 살피
니, 학교도서관에서 책에 붙인 '꿀벌이 꽃을 대하듯이 책을 대하라. 벌은
달고도 향기로운 꿀을 마시되 그 꽃은 조금도 상함이 없느니라.' 같은 글월
이 있어요. 멋스럽습니다. 그러나 책은 버리지요. 학교이건 공공도서관이
건 책을 두는 자리를 넉넉히 두거나 늘리지 않거든요.

책값을 셈하고 나와서 〈홍지서림〉 앞을 지나갑니다. 마을가게에서 전
주 막걸리 두 병을 장만해서 길손집을 찾아갑니다. 하루를 묵는 삯이 서
울보다 비쌉니다. 밤이 조용합니다. 그러나 책이 곁에 있습니다. 오늘 만
난 책에 저를 다독여 줍니다.

《스트라빈스키와의 대화》(I.스트라빈스키/국민음악연구회 옮김, 국민음악연구회, 1976)
《남은 햇살로》(이상렬, 고려가, 1990)
《떫》(고영규, 신아출판사, 1986)
《민들레야 민들레야》(진동규, 문학세계사, 1990)
《멀리 두고 온 휘파람소리》(안혜숙, 늘푸른, 1991)
금성출판사 사외보 《책나무》(금성출판가족) 1994년 7~8월호
《아아! 우리 조국》(이효성, 한국서적공사, 1984)
《기도의 산, 전국 기도원 순례기》(나운몽, 愛鄕塾, 1979)
《조선도공을 생각한다》(최승범, 신영출판사, 1994)

이 책들 참 좋은데

대구 〈대륙서점〉

이제 대구는 헌책집이 몇 곳 안 남습니다. 다른 고장도 비슷하지만, 대구는 남다르다 싶도록 빠르게 사라지지 싶습니다. 고장은 크고 사람은 많으나 책집이 적어요. 정치 · 경제 · 스포츠 · 문화가 시끌벅적하지만, 마음을 다스릴 책밭은 얄아요. 대구 시외버스나루에서 택시를 타고 교동에서 내려, 〈신라서점〉과 〈평화서적〉이 잘 있는지 헤아려 봅니다. 책집이 사라진 자취를 보면 이래저래 허전합니다.

마을책집이 문을 닫을 적에는 '몇 군데'가 닫았다고 세기 일쑤입니다. 마을책집 이름을 하나씩 들면서, 이 마을책집이 마을에서 일구던 책삶을 돌아보는 일은 거의 못 봐요. 가만히 보면, 책집이 스러지고 나서야 그 책집 이야기를 쓸 일이 아니라, 책집이 튼튼하게 살림을 꾸릴 적에 이곳에 즐거이 마실하면서 어떤 책을 만나는가 하는 이야기를 쓰고 나눌 일이라고 생각해요.

예전하고 대면 토막난 크기인 〈대륙서점〉을 찾아갑니다. 아버지를 이어 책집을 돌보는 지기님은 사람들이 책을 덜 찾는 바람에 어쩔 길 없이 가게를 토막내고 숱한 책을 그냥 버려야 했대요. 《한용운 산문선집》을 읽다가 생각합니다. 한용운 님뿐 아니라, 이육사 님이나 윤동주 님도 사랑을 노래하는 시를 썼구나 싶어요. 백석 님이든 김수영 님이든 신동엽 님이든, 모두 사랑을 노래하려고 시를 썼지 싶어요. 김남주 님도 고정희 님도 이녁 시를 이루는 바탕은 한결같이 사랑일 테고요.

사람을 사랑하고 삶을 사랑합니다. 숲을 사랑하고 흙을 사랑합니다. 푸른별을 사랑하고 아름다운 시골마을을 사랑합니다. 이웃을 사랑하고 동무를 사랑합니다. 꿈을 사랑하고 이야기를 사랑합니다. 서로 어깨동무하는 품앗이와 두레를 사랑해요. 아이들 웃음을 사랑하고 어머니 손길을 사랑합니다. 할아버지 손가락을 사랑하고 할머니 치맛자락을 사랑합니다. 〈대륙서점〉 지기님이 문득 "나는 이 책들 참 좋은데, (손님들이) 안 사 가네." 하고 말씀합니다. 그래요, 아직 책손이 알아차리지 못한 책이 있고, 앞으로 책손이 알아차릴 책이 있어요. 나무 한 그루 우뚝 서면 즈믄 해를 거뜬히 살듯, 책 한 자락 태어나면 즈믄 해를 살아가면 좋겠습니다.

《먼나라 이웃나라 4 네덜란드》(이원복, 고려원미디어, 1987)
《위례성 백제사》(한종섭, 집문당, 1994)
《사진으로 보는 환상의 섬 제주도》(한림출판사, 1989)
《한옥의 조형미에 대한 연구(임하댐 수몰지역을 중심으로)》(강상규 엮음, 경북실업전문대학, 1989)
《사진의 역사》(뉴우홀/안준천 옮김, 신진각, 1976)
《예술로서의 디자인》(브루노 무나리/김윤수 옮김, 일지사, 1976)
《신편 한국근대사연구》(강재언, 한울, 1982/1986)
《한용운과 위트먼의 문학사상》(김영호, 사사연, 1988)
《한용운 산문선집》(한용운/정해렴 옮김, 현대실학사, 1991)
《서문동답》(박인식, 문성당, 1986)
《생명의 농업과 대자연의 도》(후꾸오까 마사노부/최성현·시오다 교오꼬 옮김, 정신세계사, 1988)
《아스팔트 위에서 피는 야생화》(김태정, 부루칸모로, 1989)
《풀꽃》(김종태, 새벽, 1992)
《그래도 별은 빛나고 있었다》(황금찬, 홍익재, 1981)
《괜찮다 괜찮다 다 괜찮다》(천상병 글·중광 그림, 강천, 1990)

아이스크림 하나씩 사 줘도 될까

서울 〈문화당서점〉

학자끼리 캐내는 역사란 어떤 이야기가 될까요. 문화 · 교육 · 예술 · 사회 · 정치는 전문가만 해내는가 궁금합니다. 전문가끼리 벌이는 일은 어떤 이야기로 이을 만할까요. 오래오래 헌책집을 돌본 일꾼은 학자도 전문가도 글잡이도 아닙니다. 그런데 헌책집에서 다루는 책은 교과서 · 참고서 · 잡지를 비롯해 온나라를 넘나드는 깊고 너른 이야기를 담습니다. 헌책집지기는 '책을 읽을 틈'이 모자랍니다. 묻히거나 버려진 책을 캐내어 손질하고 닦은 다음에 책시렁에 놓기 바쁩니다. 다 다른 갈래에서 다 다른 길을 가는 사람을 마주하면서 다 다른 책을 알맞게 알려주고 이어줍니다.

헌책집지기 가운데 대학교나 대학원을 다닌 이는 손에 꼽도록 드뭅니다. 학교 문턱을 안 밟거나 짧게 디딘 분이 수두룩합니다. 그저 책집에서 일하고 책을 만지며 스스로 찾아내고 알아내어 밝히고 깨달아 모든 알음알이를 둘레에 스스럼없이 나누는 헌책집지기라고 느껴요. 〈문화당서점〉 지기님은 "그렇게 많은 책을 다루고 팔았는데도 아직 처음 보는 책이 많아요. 그런데 간혹 '내가 책을 좀 안다'고 말하는 분이 있더구만. '책을 안다'

고 말할 수 있을까? 백만 권이 아닌 천만 권을 읽었더라도 그보다 훨씬 많은 책이 있는데 어떻게 '책을 안다'고 말할 수 있지요? 우리는 다 '책을 모르는' 사람이 아닐까요? 그 학자님이 '책을 안다'면 군이 뭣하러 우리 책방에 와서 책을 사가야겠어요? '책을 안다'면 이제 그만 봐야지. 책방에 온다는 소리는 '아직 책을 모른다'는 뜻이에요. 아직 책을 모르기에 더 겸손해야 하고, 책방에 오는 분들은 더 고맙게 배우려는 마음이어야 하지 않을까요? 최 선생은 어떻게 생각하시나요?" 하고 으레 말길을 엽니다. 〈문화당 서점〉 지기님한테 아들뻘인 저한테 꼬박꼬박 '최 선생'이라 하면서 '책을 얕보면서 책을 안다'고 말하는 학자·전문가·지식인·교수 손님이 아쉽다고 이야기하셔요. "다 그분들이 필요해서 헌책방까지 와서 귀한 책을 사가는데 아무도 고맙다는 말을 하지 않아요. 다들 '왜 이리 비싸냐' 하는 말부터 해요. 배운 분들이 그래서야 되겠습니까? 최 선생은 어떻게 생각하시나요?" 오랜책, 새책, 어린이책, 한문책, 영어책, 일본책, 문학책, 인문책, 사진책, 그림책을 고루 다루며 알찬 이곳에 찾아오면 쌈짓돈까지 헐고야 맙니다. "내가 최 선생한테 책을 너무 많이 팔지 않았나 모르겠네요. 그래도 좋은 책을 가져가시면 나도 기분이 좋지." 두 아이를 보시더니 "애들한테 아이스크림 하나씩 사 줘도 될까? 그런데 어린이날에 아이를 헌책방에 데리고 다니는 아버지가 있나? 허허." 하십니다. 아이들하고 누릴 동화책·그림책을 한 꾸러미 고릅니다. 제가 볼 책은 몇 가지만 가볍게.

《심술북》(이정문, 송우출판사, 1993)
《기린 울음》(고영서, 삶이보이는창, 2007)
《사랑할 것이 많이 남았는데》(4·26창작단, 힘, 1992)
《슬픈 날》(이기주, 내일을여는책, 1995)
《MASK, UNMASK》(전경애, 비봉출판사, 2010)
《無花果の木の下で》(嶋 行比古, 美術出版社, 1998)

아이를 돌보며
사랑스러운 어린이책

서울 〈유빈이네 책방〉

서울마실 하는 길에 곧잘 이대역 앞에서 내립니다. 이곳에 있는 헌책집
〈유빈이네 책방〉에서 한나절 즈음 책을 즐깁니다.

〈유빈이네 책방〉 지기님은은 "찾아오기 좋아하시는 분들은 그냥 오시
고, 와서 구경하며 놀다 가시는 분 있고." 하고 말씀합니다. 마을에 깃든 헌
책집을 알아보는 분이라면 즐겁게 찾아옵니다. 책집이 작아서 못 알아보는
분이라면 그저 모르는 채 살아요.

오늘은 머물 겨를이 얼마 안 되어 책 몇 자락 못 고르겠구나 싶지만, 시
골집에서 아버지를 기다리는 아이들한테 건넬 그림책부터 몇 자락 살핍니
다. 이러고서 〈하퍼스 바자〉 2009년 6월호 딸림책이라는《24 hours with
Wonbin in Paris》를 보는데, 재미난 사진책이네 싶으면서 살며시 쓴웃음이
납니다. 파리에 머물렀다는데 왜 프랑스말 아닌 영어로 딸림책 이름을 붙
였을까요. 곰곰이 본다면, 어른잡지 아닌 어린이잡지에서는 '이웃나라 어
린이 하루'라든지 '서울 어린이 하루'라든지 '바닷가 어린이 하루'라는 이

름으로 딸림책을 엮어서 나눌 만하겠네요.

손전화가 울립니다. 책집에서 책에 파묻힌 저를 부릅니다. 손전화에 대고 얼른 자리에서 일어나겠다고 얘기합니다. 두리번두리번 책시렁을 더 살핍니다. 1분 더 살피고 싶습니다만 마음이 바쁘니 눈을 밝게 뜨지 못합니다. 마음을 다그치니 책을 눈으로 못 담고, 눈으로 담지 못하는 책은 품에 안기지 못하겠지요. 사진기를 등짐에 넣고 눈을 지긋이 감습니다. 오늘은 오늘 찾아온 책까지만 반갑게 맞이하면 되고, 다른 책은 다음에 새롭게 찾아와서 맞이하면 된다고 혼잣말을 합니다. 오늘 이곳에서 찾아온 책부터 기쁘게 누리지 못한다면, 앞으로 만날 새로운 책도 기쁘게 여기지 못하리라고 중얼중얼합니다.

즐겁게 들르는 책집입니다. 바쁘게 들르는 책집이 아닙니다. 즐겁게 읽을 책입니다. 후다닥 읽어치울 책이 아닙니다. 누구는 갓 나올 적에 읽고, 누구는 한 달 지난 뒤에, 누구는 석 달 지난 뒤에, 누구는 한 해 지난 뒤에, 누구는 몇 해 뒤에 읽어요. 때를 맞추어 읽습니다. 활짝활짝 깨어날 꽃다운 때에 이르러 아름책을 만납니다.

언제라도 알아보고 만나면 되겠지요. 스무 해 동안 몰라보다가 오늘 알아채도 되고, 스무 해 뒤에 알아봐도 될 테고요. 바로 오늘 읽을 책입니다. 모든 책은 우리를 기다려 줍니다. 어여쁜 책이 베푸는 마음을 받아안고서 자리에서 일어납니다.

《Peasant pig and the terrible dragon》(Richard Scarry, Sterling Pub, 1981/2009)
《the great pie Robbery》(Richard Scarry, Sterling Pub, 1969/2008)
《지구를 색칠하는 페인트공》(양귀자, 살림, 1989)
《24 hours with Wonbin in Paris》(하퍼스 바자, 2009.6.)
《Big Bird's animal game》(Constance Allen 글·Tom Cooke 그림, Golden press book, 1993)
《Bert's beautiful sights》(Constance Allen 글·Maggie Swanson 그림, Golden press book, 1990)

헌책집에 있는 책

부산 〈현우서점〉

발걸음을 멈추고 살그마니 들여다보면 마음을 톡 건드리는 책을 알아봅니다. 발걸음을 멈추지 않고 휙 스쳐서 지나가면 마음을 톡톡 움직이는 책이 가득 있어도 미처 못 알아봅니다. 책을 읽으려면 걸음을 멈추어야 합니다. 도서관에서든 새책집에서든 헌책집에서든, 느긋한 마음이 되어 가벼운 생각으로 있을 적에 책을 쥐어들 수 있습니다. 마음속에 빈틈을 마련해 이야기가 곱게 새로 깃들기를 바랄 적에 바야흐로 책을 펼칠 만합니다. 보수동 헌책집골목을 걷다가 문득 발걸음을 멈추고 〈현우서점〉 앞에 섭니다. 어떤 책이 저를 부르는구나싶어 책시렁을 가만히 바라봅니다. 어린이책이 켜켜이 쌓인 곳을 살피다가 《슈와가 여기 있었다》를 봅니다. 재미있으려나. 조그마한 일본 만화책을 봅니다. 일본에서는 이렇게 손바닥에 살포시 감기는 만화책을 으레 펴냅니다. 작아도 알차게 엮어 눈이 안 아프고 값이 싸며 가볍습니다. 어떤 이야기를 담기에 빛나고, 어떤 삶을 들려주기에 아름다우며, 어떤 사랑을 밝히게에 즐거울까요. 누구 목소리를 담고, 누구 얼굴을 보여주며, 누구하고 어깨동무하는 길을 들려주는 문학일까요.

어른들은 큰고장 한복판에서 물놀이를 즐기려고 생각하지 않습니다. 어른들은 큰고장에서 들짐승이나 들풀하고 사귀려 하지 않습니다. 어른들은 큰고장에 풀숲이나 나무숲을 가꾸기보다는 높다란 집에 자동차에 장삿거리를 펼치려고만 듭니다. 어린이가 마음껏 드나들며 거리끼지 않고 뛰놀 터전을 펼 뜻이 없어요. 그런데 어린이 놀이터가 없는 곳이란, 어른들 쉼터가 똑같이 없습니다. 어린이가 자동차 때문에 걱정스러운 곳이라면, 어른도 자동차 때문에 골머리를 앓아요.

제인 구달 님은 열 살을 맞이하던 날 할머니가 너무밤나무를 주었다고 합니다. 태어난 기쁨을 나무 한 그루로 나눌 줄 아는 어른(할머니)이란 참으로 슬기롭습니다. 오늘날 어른들은 아이한테 무엇을 건네는지요?

사람과 숲이 살아온 발자취를 헤아리고, 숲과 사람이 어우러진 나날을 돌아봅니다. 사람은 숲이 있어 집옷밥을 얻습니다. 숲은 사람이 있어 따사로운 손길을 받습니다. 서로서로 아끼고 사랑합니다. 따뜻이 삶이 빛나고, 환하게 이야기가 솟아요.

헌책집에 있는 책은 헌책이면서 새책입니다. 조금 낡았거나 다른 사람 손을 탔으니 헌책일 뿐입니다. 묵은 이야기라 하더라도 오늘 처음 만나는 이야기라면 언제나 새책입니다. 예전에 읽은 이야기일지라도 새롭게 읽으면 늘 새책입니다. 이야기를 누리려고 책을 삽니다. 이야기에 깃든 사랑과 꿈을 받아먹으려고 책을 읽습니다.

《슈와가 여기 있었다》(닐 슈스터만/고수미 옮김, 한림출판사, 2009)
《モト子せんせいの會合》(media factory, 2003)
《산사나무 아래에서》(마리타 콜론 맥케너/이명연 옮김, 산하, 2006)
《자연과 하나 되는 녹색도시 이야기》(창조문화 어린이 환경팀, 창조문화, 2002)
《제인 구달, 침팬지와 함께한 나의 인생》(제인 구달/박순영 옮김, 사이언스북스, 2005)

입시지옥이어도 책읽기

부산 〈대우서점〉

아이들이랑 부산마실을 왔어요. 따로 볼일이 있다기보다, 하늘농약(항공방제) 때문에 달아난 길입니다. 시골에서는 한꺼번에 농약을 쳐야 한다며 온 마을 모든 논밭에 집집마다 한꺼번에 농약물결입니다. 하늘은 헬리콥터가 농약을 퍼부으며 춤추고요. 마당에 나올 수조차 없고 숨마저 못 쉬겠구나 싶어 차라리 큰고장에 가자고, 큰고장 책집에서 쉬자고 생각했습니다. 나라(정부·농협)는 하늘농약을 시골이바지(농촌복지)로 여깁니다만, 온통 농약물결이 되면 새·개구리·벌나비가 싹 죽어요. 사람하고 나락만 살아남습니다. 나무마저 시름시름 앓지요. '친환경농약'이라 합니다만, 잠자리·매미·귀뚤이까지 모조리 죽이는데 무슨 '친환경'일까요.

예전에 읽은 《칼럼으로 본 일본 사회》를 흘긋하다가, 예전은 예전이요 오늘은 오늘이라고 생각을 돌립니다. 오늘 이 책을 이 자리에서 만나 손에 쥐면 '오늘 읽는 새로운 책'입니다. 문득 펼친 자리에 '제암리 학살 사건' 이야기가 흐릅니다. 이 일을 일본한테 따졌지만, 일본은 아주 바보스러운 모습을 보여주었는군요. 생각을 하지 않는다면 누구나 바보스럽습니다. 생각을 안 하기에 사람다움하고 등지고, 사랑스러움하고 멀어집니다.

일본에서도 '사람들이 책을 차츰 안 읽는다'는 말이 흐르는 듯합니다. 일본에서는 이를 '관리 교육과 입시지옥' 때문이라고 얘기합니다. 1점조차 아닌 0.1점에 바들바들한다면 교과서 · 참고서 아닌 책을 쥐기 어렵고, 생각이 갇히기 마련이에요.

어쩌면 '사람들이 책을 읽지 못하게끔' 입시지옥을 고스란히 잇는지 몰라요. 사람들이 책을 깊고 넓게 읽어 스스로 슬기롭고 참한 넋이 된다면 온나라를 알차고 아름답게 가꾸는 길을 갈 텐데, 이때에는 벼슬아치 · 구실아치 쇠밥그릇이 사라져요.

진작 읽은 《한국의 친족용어》를 다시 읽는데, '살붙이 이름'은 으레 한 자말입니다. '아버지, 어머니, 아저씨, 아주머니'처럼 수수한 이름은 살붙이 이름하고 차츰 멀어집니다. 겉훑기에 얽매인 허물일까요.

책값을 치르고 〈대우서점〉을 나섭니다. 옆을 스치고 지나가는 두 사람이 "좋지?" "응." "책냄새 좋다." "이런 데가 있구나." 하고 이야기합니다. 두 사람은 책으로 만나고 사귀며 어울리는 사이일까요. 이제 책에 눈뜨려 하나요. 천천히 여러 책집을 거닐며 저마다 한 손에 책을 한두 자락씩 쥐는 뒷모습을 가만히 바라봅니다. 두 사람이 모퉁이에서 사라집니다. 다시 생각합니다. 아무리 입시지옥 졸업장학교가 판치더라도 길들기를 거스르는 사람이 있습니다. 마음에서 피어나는 사랑으로 마주하려는 사람이 있습니다. 이들은 학위 · 경력 · 이름 · 돈이 아닌 '즐거운 살림 · 사랑'을 바라보면서 글을 쓰고, 이 글이 책으로 태어나며, 이 책이 마을책집에 깃들어요.

《칼럼으로 본 일본 사회》(야스에 료스케/지명관 옮김, 소화, 2000)
《한국의 친족용어》(최재석, 민음사, 1989)
《산적의 딸 로냐》(린드그렌/김라합 옮김, 일과놀이, 2002)

2013.9.13.

늘 그곳에서 책내음

서울 〈영광서점〉

석류알이 터지는 구월입니다. 우리 집 뒤꼍에서 자라는 석류나무는 씩씩하게 가지를 뻗고 꽃을 피우더니 열매를 맺어요. 서울은 비가 퍼붓는다고 합니다. 이듬해에 태어날 《숲에서 살려낸 우리말》에 그림을 담아 줄 강우근 님을 만나러 서울에 가기로 합니다. 시골이나 작은고장 어린이 삶에 맞춘 책이 아예 없다시피 하지만, 서울 어린이도 숲이라는 터를 새롭게 바라보기를 바라고, 시골 어린이도 서울바라기에 매이지 않기를 바라면서 책 하나를 썼고, 이 책에 그림을 담을 분은 도봉산 기스락에 산다고 합니다.

얼마 앞서 서울도서관에서 '헌책방지도'를 만들었다고 이웃님이 알려주었습니다. "그런가요?" 하고 심드렁히 대꾸했는데, 나중에 "서울도서관 헌책방지도"를 올린 누리집을 찾아가니, 제가 그동안 갈무리한 자료하고 사진을 저한테 안 묻고 그냥 가져다가 썼습니다. 저는 2006년에 《헌책방에서 보낸 1년》을 내놓으면서 '서울·전국 헌책방 목록'을 붙였습니다. 혼자 일궈낸 '전국 헌책방 목록'이 아니라, '헌책방 사랑누리'란 모임을 열어 여러 이웃님하고 열 몇 해에 걸쳐 살피고 갈무리해서 엮은 꾸러미요, 누구나 마음껏 쓰라고 밝혔습니다만, '개인 아닌 공공기관'에서 말없이 가져다쓴다면 좀 얄딱구리합니다.

서교동에서 동묘로 옮긴 〈영광서점〉을 찾아갑니다. 지기님은 첫밗에 "진짜로 오랜만이네요?" 하고 활짝 웃습니다. "살림집을 고흥으로 옮기느라 참말 오기 힘들었네요." "그흥? 고창? 고흥이 어딥니까?" "어, 전라남도에서 벌교 밑에 살짝 붙은, 서울서는 해남·강진보다 먼 곳입니다." "그런데가 한국에 있나요?"

지기님은 고우영 만화 《삼국지》를 한창 읽으십니다. 묵었지만 재미난 만화책이지요. 골마루를 살살 돕니다. 〈영광서점〉은 서교동에 있을 적에나 동묘로 왔거나 그대로 〈영광서점〉이네 싶고, 이쪽으로 오면서 책을 한결 골고루 넉넉히 풀어놓는구나 싶습니다. 아름답게 살아가고 싶은 꿈이 있으면 아름답게 돋아날 글을 씁니다. 즐겁게 살아가고 싶은 꿈이 있으면 즐겁게 춤출 책을 찾습니다. 글마다 새롭고 책마다 새삼스럽습니다.

저녁에 만날 분이 있는 곳으로 가야 할 때가 얼마 안 남습니다. 고흥서 서울로 오느라 길에서 오래 보냈거든요. 주섬주섬 고른 책을 셈하고 등짐에 하나하나 담습니다. '책집마실이란 마음이 담긴 돈을 책으로 바꾸려고 사뿐히 찾아가는 걸음걸이일 테지' 하고 속으로 생각합니다.

《한국 여성의 전통성》(민음사, 1985)
《새벽보다 먼저》(김남조, 문학과비평사, 1988)
《찬란한 슬픔》(김영랑, 문학과비평사, 1988)
《농기구》(박대순 글·김종섭 사진, 대원사, 1990)
《마흔 살 고백》(공선옥, 생활성서, 2009)
《東京 バカッ花》(室井 滋, 文春春秋, 2002)
《이라크에서 온 편지》(한국이라크반전평화팀, 박종철출판사, 2003)
《自然のなかの喜び·春》(東山魁夷, 講談社, 1982)

작은책집 빛살무늬

서울 〈서라벌서점〉

조그마한 헌책집 하나 있습니다. 서울은 조그맣지 않고 커다랗지만, 이 커다란 고장 커다란 찻길 한켠에 조그마한 헌책집 하나 있습니다. 조그마한 헌책집은 사람들 눈에 잘 안 뜨입니다. 사람들은 조그마한 헌책집을 눈여겨보기보다는 그저 지나치기 일쑤요, 조그마한 헌책집 있는 앞을 안 지나가곤 합니다. 으레 자가용을 달립니다. 두 다리로 걷거나 자전거를 달리지 않아요. 지하철을 타면 조그마한 헌책집은 알아챌 길 없고, 버스를 달리더라도 바로 옆에 헌책집이 있어도 느끼지 못해요. 그러나 조그마한 텃밭에서 푸성귀가 자라고 나무 한 그루 씩씩하게 자라요. 조그마한 사람들 손길로 이루는 사랑이 천천히 흐릅니다. 조그마한 사람들 노래로 이루는 이야기가 가만히 감돕니다. 도봉구 쌍문2동 정의여고네거리 한쪽에 깃든 〈서라벌서점〉을 찾아갑니다. 지하철 4호선 쌍문역으로 치면 4번 나들목으로 나와서 정의여고 가는 길에 있어요.

책을 한 꾸러미 고릅니다. 이곳저곳에서 이 책 저 책 튀어나옵니다. 조그마한 책터 곳곳에 눈을 밝히는 책이 곱상히 깃들어요. 허리를 숙이고, 바닥에 쪼그려앉으면, 책빛이 살며시 드리웁니다. 천천히 책시렁을 살피고, 가만가만 책을 집어 펼치면, 책마다 담은 이야기빛이 살그마니 퍼집니다.

커다란 책집은 이 넓이만큼 더 많은 책을 건사하리라 생각해요. 조그마한 책집은 조그마한 자리대로 알차고 알뜰히 책을 가누는구나 싶어요. 커다란 책집에는 더 많은 사람이 드나들고, 조그마한 책집에는 발길이 느긋하도록 마음빛 밝히는 숨결이 흐르는구나 싶어요.

이 땅을 슬기롭게 바라보려 한다면, 꽃씨를 묻고 나무를 심어 아름드리로 돌볼 이 땅을 사랑으로 바라보려 한다면, 글이든 책이든 정치이든 경제이든 제대로 펴리라 봅니다. 묻는 손길하고 심는 손짓이기에 보금자리·마을·나라를 아름다이 일구는 교육이나 문화나 예술로 거듭나리라 봅니다.

큰 냇물이 흐르는 사이사이 조그맣게 시냇물이 흘러 마을을 적시고 들과 숲을 적셔요. 큰 물줄기 곁으로 조그마한 물줄기가 뻗어 마을과 들과 숲을 싱그럽게 보듬어요. 조그마한 책집에 조그마한 책이 모여 조그마한 책빛이 반짝입니다. 작은책집이 마을을 살리는 셈입니다. 작은가게와 작은마을이 이 나라를 살리는 셈입니다. 작은마음이 모여 책빛이 되고, 작은사랑이 어우러져 삶노래가 되어요.

《내가 나인 것》(야마나카 히사시/햇살과나무꾼 옮김, 사계절, 2003)
《하니와 함께 떠나는 갯벌여행》(박용해, 창조문화, 2000)
《대현동 산1번지 아이들》(고정욱, 한겨레아이들, 2003)
《이승모 할아버지의 남녘북녘 나비 이야기》(이상권 글·이제호 그림, 청년사, 2003)
《가우디의 바다》(다지마 신지 글·A.라마찬드란 그림/강우현 옮김, NAMI books, 2005)
《the mixed-up chameleon》(Eric Carle, harpertrophy, 1975)
《brown bear, brown bear, what do you see?》(Eric Carle, penguin book, 1984))
《주먹이》(서정오 글·이영경 그림, 곧은나무, 2005)
《종이 오리기 공예》(스튜어트 월턴·샐리 월턴, 홍익출판사, 2002)
《최신컬러판 종이접기 백 선 1~10》(종이나라, 1992~1996)

2013.10.18.

처음 받은 사진 두 자락

부산 〈제일서점〉

책을 책으로 처음 바라보기로는 열여덟 살 무렵입니다. 이때부터 여덟 해 동안은 '사진을 굳이 찍을 까닭이 없다'고 여겼습니다. 애써 필름으로 담아 종이로 내놓기보다는, 마음으로 새겨 언제라도 마음에서 척척 꺼내면 되고, 마음에서 마음으로 가만히 건네거나 남기면 넉넉하다고 여겼어요. 마을에 깃든 작은 헌책집을 찾아가고 싶다는 신문·잡지 기자를 여러 해 이끌다가 '뭔가 아니다' 싶었습니다. 사진기자치고 책집에 찾아가서 '책시렁부터 둘러보고 책을 즐겁게 장만한 다음'에 사진기 단추를 누르는 이를 못만났습니다. 글을 쓰는 기자는 대뜸 책집지기한테 이모저모 물어볼 뿐, 스스로 책집 골마루를 누비거나 이 책 저 책 살펴 읽고 장만하면서 물어보려하지 않아요. 나중에 신문·잡지에 실린 '헌책집 취재글'을 보고는 어쩜 이렇게 글도 사진도 엉터리인가 싶어 파르르 떨었습니다. 이때 여러 이웃님이며 책집지기님이 한목소리로 "책집에 와서 책도 안 읽고 안 사는데 글이고 사진이고 제대로 나올 턱이 있나?" 하고 얘기했어요.

마을에 깃든 헌책집을 알리는 글은 1992년부터 썼고, 이 헌책집을 보여주는 사진은 1998년에 혼자 사진을 익혀서 찍었습니다. 부산 보수동은 2001년부터 꾸준히 사진으로 담았어요. 보수동을 열 해 남짓 찍었으니 '이제 사진을 종이로 옮겨 책집지기님한테 드릴 만하겠지' 하고 여기면서 슬몃슬몃 건넵니다. 보수동 헌책집마다 돌며 사진을 드리는데, 〈제일서점〉 지기님이 "어머나, 이거 우리 가게 사진이에요? 우리 가게가 이렇게 멋졌던가? 참 좋네. 그런데 사진을 그냥 받아도 되나?" "찍혀 주신 일만으로도 고마운걸요. 값을 바라려면 처음부터 안 찍어요." "그래도 어쩌지. 그냥 받기도 그렇고. 그럼 사진이 두 장이니, 책 두 권을 그냥 가져가세요." "네? 책은 사서 읽어야죠." "그럼 이 사진값도 받으셔야겠네?" "어. 그러면 책 두 자락을 고를게요."

부랴부랴 책시렁을 헤아려 《엄마도 미술선생님(아동화 지도요령)》을 고르는데, 글쓴님이 아이들 그림을 보며 '세탁소의 너저분한 분위기를 잘 나타내 주었고' 라든지 '그림 같지 않은 난선만을 반복한다고 쉽게 무시하지 말고' 처럼 얘기합니다. 아, 아, 아이들 그림을 이렇게 풀이하다니요? 아이들 손끝이 '그림 같지 않'고, 아이가 담은 빨래집 모습이 '너저분'하다고요?

〈제일서점〉 지기님은 "딱히 뭐를 사려 하지 말고, 찬찬히 돌아보면, 쪽지에 뭘 써서 이것 있느냐고 물어 보지 말고 천천히 살피면, (헌책집마다 책이) 종류가 수백만인데 뭘 하나 찾으려고 하면 못 찾아요. 여기에 와서 둘러보고 여기에 있는 책을 사야지요." 하고 말씀합니다. 종이에 적은 책이름만 외며, 그 책이 없다면 돌아가는 책손이 너무 많대요. 여기에 있는 이 책을 바라보면 눈이 트일 텐데요.

《오만한 문명에 대한 경고》(오카다 히데오/김도희 옮김, 나무생각, 2000)
《엄마도 미술선생님(아동화 지도요령)》(김희진, 용문출판사, 1977)

골목에 흐르는 노래

부산 〈천지서점〉

이웃과 살아온 이야기를 한 줄 두 줄 적으면 시도 되고 소설도 됩니다. 우리한테 이웃이란, 사람일 수 있고 제비나 꾀꼬리나 직박구리일 수 있습니다. 곱등이나 쥐며느리나 다람쥐일 수 있어요. 고사리나 달개비나 미루나무일 수 있고, 별이나 바위나 무지개일 수 있습니다.

저는 마을책집을 이웃으로 삼아 이야기를 듣습니다. 책집지기뿐 아니라 책집하고 책시렁이 속삭입니다. 책도 종잇조각도 책살피도 도란도란 다가오지요. 사람처럼 입이 있지 않아도 이야기를 들려주는 자전거나 골목길이나 비바람하고 나누는 말을 헤아립니다. 아이가 눈빛으로 들려주는 이야기를 맞아들이고, 붓이나 종이가 알려주는 이야기를 받아들여요.

이야기를 쓰니 글이에요. 이야기를 그려서 그림이고, 이야기를 부르니 노래입니다. 이야기를 찍어 사진이고, 이야기를 보여주니 춤이에요.

서울 성수동에서 부산 보수동으로 터를 옮긴 〈천지서점〉입니다. "어, 사장님, 서울에 계시지 않았어요?" "어, 여기서도 뵙네? 서울에서는 힘들었어요. 부산에 오니 편하고 좋네. 여기는 사람도 많이 다니고."

열쇠 꾸러미가 한켠을 가득 덮은 〈천지서점〉은 열쇠집을 함께한다고 할 만합니다. 어울림가게인 셈입니다. 진작 읽었으나 《감자꽃》이며 《하느님의 눈물》을 책시렁에서 또 마주할 적에는 으레 뽑아들어 살며시 펴곤 합니다. 아직 안 읽은 책이 옆에 가득 있어도, 다시 눈이 가는 책이 있습니다. 함께 책마실을 다니는 벗이 있다면 건네주고 싶습니다. 어려운 책부터 읽기보다는, 어려운 책만 읽기보다는, 어린이하고 어깨동무를 하는 동시하고 동화를 함께 읽으면 좋겠다고 여겨요.

'책집을 통째로 장만하면 책집을 찾아다니느라 길에서 더 보내지 않아도 되지 않느냐?'고 묻는 이웃님이 있습니다. 빙긋 웃었어요. 책집 한 곳을 통째로 장만하더라도 새로운 책은 꾸준히 나옵니다. 새로운 책을 다시 통째로 장만하더라도 곧 새로운 책이 줄기차게 나옵니다. 통째로 장만하면 할수록 '책읽기'하고 멀어집니다. 자꾸 쌓이기만 할 뿐이지요. 틈틈이 바람을 쐬면서 책 몇 자락을 손에 쥐기에 느긋하게 읽을 만합니다. 선 채로 책집에서 다 읽고 장만하는 책이 있고, 이레에 걸쳐 읽는 책이 있으며, 보름이나 달포에 걸쳐, 여섯 달이나 두어 해에 걸쳐 읽기도 해요.

"서울에서는 이렇게 노래도 못 들었어요. 부산에 오니 노래도 듣고 책도 팔고, 좋네요." "서울에 계셨던 곳은 자동차도 많이 지나다녀 시끄럽기도 했고요." 골목 한켠에 책집지기 노래가 살랑살랑 퍼집니다. 노래하는 책집지기 손을 거치는 책에는 노랫가락이 함께 흐릅니다.

《감자꽃》(권태응, 창작과비평사, 1995)
《하느님의 눈물》(권정생, 산하, 1991)
《목석원에서 만난 사람들》(백자원, 봅데강, 1987)
《짤막 영어 LEXITAPES》(한국브리태니커회사)
《母子의 심포니》(和波 소노꼬/석정자 옮김, 음악춘추사, 1985)

2013.11.14.

한 줄

진주 〈소문난 서점〉

진주 고속버스나루 2층에 〈소문난 서점〉이 있습니다. 지난날에는 버스나루나 기차나루 둘레에 헌책집이 많았습니다. 사람이 많이 지나다니는 길목이면서, 버스나 기차를 하염없이 기다리다가 들르는 쉼터인 헌책집이에요. 오늘날은 사람이 많이 지나다니는 길목에 밥집 · 옷집 · 술집 · 찻집입니다.

책은 마음을 살찌우는 밥이라고 했으니, 마음을 살찌울 뜻이 없으면 책을 안 읽겠지요. 마음을 넉넉히 살찌운다면, 우리 둘레가 환하면서 포근하겠지요. 마음밥은 손수 차려서 스스로 먹습니다. 누가 먹여 주지 않습니다. 우리가 읽을 책을 손수 고르고, 스스로 살피며, 이 손으로 살살 넘깁니다. 처음부터 끝까지 스스로 온힘을 쏟아야 누리는 책읽기입니다. 마음을 써야 마음밥을 누리니, 마음을 쓰기 힘들거나 성가시면 그냥 텔레비전을 쳐다보겠지요.

《정직한 관객》은 제가 군대에 있을 적에 나왔네요. 강원도 양구 멧골짝에서 군대살이를 했는데, 1997년에는 강원도 바닷가로 북녘 잠수함이 들어온 적도 있어요. 1995년 11월부터 1997년 12월까지 글 한 줄을 못 읽었습니다. 그나저나 유홍준 님은 조선일보 · 중앙일보 · 동아일보 · 한겨레에 실은 글을 모아 책을 엮었다는데, 1990년대 첫무렵에 ㅈㅈㄷ하고 한겨레에 나란히 붓을 놀렸다니 마당발인지…….

보험 외판원살이를 집어치우고 시골로 가서 흙을 만지고 산다는 분이 《보험별곡》이란 시집을 낸 적 있군요. 목소리가 살짝 높지만 재미있습니다. 그러게요. 외판원 아저씨 시집, 야쿠르트 아줌마 시집, 택배 아저씨 시집, 마트 계산원 아줌마 시집, 이런 시집이 태어나면 재미있겠어요. 아기를 낳아 돌보는 사랑을 담은 아저씨 아줌마 시집도 재미있을 테고요. 글만 잘 쓰는 분이 쓰는 책보다는, 삶을 온마음을 기울여 사랑하는 수수한 이웃이 쓰는 한 줄이 재미있습니다.

푸르게 물드는 꿈이라면 푸르게 젖어드는 삶이 돼요. 하얗게 눈부신 꿈이라면 하얗게 퍼지는 삶이 돼요. 그림 · 사진도 글이랑 같아요. 스스로 어떤 꿈을 꾸느냐에 따라 그림 · 사진이 달라져요. 스스로 마음에 품은 꿈대로 살아가기 마련이에요.

《지구에 잠시 머물며 띄우는 엽서》(김윤희, 친우, 1988)

《서태지와 아이들》(이기종, 평단문화사, 1992)

《정직한 관객》(유홍준, 학고재, 1996)

《누구를 위해서 사랑하는가》(노향림, 한겨레, 1990)

《핵 그 사실과 논리》(大友詔雄/광주환경공해연구회 옮김, 광주, 1989)

《마이 러브 6》(이충호, 서울문화사, 1994)

《오렌지 보이 3》(카미오 요코/권해정 옮김, 삼성플랜, 1995)

《기생수 13》(이와아키 히토시/편집부 옮김, 도서출판 파워, 1995)

《지하감방 던죤 9》(나이테 코믹스, 1994)

《海のけもの》(アリン企劃, 1979)

《보험별곡》(최동민, 세계, 1989)

《온길 삼만리 갈 길 구만리》(김홍성, 산악문화, 1991)

《Phoenix Park N' Swap(벼룩시장)》(박명식, 동혁, 1995)

《21세기를 준비하는 일본 선도농가들》(농림수산정보센터, 1993)

사랑받아 읽힌 책 하나

진주 〈소소책방〉

2013년 11월 11일, 진주에 〈소소책방〉이라는 이름으로 헌책집 한 곳이 열었습니다. 반갑습니다. 제가 떠올릴 수 있는 진주 헌책집으로는 〈중앙서점〉과 〈동훈서점〉과 〈소문난서점〉이 있는데, 〈중앙서점〉은 누리책집으로 바뀌었습니다. 미처 못 갔으나 닫았지 싶은 〈문화서점〉〈시인서점〉〈창건서점〉〈가나헌책서점〉이 있고, 따로 알림판 없이 책집을 꾸린 곳이 있어요. 〈즐겨찾기〉라는 이름을 걸고 헌책집 열던 곳은 〈형설서점〉으로 이름을 바꾸었어요. 오늘도 씩씩하게 여는 곳이든 어제까지 즐거이 열던 곳이든, 모두 책사랑을 나누는 마당입니다. 아름다운 책 하나 생각하며 아름다운 손길을 기다리는 쉼터입니다.

〈소소책방〉 한쪽에는 책집지기가 마실거리를 마련해서 내놓는 자리가 따로 있습니다. 책집지기 손맛이 감도는 차를 한 잔 시켜서 책집지기 손길을 탄 책을 느긋하게 돌아볼 수 있어요. 숱한 헌책집이 책을 더 많이 갖추느라 책손이 앉을 자리를 거의 못 마련하지만, 〈소소책방〉은 책집지기 자리를 느긋이 마련했습니다.

우리는 모든 책을 다 알아볼 수 없습니다. 살짝 지나친 책이 있고, 언뜻 스치는 책이 있어요. 까맣게 모르다가 뒤늦게 깨닫는 책이 있어요. 새책집 이란 갓 나온 책만 파는 곳이 아닙니다. 새책집은 사람들한테서 '사랑받을 책'을 차근차근 건사하는 곳입니다. 헌책집은 '한 벌 사랑받은 책이 다시 사랑받을 수 있도록' 아름다운 책을 추려서 건사하는 곳입니다.

헌책은 '겉보기로 헐기에 새것으로 팔 수 없는 책'이 아닙니다. 헌책은 '손길을 탄 책'입니다. 손길이란 책을 사랑하는 마음이 묻어난 자국입니다. '읽힌 책'이 헌책입니다. '사랑받아 읽힌 책', '사랑받아 읽힌 손길이 감도 는 책'이 헌책이에요. 헌책집 찾는 발걸음이란, 아직 모르는 이웃한테서 사 랑받아 즐겁게 읽힌 책을 찾아나서는 마실입니다.

헌책집에서 값싸게 책을 장만할 수 있어요. 그러나 값이 싸다고 해서 모 든 책을 다 사지 않습니다. 스스로 읽을 만하기에 책을 삽니다. 스스로 삶 을 북돋우고 살찌우도록 이끌 만하기에 장만합니다. 스스로 삶을 사랑하고 아끼는 길을 밝힐 만하기에 즐겁게 품에 안습니다.

아름다운 책을 건사하는 아름다운 책집입니다. 아름다운 책을 읽고 싶 은 아름다운 책벗이요 책님이며 책손이고 책지기입니다. 책손도 책지기요, 책집 일꾼도 책지기입니다. 책을 살뜰히 지키고픈 마음이 모여 책집 한 곳 새롭게 열고, 새롭게 연 책집에 활짝 웃으며 찾아가는 책손이 됩니다.

책집이 만 군데 가깝던 지난날을 돌아보고, 책집이 천 군데를 살짝 넘는 오늘날을 헤아리면, 커다란 책집은 그리 안 많아요. 언제나 마을에서 조촐히 꿈꾸는 책집입니다. 수수하게, 단출하게, 홀가분하게 풀씨 같은 책집입니다.

《하루키의 여행법 : 사진편》(마스무라 에이조, 문학사상사, 1999)
《광대의 노래》(백성민, 세미콜론, 2007)
《わらの家》(大岩剛一, indexcomm, 2006)

서정윤 시인

대구 〈제일서점〉

대구마실을 하는데 시외버스 텔레비전에 서정윤 시인이 나옵니다. 시골에서 타는 시외버스는 어디를 가도 텔레비전이 붙고, 텔레비전 소리가 큽니다. 대구로 터를 옮긴 '사월의눈' 출판사 책잔치에 들른 뒤 길손집에서 묵고, 이튿날 삼덕동에서 동인동 헌책집까지 걸어갑니다. 천천히 걸어가며 생각합니다. 자동차 지나가는 큰길은 시끄럽습니다. 자동차 못 지나가는 작은 골목길은 조용합니다. 골목길에는 손바닥마당에 심은 모과나무에 앉아 노래하는 새까지 있습니다. 헌책집 찾아 대구 골목을 걷다가 모과나무에 앉아 노래하는 새를 하염없이 바라봅니다. 저 새는 이곳 어디에 보금자리를 틀며 밤을 지새울까요.

대구시청 곁 큰길 한켠 〈제일서점〉으로 들어갑니다. 책시렁을 둘러보는데 《홀로 서기》가 맨 먼저 확 뜨입니다. 때마침 이 시집이 보이네요. 여러 자락 꽂힌 《홀로 서기》를 모두 꺼내어 책자취를 살핍니다. 참 많이 찍어 팔았지 싶습니다. 서정윤은 어떤 사람일까요. 시인이면서 교사인가요. 이분은 왜 쓸쓸한 일을 저지르면서 글밭이랑 학교에서 쫓겨나는가요. 그대가

'바라보는 길'은, 사랑은 무엇인가요.

사진책 《백두산》을 봅니다. 대구에 왔기에 이 사진책을 만나는구나 싶습니다. 대구에는 대구를 밝히는 책이 있어 대구사람을 즐겁게 할 테지요. 그러고 보니, 시인 서정윤도 대구에서 교사로 일했습니다. 대구에서 나고 자랐더군요. 같은 대구사람이지만 다른 대구살이라고 할까요. 앞으로 서정윤 시집이나 수필책은 책집에서 사랑받을까요? 사람들은 그냥 다시 읽을까요? 서정주 시집도 '문학'으로 여기듯이 서정윤 시집도 '문학'으로만 바라보면서 건사하면 될까요. 가만 보면, 차윤정 책도 책집에서 꾸준히 팔립니다. 앞에서는 숲을 살려야 한다고 말하면서, 뒤에서는 숲을 죽이는 짓을 버젓이 했는데, '책은 책대로 달리 보아야' 할까요.

저는 삶과 책을 달리 볼 수 있다고는 느끼지 않습니다. 삶과 책은 함께 흐르는걸요. 처음 낸 책에서든 나중 낸 책에서든 삶이 고스란히 묻어나요. 삶을 가꾸는 마음이 없으면, 처음 낸 책이 아무리 애틋했어도, 이른바 '문학을 문학으로 봐야 한다'고 하더라도, 가면 갈수록 넋나간 길로 빠지더군요.

책다운 책을 읽으면서 삶다운 삶을 가꾸는 슬기를 얻기를 바라요. 책다운 책을 사랑하면서 삶다운 삶을 사랑하는 빛을 마음속에 담기를 바라요.

《홀로 서기》(서정윤, 청하, 1987)
《점등인의 별에서》(서정윤, 청하, 1987)
《아, 나에게도》(백기완, 푸른숲, 1996)
《교육과 의식화》(파울로 프레이리/채광석 옮김, 중원문화, 1978)
《5·3 동의대항쟁》(동네방네, 1991)
《백두산》(강위원. 성암아트, 1993)
《기적을 이루는 사랑》(척 갤러거 신부·맥도날드 부부/이소우 옮김, 분도출판사, 1981)
《마음에는 기적의 씨앗이 있다》(프란시스 본·로저 윌시/최승자 옮김, 고려원미디어, 1990)
《고등학교 물리》(대양출판사, 1963)
《즐거운 생활 2-1》(문교부, 1988)
《Architectural Delineation》(Ernest Burden, 건우사, 1975)

노란 가을잎 드리운 책길

대구 〈평화서적〉

예부터 마을이라면 나무가 무럭무럭 자라서 그윽합니다. 나무가 없다면 마을이라 하지 않아요. 나무 없이는 누구도 살지 못하거든요. 나무로 집을 짓고 연장을 깎아요. 나뭇가지를 말려 장작으로 삼습니다. 나무를 함부로 베는 일이 없었습니다.

마을을 밀어 큰고장으로 키우는 길로 치달으면서 나무를 하찮게 다룹니다. 아파트를 크게 짓는다며 숲을 파헤치고, 찻길을 닦거나 골프터를 짓거나 관광단지를 만들려고 멧골을 깎습니다. 나무를 쓸 일이 아닌데 나무를 죽이는 짓이 잇따릅니다.

어느 큰고장이든 처음에는 나무가 없다가, 스무 해 지나고 마흔 해 지나며 예순 해 지나는 동안 나무 한 그루가 쭉쭉 자라 뿌리를 내립니다. 오래된 골목에는 오래된 나무가 있습니다. 헌책집 여러 곳이 깃든 동인동1가에 은행나무가 꽤 큽니다. 가을이 되면 노란잎이 반짝입니다. 나뭇가지에서 빛나고, 땅바닥에 톡톡 떨어져 구를 적에도 빛납니다. 샛노란 빛이 가득한 길가에 서서 노란 바람을 마시다가 〈평화서적〉에 들어섭니다.

저는 어떤 책을 만나고 싶어 이곳으로 찾아왔을까요. 노란잎 드리운 책길에 맞게 마음을 노랗게 물들을 책을 만나고 싶겠지요.

나무는 사람한테서 사랑을 받고 따사로운 손길을 받습니다. 다른 것을 바라지 않습니다. 푸르게 우거진 숲을 보셔요. 어느 누구도 푸르게 우거진 숲에 '비료'를 줄 수 없을 뿐 아니라, 숱한 나무를 가지치기 할 수조차 없어요. 숲에서 자라는 나무를 사람이 건드리지 못하는데 더없이 아름답습니다. 숲에서 자라는 나무에 어느 누구도 비료를 안 주지만 기운차게 자라면서 푸른바람을 사람들한테 베풉니다.

사람은 그저 나무와 숲을 지켜보면 됩니다. 나무를 바라보고 숲을 누리면 됩니다. 나무를 바라보면서 나무를 사랑하는 마음이 되고, 숲을 누리면서 숲을 사랑하는 넋이 되면 넉넉해요. 사람이 나무를 안 심어도 나무는 씨앗을 떨구어요. 숲을 이루는 까닭은 큰나무가 씨앗을 떨구어 어린나무를 키우기 때문입니다. 사람이 안 건드려도 나무 스스로 가지를 떨구어요. 우리는 이 가지를 얻어 장작으로 삼습니다.

선선한 바람이 헌책집으로 들어옵니다. 골마루에서 가을바람을 쐽니다. 노란 은행잎이 헌책집 어귀를 들락날락합니다. 샛노란 빛처럼 맑은 마음을 가꾸고픈, 또 샛노란 숨결 같은 밝은 마음이 되고픈 이웃이 이곳으로 책마실을 오겠지요.

《한경직 칼럼 둘째권》(한경직, 예목, 1985)
《김장석 사진집》(김장석, 사진예술, 1991)
《평화와 번영의 다짐, 서울에서 만난 한미 정상》(문화공보부, 1983)
《Moon, Moe NAGATA : illustration》(Moe NAGATA, 白泉社, 1989)
《小學校 地圖帳》(文部省, 1930)
《動物學講義》(谷津直秀, 早稻田大學出版部, 1920년대)

2014년

먹고픈 데, 사고픈 데, 입고픈 데, 많고 많은 쓰고픈 데 돈을 거의 쓰지 않고 살아왔습니다. 머리 깎는 돈도 아깝고 삼천 원 넘는 밥을 먹으면 뭔가 큰 잘못이라도 저지른 듯해 으레 밥을 굶기 일쑤였어요. 제 옷을 돈 주고 사입지 않은 지 꽤 됩니다. 그렇다면 돈을 어디에다가 쓰느냐, 거의 모조리 책집마실을 하면서 책을 사서 읽는 길에 쓰고, 책집을 사진으로 찍을 필름을 장만하는 데에 쓰며, 푼푼이 그러모아 목돈이 생기면, 필름을 긁을 스캐너를 한결 나은 것으로 바꾸는 데에 씁니다. 바보로구나 하고 나무라도 어쩔 길이 없습니다. 이렇게 살았거든요. 멍청하구나 하고 혀를 차도 딱히 할 말이 없습니다. 이런 길을 걸었거든요. 모처럼 글삯이 생기면 이 글삯으로 '여태 미루고 못 산 책을 장만할 수 있겠네?' 하고 생각하며 책집으로 달려갔습니다.

쉬면서 사랑하고 만나는

서울 〈우리 동네 책방〉

저는 여수화학단지에 가 보고 싶지 않습니다. 포항제철이라든지 인천 남동
공단에도 가 보고 싶지 않습니다. 아니, 이 둘레에서 살고 싶지 않습니다.
인천에서 나고 자랐기에 인천 남동공단 둘레로 늘 지나다녔고 주안공단이
나 월미도공단도 언제나 쳐다보며 살았어요. 텃마을 동무는 만석동 공단
곁에서 언제나 공장바람을 마시며 살았고, 숭의동 철길 옆에서 탄가루와
엄청난 소리를 먹으며 살았어요.

모두들 만만하지 않은 삶터에서 하루를 여밉니다. 모두들 고단하기도
하고 고달프기도 한 삶을 잇습니다. 그런데 고단하거나 고달프더라도 조그
마한 마당에 나무를 심어요. 손바닥만 한 텃밭을 일구어요. 꽃씨를 심고 풀
씨를 심습니다. 배추 한 포기를 얻고 고추 몇 줌 얻습니다. 큰길에서 보면
초라하거나 어두컴컴한 모습이라 할 테지만, 골목에 들어서면 환하면서 아
기자기합니다. 큰길에서는 자동차 소리로 시끄러우며 공장 굴뚝이 무시무
시해 보이지만, 골목에 깃들면 조용하면서 도란도란 오붓한 밥내음과 꽃내
음이 퍼집니다.

마을책집은 먼발치서 보면 눈에 안 뜨일 수 있어요. 그러나 이 마을책집은 책 한 자락에 마음을 살찌우는 씨앗을 품고서 우리를 기다립니다. 누구라도 언제나 마음꽃씨를 나누어 받는 마을책집입니다.

자꾸 자리를 옮기는 〈우리 동네 책방〉을 찾아듭니다. 아기자기한 책이 쏠쏠한 이곳을 아낄 이웃님이 조금 더 늘어난다면, 책마다 흐르는 마음꽃씨를 나누어 받을 이웃님이 눈을 밝히면 이곳은 든든히 뿌리를 내리겠지요.

작은 마을책집에는 다문 만 자락이나 이만 자락 책만 있어도 넉넉합니다. 작은 헌책집에 삼만 자락이나 사만 자락 책만 있어도 푸집니다. 아니 즈믄 자락 책이어도 좋아요. 더 많은 책보다 아름다운 책이면 됩니다. 더 큰 책집보다 사랑스러우면서 따사로운 책터이면 됩니다.

책집이란 책터요 책쉼터이면서 책사랑터이고 책만남터입니다. 책으로 쉬고 책으로 사랑하며 책으로 만납니다. 책으로 꿈꾸고 책으로 노래하며 책으로 일해요. 책으로 웃고 춤추며 이야기합니다. 그러고 보면, '사랑스러운 마을책집은 그냥그냥 두어도 사람들이 즐겁게 알아보면서 활짝 웃으며 찾아간다'고 할 수 있을까요. 꾸미기보다는, 가꾸면 됩니다.

민들레 곁에 냉이가 있고, 냉이 곁에 꽃다지가 있고, 꽃다지 곁에 코딱지나물이 있고, 코딱지나물 곁에 잣나물이 있고, 잣나물 곁에 봄까지꽃이 있고, 봄까지꽃 옆에 갈퀴덩굴이 있고, 갈퀴덩굴 곁에 달걀꽃이 있고, 달걀꽃 곁에 쑥이 있고, 쑥 곁에 달래가 있고, 달래 곁에 돌나물이 있고, 돌나물 곁에 도깨비바늘이 있고, 도깨비바늘 곁에 소리쟁이가 있고 …… 다 다른 들꽃이 어우러지듯 다 다른 마을가게가 어우러집니다.

《ブータン》(太田 大八, こぐま社, 1995)
《ガンバレ!! まけるな!! ナメクジくん》(三輪一雄, 偕成社, 2004)

2014.2.18.

조용히 자취를 감추다

서울 〈우리서점〉

서울 숙명여대 가는 길목에 헌책집이 한 곳 있었습니다. 지난 2004년 12월
무렵 연 〈우리서점〉입니다. 제가 떠올리는 숙명여대 앞 헌책집으로는 〈책
천지〉가 있었는데, 1994년 여름이 지나고 가을쯤에 닫았지 싶어요. 1995년
에 닫았던가요? 살짝 아리송합니다. 아주 조그마한 헌책집 〈책천지〉를 지
키던 아지매 웃는 얼굴하고 바닥 · 보꾹 · 다락까지 책으로 그득하던 모습
은 마음에만 또렷이 남겼습니다.

1995년은 서울역 언저리에 숱하게 많던 헌책집이 꼭 두 군데만 남기고
몽땅 사라진 해예요. 1995년 한 해에 사라진 '서울역 언저리 헌책집'이 열
군데 가까이 되는 줄 압니다. 이때 남은 서울역 언저리 헌책집은 〈별빛서
점〉하고 〈동성서점〉으로, 〈동성서점〉은 몇 해 뒤 닫았고, 〈별빛서점〉은 이
곳 단골이던 분이 물려받아서 〈서울북마트〉라는 이름을 새로 걸어 책살림
을 꾸립니다. 다만 〈서울북마트〉는 가게로 손님을 받기 벅차서 누리책집으
로 돌렸어요(그렇지만 이곳도 몇 해 뒤에는 닫았습니다).

바람이 매섭던 날에 연 헌책집 〈우리서점〉 때문에 다시 숙대 앞을 찾아

100

갔어요. 〈우리서점〉 책지기는 그동안 용산 헌책집 〈뿌리서점〉에서 마주치던 단골 아재더군요. 문학잡지랑 어린이책을 펴내는 일도 하면서 헌책집을 꾸린 셈인데, 2004년만 하더라도 손님을 받는 책집이 하나둘 사라지고 누리책집으로 바뀌던 때예요.

2014년 2월 18일 낮, 숙대 전철역 둘레에 〈우리서점〉 알림판은 없습니다. 헌책집으로 들어서는 골목에 있던 알림판도 없습니다. 책집이 있던 자리는 텅 비었어요. 아니, 어느새 술집 자리로 바뀌었네요. 언제부터 이곳에 술집이 들어섰을까요. 언제 헌책집이 자취를 감추었을까요. 〈우리서점〉은 2011년이나 2012년에 닫았을까요. 2013년에 닫았으려나요.

이 나라 골골샅샅에 많던 마을책집 수천 곳이 사라졌습니다. 제법 이름이 높던 인문책집은 닫을 즈음 신문에 살짝 짜투리 글로나마 나오지만, 조그마한 헌책집 한 곳이 닫는 이야기는 어느 신문에서도 안 다룹니다. 헌책집지기가 숨을 거둔 뒤 신문에 글이 나온 일은 꼭 셋 있습니다. 맨 처음은 〈공씨책방〉이고, 다음은 〈이오서점〉이며, 셋째는 〈삼우서적〉입니다.

〈이오서점〉 책지기가 돌아가신 이야기는 제가 이 헌책집을 찾아가던 날 '부고' 쪽글이 책집 쇠문에 붙었기에, 제가 손수 누리신문에 글을 띄웠고, 〈삼우서적〉 책지기가 돌아가신 이야기는 서울 시내 어느 헌책집에 나들이를 갔을 적에 '어제 그분이 돌아가셔서 책과 책꽂이를 치우러 가야 한다'는 말씀을 듣고서 또 손수 누리신문에 글로 썼습니다. 아무쪼록 숙대 앞 〈우리서점〉 책지기 아재가 느긋하게 쉬시기를 빕니다. 서울 시내에서 '우리'라는 이름을 붙인 헌책집 가운데 숭인동 〈우리글방〉은 2006년 언저리에 닫았고, 숙대 앞 〈우리서점〉은 2011~2013년 사이에 닫았군요. '우리'라는 이름이 조용히 눈을 감습니다.

제비한테서 배운 마음읽기

서울 〈숨어있는 책〉

제비는 어떻게 옛 보금자리로 돌아올까요. 제비한테 물어보면 째째째 노래합입니다. 째째째 노래를 듣다가 쳇쳇쳇 하고 대꾸를 하니 제비는 다시 째째째 노래하네요. 문득 눈을 감습니다. 입은 닫습니다. 제비한테 마음으로 묻습니다. "넌 어떻게 여기로 돌아올 수 있니?" "어라? 너도 이제 마음으로 말을 할 줄 아네? 진작 좀 그러지 그랬니? 우리는 언제나 마음 가득 오직 이 하나를 생각하면서 살았어. 서로서로 다음에 날아갈 곳을 그리며 날마다 이야기를 하기 때문에, 며칠쯤 아무것도 안 먹고 안 마시고 날아서 여기 오는 일쯤은 대수롭지 않아. 우리한테는 이곳이 아주 크게 보이거든." "아, 그래, 그렇게 날아다니며 하늘을 가로질렀구나."

제비는 어떤 냄새를 맡으면서 살까요? 우리는 어떤 냄새를 받아들이면서 사는가요? 태평양을 가로지르면서 온몸에 담는 냄새는 무엇일까요? 제비가 그동안 살던 고장은 어떤 내음이 가득했을까요? 봄이 된 이곳에 찾아온 제비는 이곳에서 농약바람을 쐬는가요, 아니면 푸근한 숲내음을 누리는가요?

헌책집 〈숨어있는 책〉에 깃들어 묵은 시집이며 묵은 책을 잔뜩 장만합니다. 이렇게 묵은 책을 장만해서 읽는 저를 만나는 이웃님은 "하, 최 작가, 최 작가는 왜 이렇게 고리타분한 책을 보시나? 젊은 사람이 고리타분한 책을 보면 정신도 고리타분해지지 않나?" 하고 얘기합니다. 빙긋 웃습니다. "새로 나온 책을 읽으면 모두 새마음에 새빛에 새사랑에 새몸이 되는가요? 글쎄요, 돈을 치러 살 적에는 헌책이나 새책으로 가르겠지만, 두 손에 쥘 적에는 오로지 책이에요. 무엇보다 종잇조각이란 껍데기가 아닌, 종잇조각에 얹은 마음을 읽자면 아무리 고리타분한 종이에 찍은 책이어도 늘 새롭게 빛나는 슬기롭고 사랑스러운 노래가 흐르던걸요." "헌책에서는 곰팡내가 나잖아?" "폴리로 짠 옷에서는 화학약품 냄새가 고약한걸요? 저는 오직 마음에서 피어나는 숲내음을 만나려고 어떤 책이든 다 읽어요."

　책 하나가 흐르고 흘러 헌책집에 닿습니다. 곧 새 손길이 닿는 책이 있고, 마흔 해 만에 첫 손길을 만나는 책이 있어요. 제비는 길그림책이 없어도 바다를 너끈히 가릅니다. 사람도 바람책·하늘책을 읽는다면 헤매지 않으면서 슬기롭고 사랑스레 한 발짝을 내딛으려나요.

《88 일본 동요시선》(박병엽 옮김, 진영출판사, 1988)
《영선못의 봄》(최계복, 문사철, 2010)
《천 년의 바람》(박재삼, 민음사, 1975)
《사랑이여》(박재삼, 실천문학사, 1987)
《朝漢飜譯敎程》(張敏, 北京大學出版社, 1992)
《중국명승고적》(김광성, 연변인민출판사, 1994)
《중국조선족문화론》(김경일, 료녕민족출판사, 1994)
《ソウエト旅行記》(ジトド/小松淸 옮김, 岩波書店, 1937)
《幸福な王子》(ワイルド/西村孝次 옮김, 新潮社, 1968)
《금각사》(미시마 유끼오/계명원 옮김, 삼중당, 1975)
《인류의 여덟가지 죄악》(콘라드 로렌쓰/임석진 옮김, 분도출판사, 1974)
《몽실 언니》(권정생, 창비, 2001)

2014.3.18.

베트남에서 온 도라에몽

서울 〈신고서점〉

춘천에서 기차를 타고 청량리에서 내립니다. 전철로 갈아타고 외대 앞으로 옵니다. 전철에서 내린 뒤 걷습니다. 아이들을 시골집에 두고 이 길을 저녁에 걷자니 새삼스럽습니다. 갓 고등학교를 마친 1994년에 이 둘레에서 자전거를 몰아 새벽에 신문을 돌리던 일을 아스라히 떠올립니다. 그때에는 이 둘레에 높은 집이 드물었어요. 안기부 집이 가장 컸지요. 올망졸망 작은 집이 몰린 조용하며 한갓진 마을이요, 전철이 딸랑딸랑 소리를 내며 찻길을 가로질렀습니다. 1994년을 끝으로 외대 앞에서 인문사회과학서점은 모두 사라졌으나, 헌책집이 대여섯 곳 있었고, 새책집도 세 군데 있었습니다. 이제 이곳 둘레에서 책집을 찾기 어렵습니다.

밤빛을 느끼면서 〈신고서점〉에 닿습니다. 오랜만에 뵙는 책집지기 얼굴이 반갑습니다. 도란도란 몇 마디 나누는 동안 만화책 두 자락이 눈에 설핏 들어옵니다. 낯익은 만화책인데 크기가 좀 다릅니다. 뭔가? 뭘까? 고개를 갸우뚱하고 손에 집습니다. 어라, 베트남에서 나온 《도라에몽》이네. 우리나라도 2000년이 될 때까지 몰래판을 엄청나게 찍었어요. 2000년이 되기 앞서 이 나라에서 나온 거의 모든 만화책(일본 만화책)은 몰래판이나 베낌판입니다. 저작권 삯을 1원조차 안 치르고 펴낸 만화책으로 이 나라 아이들이 자랐습니다.

《우리가 만나야 할 사람》을 손에 쥡니다. 일본에서는 1948년에 처음 나왔다고 합니다. 해묵은 '종로서적 손바닥책'입니다. 이런 책이 나온 적이 있구나 하면서 고개를 끄덕입니다. 참말, 예나 이제나 아름다운 책은 꾸준히 나왔고, 적잖은 사람들은 이 아름다운 책을 찬찬히 읽으면서 마음을 넉넉히 살찌웠겠지요. 1940년대에 일본에서 '푸른별 어깨동무'와 '아름다운 나라'를 바란 사람은 어떤 마음빛이었을까요.

오늘 고른 책을 셈합니다. 등짐에 담습니다. 저는 이 책에서 어떤 빛을 읽을까요. 이 책에서 얻은 빛을 삶에서 어떻게 삭힐 적에 즐거울까요. 기쁘게 고른 책이면 기쁘게 읽을 테고, 즐겁게 장만한 책이면 즐겁게 읽을 테지요. 책을 손에 쥘 적에 눈가에 눈물이 핑 돌았으면, 이 책을 가슴에 품으면서 아름다운 꽃이 피어날 테고, 책을 손으로 살살 넘기면서 두 눈에 웃음이 터지면, 이 책을 마음밭에 씨앗으로 심으면서 밝은 무지개가 뜨리라 생각합니다.

《도라에몽》 몰래판(베트남)

《수선화》(윌리엄 워즈 워드/성찬경 옮김, 정음사, 1989)

《우리가 만나야 할 사람》(야나이하라 다다오/홍순명 옮김, 종로서적, 1982)

《풍경소리에 바람이 머물다》(현을생, 민속원, 2006)

《새들의 아이 미나》(에릭 바튀/이수련 옮김, 달리, 2003)

《묻혀 있는 보물》(쟈끄 뢰브/정한교 옮김, 분도출판사, 1980)

《존 레논 시집, 오 나의 사랑》(존 레논/현선아 옮김, 자유문학사, 1992)

《뒤죽박죽 공원의 메리 포핀스》(파멜라 린든 트래버스 글/메리 쉐퍼드 그림/우순교 옮김, 시공주니어, 2003)

《나, '후안 데 파레하'는…》(트리비뇨 글·장승원 그림/김우창 옮김, 민음사, 1992)

숨결을 마주하는 손길

서울 〈작은우리〉

1983년 11월 12일에 비매품으로 나온 《태평로1가》는 '방일영 선생 회갑기
념문집'이라는 이름이 붙습니다. 박정희에 이어 전두환 사랑을 듬뿍 받는
조선일보사 이야기가 가득합니다. 처음부터 끝까지 '독재 우두머리한테서
사랑받은 일'을 자랑처럼 채웁니다.

"전라도 어디라고 했더라? 시골로 옮기셨다면서요? 책만 보지 말고 시
골 얘기도 좀 해 줘요. 시골로 가니까 좋은가요? 고흥. 참 따뜻한 곳이지.
서울은 춥다니까. 따뜻한 데에서 추운 데로 오니 힘들겠네." "저는 이렇게
멋진 책집에 와서 아름다운 책을 보면 추운 줄도 더운 줄도 몰라요." "하
기는 그렇죠. 나도 재미난 책을 읽다 보면 흠뻑 빠져들어서 아무것도 몰라.
재미있는 책만 있으면 다 잊고 살 수 있어."

"서울에 사실 적에는 그래도 한두 달에 한 번씩은 왔잖아요? 인천으로
간 뒤에는 몇 달에 한 번 왔고, 이제 시골에 가니 2년 만인가?" "서울하고
멀어지니 아무래도 쉽게 못 오네요. 오늘 이렇게 들렀으니 앞으로 다시 언
제 올 수 있을까요?" "이번에 2년 만에 왔으니 다음 2년 뒤에 오면 되지.

그런데 우리가 그때까지 버틸 수 있을까? 요새는 가겟세 내기도 어려워요." "서울시에서 〈작은우리〉처럼 알찬 책집을 돕는 길을 펴면 좋겠어요. 가게를 서울시가 미리 사준 뒤에 스무 해에 걸쳐서 그 돈을 나누어 받아도 되잖아요." "우리가 다달이 낸 가겟세를 따지고 보니까 그동안에 낸 돈이 1억 원이 넘어요. 이 조그마한 헌책방 월세가 그동안 1억을 넘는다고요." 숨결은 꽃으로 피어날까요. 손길은 꽃을 피울까요. 바깥은 어느새 늦가을비가, 첫겨울비가 내립니다. 빗소리를 들으면서 오늘 우리 숨결이 앞으로 어떻게 새로운 길로 나아갈는지 어림합니다.

"그런데 내가 책방 이름을 잘못 지었나? '작은우리'가 처음에는 참 좋았다 싶었는데, 아무래도 스스로 작다고 하니까 작아지나 봐. '작은우리'가 아닌 '큰우리'라고 했으면 커졌을려나?" "'작은 것이 아름답다'고 하잖아요." "그런가? 책방이 이렇게 작은데 '큰우리'라고 했으면 오히려 이상할 수도 있었겠다." "사장님은 이 책집이 작다고 말씀하시지만, 저는 이곳에 올 적마다 언제나 책을 한두 꾸러미쯤 장만하는걸요? 이보다 커다란 책나라도 없다고 생각해요."

《蟹のよこばい》(福澤一郎, 求龍堂, 1969)
《옛책사랑》(공씨책방) 2호(1988.가을)
《인천지역무속 1 곳창굿 연신굿》(이선주, 동아사, 1987)
《태평로1가》(조선일보사, 1983)
《브니엘》(기자촌교회 청년회) 창간호(1976)
《文藝春秋 デラックス 傳統工藝の美, 人間國寶》(新年特別號, 1976)
《寫協》(한국사진작가협회) 22호(1979.9.)
《신구사진전》(신구전문대학 사진과) 알림종이(1984.9.5.~10.16.)
《세계아동문학상전집 1~12 》(휘문출판사, 1968)
《한국의 사찰 11 금산사》(한국불교연구원 글·에드워드 B.아담스 사진, 일지사, 1977)
《耽羅木石苑·靈室 1》(백운철, 봅데강, 1986)
《주간 골프》(주간 골프) 6호(1985.10.25.)
《포토 남북》(포토남북사) 10호(1976.10.)

2014.6.3.

책·빛·숲

인천 〈대창서림〉

비오는 날 일산에서 택시를 타고 인천으로 오는데 아침에 경인고속도로가
꽤 막힙니다. 신흥초등학교 앞 답동네거리에서 내린 뒤, 지하상가를 걸어
가면서 아이들 바지 버선 등짐을 하나씩 장만합니다. 송현동에서 낮밥을
먹고 배다리로 걸어갑니다. 빗줄기가 수그러들지 않습니다. 곁님과 아이들
은 책쉼터 〈나비날다〉에서 고양이 이모하고 놉니다. 이동안 틈을 내어 〈대
창서림〉에 들릅니다. 만화책《흐르는 강물처럼》다섯 자락은 '일본 시'를
쓰던 사람들 발자국을 좇습니다. 시 한 줄에 온몸을 바친 사람이 어떤 마음
과 넋과 숨결이었는가를 들여다봅니다. 우리로 치자면 '윤동주나 김소월이
나 한용운 이야기를 그린 만화'라고 할 만합니다.

《노랑 가방》옛판을 만납니다. 여러 벌 읽었고 아이들이 좋아하고 여러
이웃한테 건네던 책입니다.

비가 오는 배다리에 책손이 뜸합니다. 책집에는 빗소리가 흐르고, 책집
지기가 켠 텔레비전 소리가 흐릅니다. 여기에, 책집지기 할아버지가 푸른
콩을 까는 소리가 흐릅니다.

다시 책시렁을 둘러봅니다.《동화를 어떻게 쓸 것인가》를 봅니다. 이오덕 님은 늘 '삶을 가꾸는 글쓰기'를 얘기했습니다. 삶을 가꾸는 글쓰기란, 삶을 가꾸는 집짓기요, 삶을 가꾸는 밥짓기에, 삶을 가꾸는 노래하기, 삶을 가꾸는 아이키우기, 삶을 가꾸는 시골살이, 삶을 가꾸는 사랑하기 …… 이렇게 차근차근 잇습니다.

'웅진 어린이 과학관'이라는 이름이 붙어 열 자락으로 옮긴 사진책이 있어요. 일본에서는 1983년에 처음 나왔는데 〈대창서림〉에는 아홉 자락이 있습니다. 하나는 빠졌어도 다른 아홉 자락이 있으니 얼마나 고마운가요.

책값을 셈합니다. 날이 궂이 비가 내리니, 책집지기 할아버지는 두꺼운 비닐자루에 책을 담아 줍니다. 비닐자루에 담긴 책을 안고 〈나비날다〉로 돌아갑니다. 두 아이는 저희끼리 잘 뛰어놉니다. 곧잘 바깥으로 나와서 비를 맞으며 까르르 웃어요 책에는 빛을 담습니다. 책에 담긴 빛은 숲내음이 납니다. 빛은 숲에서 퍼집니다. 빛이 곱게 퍼지는 숲에서 '책으로 태어날 이야기'가 무럭무럭 자랍니다. 숲은 나무를 품습니다. 숲이 품은 나무를 베어 책을 짓습니다. 잘린 나무는 종이가 되는데, 종이가 되는 나무는 오래도록 숲에서 살아오며 누린 빛이 서립니다. 종이에 글과 그림과 사진을 앉힐 적에 숲내음이 고운 빛으로 퍼지고, 책을 쥔 사람들은 책과 빛과 숲을 함께 누립니다. 책 · 빛 · 숲, 이 세 가지는 '삶'을 나타내는 다 다른 낱말이자 다 같은 말이지 싶어요

《흐르는 강물처럼 1~5》(타카시 이와시게/서현아 옮김, 학산문화사, 2004)
《노랑 가방》(리지아 누네스/길우경 옮김, 민음사, 1991)
《동화를 어떻게 쓸 것인가》(이오덕, 삼인, 2011)
《말러, 그 삶과 음악》(스티브 존슨/임선근 옮김, 포노, 2011)
《바다로 가는 도둑게》(편집부 엮음, 웅진미디어, 1988)

오래된 말씨로
새롭게 읽다

부산 〈남신서점〉

우리말을 새롭게 배우려는 생각으로 오래된 책을 요즈음 책하고 나란히 읽습니다. 책에는 글말이 남지만, 묵은 책에 적힌 낱말을 돌아보면서 지난 날을 밝히는 낱말에 서린 빛을 되새깁니다. 요즈막 나오는 숱한 책은 '오 늘날 새로운 말씨'라기보다는 번역 말씨나 일본 말씨가 너무 뒤범벅이라 고 느껴요. 번역 말씨도 일본 말씨도 아닌 오래된 말씨를 헤아려 보고자 예 전 책을 살피는데요, '대학병원 앞 명신서점'이란 책살피가 고스란히 붙은 《분수의 비밀》(1979)을 만나면서, 2010년에 다시 나온 옮김말하고 맞대어 보았습니다.

2010년 판은 '밝혀지다'라 쓰고, 1979년 판은 '발견하다 · 발견되다'라 쓰는군요. 1979년 판은 '섭섭해요'라 적고, 2010년 판은 '진짜 아깝네요'라 적네요. 2010년 판은 '확실히'와 '필요'를 자꾸 쓰지만, 1979년 판은 이런 한자말을 안 씁니다. 2010년 판은 '-게 되다' 같은 입음꼴이나 '-려져 있으 니' 같은 현재진행형 말씨가 끝없이 나타나네요. 1979년 판은 "발견되려고 하는 것"에만 '것'을 붙이지만, 2010년 판은 "밝혀질 것은 저절로 밝혀지는 거야"처럼 '것'을 잇달아 씁니다. 어느 쪽 옮김말이 낫다고 할 수는 없습니다만, 두 가지를 살피며 여러모로 실마리를 풉니다. "진짜 아깝네요"처럼 '眞짜' 같은 아리송한 말씨를 굳이 쓸 일이 없고, '필요' 같은 일본 한자말을 딱히 안 써도 돼요.

1981년에 나온 《파파라기》를 새삼스레 들여다봅니다. 두행숙 님이 옮긴 《파파라기》는 맨 먼저 나온 판입니다. 1981년에는 널리 읽히지 못했고, 1990년에 정신세계사에서 다시 펴낼 적에 꽤나 많이 팔리고 읽혔지요.

새로운 마음이 되고 싶기에 오래된 말씨를 헤아리면서 오늘 말마디를 다스리려 합니다. 그저 묵은 책에 흐르는 낡은 말이 아닌, 지나온 나날에 숱한 이웃들이 저마다 삶을 지으면서 길어올렸을 말을 떠올리려 합니다.

어제와 오늘을 가로지르면서 배워요. 시골하고 서울을 넘나들면서 배우고요. 여러 이웃을 만나면서 배우고, 아이들하고 날마다 어우러지면서 배웁니다. 새랑 개구리랑 풀벌레가 노래하는 소리에 귀를 기울이면서 배우고, 흙을 만지다가 나무를 쓰다듬다가 배워요. 살림을 꾸리고 밥을 지으면서, 여기에 책 하나를 살포시 얹으며 배우다가는, 푸른별 곳곳에서 저마다 아름답게 하루를 가꾸는 이웃님이 쓴 살뜰한 책 하나를 기쁘게 마주하면서 배웁니다. 싱그러운 바람 한 줄기가 코끝을 스칩니다. 책마다 스민 오래된 숲내음을 고요히 맡습니다.

《분수의 비밀》(루이제 린저/정명욱 옮김, 한빛문화사, 1979)
《파파라기》(에리히 쇼이어만/두행숙 옮김, 둥지, 1981)
《명랑한 돈 까밀로》(조반니 과레스끼/이선구 옮김, 가톨릭출판사, 1969)
《수학의 유혹》(강석진, 문학동네, 2002)

전통이란 굴레 아닌 살림길을

부산 〈대영서점(새동화서점)〉

책 한 자락이 빛나기까지는, 책을 쓴 사람하고 책을 엮은 사람하고 책을 펴낸 사람이 있습니다. 갓 나온 책을 다루는 새책집 일꾼이 있고, 이 책을 알아본 책벗이 있으며, 책벗은 다른 책벗을 헤아리면서 이녁 책을 내놓습니다. 책은 갓 태어날 적에도 읽히지만, 두고두고 되읽혀요. 도서관은 온갖 책을 찬찬히 보듬어 오랫동안 건사하면서 읽히는 징검다리입니다. 그런데 도서관에서도 건사하지 못해 버리는 책이 있으니, 헌책집은 모든 묵은 책을 차근차근 매만지면서 되살릴 책을 추립니다.

헌책집을 다니다가 때때로 '같은 책을 두세 자락' 더 장만합니다. 온누리에 책이 얼마나 많은데 '같은 책을 뭐 하러' 또 갖추느냐고 물을 만한데, 이 책을 처음 장만해서 읽은 사람이 남긴 손길과 자국이 있습니다. 책을 쓴 사람 이야기에, 책을 읽은 사람 이야기가 나란히 있어요.

숱한 책을 쓰다듬고 건사하고 읽고 품으며 생각합니다. 어느 글쓴이는 가난한 살림에 글빛을 밝힙니다. 버지니아 울프처럼 '먹고사는 걱정이 없는 집안'에서 태어난 글쓴이도 글빛을 밝힙니다. 가난해야 깨끗하게 글을 쓰지 않습니다. 가멸차면 지저분하게 글을 쓰지 않습니다. 돈이 아닌 마음에 따라, 마음을 다스리는 눈빛에 따라, 눈빛을 사랑하는 손길에 따라 글결이 다르다고 여겨요. 무엇보다 틀에 매이지 않을 적에 글이 빛납니다. 이른바 '전통·형식·사상'에 얽매이지 않을 적에 오래오래 읽히며 슬기로운 새빛으로 흐르지 싶어요. 참말 그렇습니다. '전통·형식·사상'은 굴레이기 일쑤입니다. 흔히 말하는 '전통'이란 무엇일까요? 임금님이 따르던 버릇이 전통일까요? 권력자나 지식인이 섬기는 길이 전통일까요? 양반이나 사대부가 따르던 '중국 문화'를 함부로 전통이라고 해도 될까요? 지난날 이 땅에서 살던 99퍼센트가 넘는 사람은 '글(한자)을 모르는 채 살았'으나, 글을 몰랐어도 입과 몸과 마음과 사랑으로 삶을 지었습니다. '글(한자)을 아는' 옛날 권력자나 지식인은 '중국 섬기기'를 일삼았습니다.

한자문화권이라는 얘기를 곧잘 끄집어내는 지식인은 '지식 권력'을 말할 뿐입니다. 지난날 이 나라는 한자문화권이 아니었습니다. 한글문화권도 아니었습니다. 99퍼센트가 넘는 거의 모든 사람들이 가꾼 터와 누리던 삶을 돌아보면 '숲살림'입니다. 사람들 입에서 입으로 옮기며 퍼지니 문화입니다. 아름드리숲처럼 아름찬 살림이 흐르고 이어 오늘에 이르지 싶어요. 굴레나 틀이 아닌, 스스로 빛나는 살림살이를 손수 짓는 마음으로 글을 어루만져야 비로소 아름책으로 묶을 아름글이 태어나지 싶습니다.

보수동 헌책집 〈대영서점(새동화서점)〉에 깃들어 혼자 생각에 잠깁니다. 저는 살림글을 쓰고 싶으며, 살림책을 읽고 싶습니다. 살림빛이 될 길을 갈 생각입니다.

《톨스토이 인생론》(L.톨스토이/황문수 옮김, 삼중당, 1975)
《교양도서해제 및 도서관 이용안내》(중앙대학교 도서관, 1971)
《영어로 글 잘 짓는 법》(윌럼 스트렁크 2세·이 비 화이트, 한국 브리태니커 회사, 1983)

2015년

그래도 저한테는 볼 책이 많이 있습니다. 이제껏 나온 책뿐 아니라 앞으로 나올 책까지 치면 그야말로 책이름이나 책겉조차 구경 못하고 지나칠 책이 좀 많을까요? 그래서 읽으면 좋을 책과 읽어야 할 책만 가려내는데에도 꽤나 애먹습니다. 그러니 누가 '책이 없다'는 소리를 하면, 그런 말만큼 못 믿을 말은 없다고 생각해요. 깔린 책이 얼마나 많은데, 그렇게 깔리고 깔린 좋고 즐겁고 재미난 책을 왜 못 알아볼까 싶어요.

책 한 자락이 빛나기까지

광주 〈일신서점〉

광주 계림동에는 오늘 이곳에서 '새로운 손길'을 기다리면서 먼지를 닦고 책손을 기다리는 책집이 대인시장부터 광주고등학교 사이로 띄엄띄엄 있어요. 고등학교 곁에 있는 헌책집입니다. 젊은이라면 생각을 가꾸는 힘을 얻으려고 책을 손에 쥘 테고, 어르신이라면 마음을 젊게 북돋우려고 책을 손에 잡을 테지요.

책에는 지식을 담는다고 합니다. 학문이나 철학을 하려는 지식일 수 있고, 사회나 역사를 밝히려는 지식일 수 있습니다. 이웃을 아끼고 사랑하려는 지식일 수 있으며, 뒷사람한테 물려줄 삶을 가꾸려는 지식일 수 있습니다. 먼 옛날부터 어버이가 아이한테 물려주는 이야기는 모두 '삶을 가꾸려는 지식'입니다. 먼 옛날부터 이 땅에 살던 사람한테는 따로 책이나 글이 없었지만, 입으로 들려주는 이야기로 살뜰히 가르쳤습니다. 씨앗을 갈무리하고 심고 가꾸고 북돋우고 거두는 삶을 이야기로 들려주었어요. 밥을 짓고 옷으로 깁는 삶도, 씨앗을 훑고 남은 짚으로 새끼를 꼬고 지붕을 잇고 신을 삼고 자리를 짜는 삶을 이야기로 남겼습니다.

〈일신서점〉 앞에 섭니다. 이곳은 어떤 헌책집일까요. 이곳에 있는 책에는 어떤 손길이 깃들었을까요. 손때와 책먼지가 묻어 낡은 책꽂이를 바라봅니다. 책더미가 무너지지 않도록 끈으로 알맞게 묶어서 쌓은 매무새를 느낍니다. 알뜰히 손질해서 다룬 책은 머잖아 손길을 받으면서 새삼스레 읽히겠지요.

《어머니》를 펼치다가 책 사이에 꽂힌 책살피를 봅니다. 1989년에 8쇄를 찍은 책에 꽂혔으니 1989년 자취를 보여주는 책살피일 텐데, 고무도장으로 '산수동 오거리 형설서점, 중고참고서 · 일반서적 · 복사 · 코팅'이라 찍은 자국이 있습니다. 광주 산수동에 있던 〈형설서점〉에서 처음 팔린 책이라는 뜻일 텐데, 〈형설서점〉을 꾸리던 분이 낳은 두 아들은 여수와 순천에서 이 이름을 그대로 물려받아 헌책집을 가꿉니다.

《전남의 농요》도 《도서지》도 '전남대 비나리패 문집'도 '나희덕 시인 첫 번역책'도, 헌책집이라는 곳이 있어서 새롭게 만납니다. 이 책들은 제 마음을 새롭게 밝히는 빛줄기가 됩니다. 따사로이 비추는 눈빛이 어여쁜 고을인 광주에서 오래도록 책숨을 지킨 사람들 손마디가 고맙습니다.

《고요하여라 나의 마음이여》(칼릴 지브란/나희덕 옮김, 진선출판사, 1989)
《어느 광인의 이야기》(칼릴 지브란/권국성 옮김, 진선출판사, 1990)
《나의 칼 나의 피》(김남주, 인동, 1987)
《도화동 사십계단》(김주대, 청사, 1990)
《찬란한 미지수》(박재삼, 오상, 1986)
《어머니》(김초혜, 한국문학사, 1988)
《전남의 농요》(지춘상, 전라남도, 1986)
《도서지》(전라남도, 1995)
《오늘 씀바귀꽃으로 살아》(편집부 엮음, 들불, 1988)
《당신은 오월바람 그대로》(전남대학교 비나리패,1987.4.)

안 쉽게 글을 쓰는 어른들

순천 〈형설서점〉

작은 책집을 찾아가면서 언제나 '오늘은 어떤 아름다운 책을 만나면서 기쁘게 웃을까?' 하고 생각합니다. '오늘은 어떤 놀라운 책이 나를 손짓하면서 부를까?' 하고 생각합니다. 이제껏 알지 못하던 어떤 책을 만나려나 하는 생각에 설렙니다.

더 많은 책을 읽거나 알아야 하지는 않겠지요. 더 커다란 책집이 곳곳에 있어야 하지는 않겠지요. 다만 마을마다 오랜 마을살이를 지켜보고 보듬는 이야기가 깃드는 책집 한 곳이 있다면 더할 나위 없이 아름다워요.

남들이 다 한다고 하는 바람결을 따르지 않아도 즐거우며 씩씩한 마음으로 살아가는 길이라고 이끄는 이야기 한 자락이 있는 책집입니다. 지식이나 정보를 쌓지 않아도 기쁘면서 고운 넋으로 북돋아 주는 노래 한 가락이 깃든 책집입니다. 값이 싼 책도 있고, 값이 비싼 책도 있습니다. 오랜 나날 여러 사람 손길을 탄 책도 있고, 미처 사랑받지 못한 채 새책집 책시렁에서 밀려나야 한 책도 있어요. 이름난 문학책도 있고, 덜 알려지거나 아직 알려진 적조차 없는 이야기책도 있고요.

모두 책입니다. 구름 같은 책이요, 빗물 같은 책입니다. 뭉게구름이나 매지구름 같은 책이요, 소나기나 벼락을 품은 듯한 책이며, 땡볕을 가려 그늘을 내주는 구름 같은 책입니다. 가랑비처럼 가만히 적시는 책이고, 장대비처럼 좍좍 내리꽂으면서 크게 깨우치도록 이끄는 책입니다.

어제오늘을 가로지르는 책을 두루 읽다가 '한글로 적은 글'하고 '한자를 끼워넣은 글'하고 '한자로 새까만 글'을 만납니다. 한자를 아는 글님이라면 한자를 쓰겠지요. 그런데 한자는 누가 알까요? 모든 사람이 한자를 알까요? 책을 읽는 분 가운데 한글을 모르는 사람은 없겠지만, 모든 사람이 일본말이나 영어나 한자를 알지는 않습니다.

새롭게 만나는 책으로도 배우지만, 새롭게 혀에 얹는 말로도 배웁니다. 어른한테 익숙하더라도 아이한테는 낯설거나 힘든 말이 수두룩합니다. 어린이책을 쓰거나 옮기는 어른은 말씨를 어떻게 가다듬어야 어린이한테 이바지하고, 어른 스스로도 북돋우는 말길이 될까요? 아마 문학비평·사회비평을 어린이한테 읽힐 어른은 없겠지요.

어린이한테 말하듯 글을 쓴다면 이 나라 책살림이 얼마나 곱게 피어나려나 하고 생각합니다. 어린이하고 수다를 떨듯 학문을 하고 책을 여민다면 이 나라 마을살림은 얼마나 눈부시게 자라나려나 하고 꿈꿉니다. 오늘도 책집마실을 잘 마칩니다.

《말괄량이 서부 소녀 캐디》(캐럴 라일리 브링크/김옥수 옮김, 주니어김영사, 2008)
《빈둥빈둥 투닉스 왕》(미라 로베/조경수 옮김, 시공주니어, 2001)
《아기 사슴 플랙 1~2》(마저리 키난 롤링즈/이희재 옮김, 시공주니어, 1998)
《기차에 대하여》(김정환, 창작과비평사, 1990)
《조성 북국민학교 55회》졸업사진책(1977)
《촛불의 미학》(가스똥 바슐라르/이가림 옮김, 문예출판사, 1975)
《우리말 바로쓰기》(임광규, 항도출판사, 1955)
《허난설헌 시집》(허난설헌/허경진 옮김, 평민사, 1986/1999)

2015.11.23.

책을 읽으라는 말

서울 〈흙서점〉

나라 곳곳에서 "책을 읽자"는 말은 넘칩니다. 다만 "어떤 책을 읽으며 어떤 사람이 되자"는 말은 좀처럼 안 나오지 싶습니다. "어떤 책을 어떤 책집에서 어떻게 살펴서 어떻게 읽어, 어떤 삶으로 어떻게 거듭나는 어떤 사랑이 되어 어떤 꿈을 짓는 어떤 사람이 되자"는 데까지는 더더욱 안 나아가지 싶어요. 이제는 '읽자'보다 '어떻게'나 '무엇을'을 말할 때이지 싶어요.

가을이면 새삼스레 듣는 "책을 읽자"란 말이 너무 따분하구나 싶다고 느끼면서 서울마실을 하고, 전철을 갈아타고서 낙성대에 이릅니다. 언제나처럼 이 마을 한켠에서 책꽃을 피우는 헌책집 〈흙서점〉 앞에 섭니다. 전철역에는 낙성대란 이름이 붙습니다만, 저는 이곳을 '아름다이 책꽃을 피우는 헌책집이 있어서 더없이 상냥하며 따사로운 마을'이라고 느낍니다.

책집 앞에 그득그득 쌓은 책부터 살피고 안쪽으로 들어섭니다. 안쪽 골마루하고 책꽂이를 살피며 책내음을 맡다가, 햇볕이 드리우는 마당으로 나와서 햇볕하고 바람을 나란히 느끼면서 책내음을 맡습니다.《North American Indian》을 먼저 집어듭니다.

가만히 보면 책이란, 아름다운 책이란, 알맹이부터 엮음새에 꾸밈새를 비롯해서 팔림새까지 모두 아름답게 흐를 적에 우리가 함께 아름다운 빛을 누리는 징검돌이 되지 싶습니다. 알맹이가 알차지만 빛을 못 보는 책이라든지, 알맹이는 허술한데 꾸밈새만 멋진 책이라든지, 알맹이가 비었으나 꾸밈새에 이름값을 내세워 팔림새만 높이는 책이라면, 어딘가 허술합니다.

책을 읽을 적에는 껍데기가 아닌 알맹이를 읽어요. 책을 쓴 사람을 마주하며 이야기를 들을 적에는 '책쓴이 겉모습이나 옷차림이나 얼굴이나 몸매나 목소리'가 아니라 '책쓴이가 온몸으로 살아낸 사랑이며 살림이며 노래이며 꿈'을 읽겠지요.

작아도 알찬 손길이 곱습니다. 작으면서 듬직한 책집이 반갑습니다. 다음에 마실할 날을 손꼽으면서 오늘 마주하는 뭇책을 쓰다듬습니다. 책집지기가 단단히 꾸려 주는 책짐을 받고서 묵직한 등짐을 짊어집니다.

저는 우리 집 아이들한테 "책을 읽으렴" 하고 말한 적이 아예 없습니다. 아이들한테 "좀 뛰어놀아라" 하고도 말한 적이 없습니다. 다만 아이들한테 "너희가 먹은 밥그릇은 너희가 손수 설거지를 하고, 밥상은 너희가 손수 행주로 훔치고, 부엌은 너희가 손수 비질이랑 걸레질을 할 줄 알면 좋겠어" 하고는 말합니다. 저 혼자 밥짓기 · 설거지 · 쓸고닦기를 못해서 이런 말을 하지 않아요. 살림을 이루는 고갱이를 스스로 다스리는 손길을 북돋우고 싶은 마음 하나뿐입니다.

《North American Indian》(Christopher Davis, Hamlyn, 1969)
《자연속의 새》(김수만, 아카데미서적, 1988)
《Ten women by Peter Lindberg》(Schirmer, 1996)
《insect society》(Berta Morris Parker·Alfred E.Emerson, Row Peterson com, 1941)
《toads and frogs》(Berta Morris Parker, Row Peterson com, 1942)
《Brillinat Boats》(Tony Mitton·Ant Parker, kinghisher, 2002)
《Germinal(extraits)》(Emile Zola, Larousse, 1953)

갯벌이 드넓던 고장인데

인천 〈삼성서림〉

마을에 책집이 있어서 마을을 찾습니다. 이웃 여러 고을에 어여쁜 책집이 있으니 사뿐사뿐 나들이를 갑니다. 마을·고을이라는 터전은 사람이 모이면서 태어난다고 하는데, 마을은 숲정이를 품으니 푸르게 일렁여요.

옹기종기 담을 마주하는 보금자리가 있고, 집하고 집 사이에 작은가게가 들어섭니다. 가게가 하나둘 모여 저자가 생기고, 저잣거리에는 마을사람을 비롯해 어깨동무하는 다른 고을에서 찾아옵니다. 복닥복닥 발걸음이 늘고 속닥속닥 이야기꽃이 피면서 마을살이를 아로새기는 책집이 살며시 싹을 틔웁니다.

2015년 가을날 〈삼성서림〉을 찾아가면서 이 책집이 인천 배다리에서 걸어온 길을 곰곰이 돌아봅니다. 인천 배다리에는 한국전쟁 뒤로 헌책집이 하나둘 모였다고 하지요. 처음에는 옛 축현초등학교 담벼락을 마주하는 자리에서 길장사로, 차츰 그곳에서 옮기거나 밀리며 창영동 쪽으로 왔다고 해요. 저는 1975년에 태어났으니 예전 일을 두 눈으로 지켜보지는 못했고, 여러 헌책집지기님들 말씀으로 지난날을 어림합니다. 다만 동인천 굴다리

곁에 살던 동무한테 놀러가며 "어? 이런 데에 책방이 있네?" 했더니 동무는 "넌 몰랐냐? 하긴 너네 집은 신흥동이니까. 저쪽으로 줄줄이 더 많아." 하고 대꾸한 일은 떠올라요. 1983년 즈음입니다.

인천은 갯벌이 넓습니다. 엄청나요. 썰물에 갯벌을 한 시간쯤 걸어도 끝이 안 보여요. 그런데 갯벌이 넓은 인천은 여태껏 이 갯벌을 파헤쳐 공장을 짓거나 아파트를 세우는 일만 벌였어요. 갯벌이 어떤 곳인지 제대로 살피지 않고, 갯벌을 어떻게 살리거나 사랑해야 하는 줄 깨닫지 않아요. 갯벌이 있어야 뭍도 숲도 깨끗할 텐데, 이를 살피지 않고 드넓은 갯벌을 '돈'으로 바꾸는 데에만 힘을 쏟았어요. 그러고 보면, 갯벌을 올바로 알려주는 책은 아이한테뿐 아니라 어른한테 함께 읽혀야 하는구나 싶어요. 어른부터 갯벌 이야기책을 읽어야 하는구나 싶어요.

글을 쓰는 사람은 글 하나 오롯이 일구기까지 오랜 나날을 기울입니다. 사진을 찍는 사람도, 그림을 그리는 사람도, 모두 그렇지요. 아이를 낳아 돌보는 어버이도 모두 오래오래 품을 들이고 땀을 들입니다. 사랑을 쏟고 꿈을 그립니다. 책이란, 품이며 사랑을 들일 길을 찾는 일이 아닐까요. 책을 찾아나서는 책집마실은 사랑길을 헤아리려는 발걸음이 아닐까요.

이야기가 노래하는 책을 마음으로 읽습니다. 마음을 살찌우고 싶어 책을 손에 쥡니다. 하루를 씩씩하게 일구고 싶기에 책마실을 다닙니다. 사랑을 따사로이 품고 싶어 책에 깃든 빛살과 별을 받아먹습니다.

《북극의 개》(니콜라이 칼라시니코프/문무연 옮김, 학원출판공사, 1987)
《수정의 상자》(아젤라 투우린 글·델라 보스니아 그림/박지동 옮김, 문선사, 1984)
《소피가 학교 가는 날》(딕 킹 스미스 글·데이비드 파킨스 그림/엄혜숙 옮김, 웅진닷컴, 2004)
《the drama Bums》(Jack Kerouak, penguin books, 1958)

잘 있으렴

서울 〈대양서점〉

서울 홍제동에 헌책집이 있었습니다. 아버지 헌책집은 높은찻길(이제는 헐려서 사라짐) 바로 옆에, 아들 헌책집은 골목 안쪽에 있었습니다. 아들 헌책집은 가게를 여러 판 옮겨야 했고, 이동안 〈기억속의 서가〉로 이름을 바꿉니다. 2015년에 다시 홍제동 쪽으로 옮겼고, 바로 이해 2015년 12월 31일에 〈대양서점〉은 이 이름을 내리기로 합니다.

"어이고! 아니, 어떻게 알고 오셨나! 먼 데서 사실 텐데!""아무리 먼 데서 살더라도 그동안 얼마나 고마운 곳이었는데, 마지막 절은 해야지요.""내가 이제 책방을 접을 텐데요, 그래도 그동안 하던 버릇이 있어서, 책 정리를 멈출 수가 없네요. 아무리 내일 영업을 더 하지 못한다고 해도 책이 반듯반듯하게 꽂혀야 돼요." 골마루 셋이 있는 조그마한 헌책집을 한 바퀴 돌면서 삐죽 튀어나온 책이 있으면 차곡차곡 갈무리하고, 이 책을 앞에 놓으면 좀 눈여겨보는 손님이 있을까 생각하면서 추스르는 손길이 정갈합니다.

〈대양서점〉을 찾아오며 언제나 손바닥책을 즐겁게 장만했습니다. 오늘도 잔뜩 고르는데,《싯다르타(실달다)》뒤쪽에 '부산 영광도서' 살피종이가 남슙

니다.《ペスタロッチ-傳 第一卷》을 보고는 깜짝 놀랍니다. 이렇게 묵은 책을 오늘 이곳에서 만나다니요.

"모처럼 오랜만에 오셨는데, 오늘도 책만 보시나? 우리 책방을 알려주 느라 그동안 얼마나 애쓰셨는데, 이제 문을 닫고 맙니다. 이제 영업을 중지 합니다. 그날(31일)이 되어 보아야 알겠지만, 아직까지는 괜찮네요. 그날이 되면 눈물이라도 흘리려나? 허허."

자그마한 〈대양서점〉에 늙수그레한 손님이 두 분 찾아옵니다. "아니, 그 동안 안 보이던 양반이, 이제 책방을 닫는다니까 얼굴을 보이네. 허허, 책 방을 닫는 일도 나쁘지는 않네? 이렇게 반가운 얼굴도 볼 수 있고 말이야." "자주 찾아오지 못해서 미안합니다. 그래도 이렇게 인사는 해야지 싶어 서." "아니요. 이렇게 와 주시니 고맙지요. 차 한 잔 드릴까요?"

1979년부터 2015년까지, 스물두 해 더하기 열다섯 해, 모두 서른일곱 해 걸음을 마무리짓는 길입니다. 마지막 하루까지도 책시렁을 반듯하게 갈무 리하는 손길인 책집지기 한 분이 오랜 일을 비로소 쉴 이 책터를 돌아보면 서 눈을 감고 속삭입니다. '잘 있으렴, 그동안 애썼구나, 네 숨결을 받은 사 람들은 아름답고 사랑스럽게 오늘을 지으리라 생각해. 고맙다.' 책으로 심 은 씨앗은 곧 책숲이 되리라 생각해요.

《지성에 대하여》(쇼펜하우어/박범수 옮김, 박영사, 1974)

《파우스트》(괴에테/박종서 옮김, 박영사, 1975)

《悉達多》(H.헷세/이병찬 옮김, 박영사, 1974)

《風と共に去りめ 第二冊》(Margaret Mitchell/大久保康雄 옮김, 三笠書房, 1938)

《문화를 보는 눈》(C.레비스트로스/김치수 옮김, 중앙일보사, 1978)

《삼림의 역사》(미셸 드베즈/임경빈 옮김, 중앙일보사, 1978)

《인류의 위기》(로마 클럽/김승한 옮김, 삼성문화재단, 1972)

《일제시대의 항일문학》(김용직·염무웅, 신구문화사, 1974)

《ペスタロッチ-傳 第一卷》(ハインリヒ·モルア/長田 新 옮김, 岩派書店, 1939)

경성중고
버스
제일 호텔
극동 방송국
서강초등학교
오거서 02) 333-3292
버스 ② ⑦ 361
지하철 6호선 상수역
버스 ②
在外韓人의 人類學的 硏究
열린 음악의 세계
나의 투쟁
일본인과 에로스

2016년

돈 되는 책, 아주아주 높은 값어치가 있다는 책은 아예 손을 떼었습니다. 아니, 처음부터 눈길조차 안 뒀어요. 그런 책을 어쩌다 만나면 고마운 셈이고, 그 책을 살 만큼 돈이 있으면 더 좋은 셈입니다. 그렇지만 그런 책을 못 만나면 어떻습니까? 그 책을 사서 집에 두면 무엇하겠고요? 제가 그 책을 샀다고 해도 읽지 못하거나 않는다면? 그런 책을 굳이 사서 집에 금송아지처럼 모시고프지 않습니다. 제가 읽어낼 책, 제가 곰삭여낼 책, 두고두고 곁배움으로 쓸 뿐 아니라 제가 저승으로 간 뒤에도 뒷사람이 살뜰히 물려받아서 즐겁게 펼 만한 책을 봐야 좋다고 생각해요. 이러면 넉넉합니다.

2016.6.9.

책으로 숲을 이룬 사랑

서울 〈뿌리서점〉

1993년 추운 겨울에 처음 찾아간 〈뿌리서점〉을 이듬해부터 뻔질나게 드나들었어요. 다섯 학기만 다니고 그만두었습니다만, 1994년에 대학생이 되어 저녁 다섯 시에 하루 배움길을 끝내면 먼저 헌책집으로 달려갔습니다. 대학교 학과나 동아리에서 술자리를 벌인다고 해도 으레 슬그머니 빠져나와 헌책집에서 두 시간 남짓 책을 읽은 뒤에 다시 술자리로 조용히 돌아왔어요. 새로운 책을 만나는 징검다리 책터가 참 놀라웠습니다.

이레 가운데 너덧새 즈음 〈뿌리서점〉을 찾아가서 너덧 시간씩 책을 파면서 '나는 고등학교를 마칠 적까지 얼마나 책을 몰랐나?' 하고 깨닫습니다. 인천에 있는 몇 군데 안 되던 구립도서관은 그때까지 책이 얼마 없었는데, 작은 헌책집에 깃든 책은 그즈음 인천에 있는 모든 도서관에 있던 책보다 훨씬 많았고, 갈래는 더욱 넓었습니다. 책집 한켠에 조용히 깃들어 책을 읽다 보면 〈뿌리서점〉 지기님은 한 시간마다 커피를 타서 마시라고 주셨어요. 커피를 너덧 벌쯤 받을 무렵 책집지기님은 "배 안 고프나? 책만 보고 밥은 안 먹어도 되나? 나도 배고픈데 혼자서 시켜 먹기는 그렇고, 같이 짜

장면 시켜서 안 먹을라나?" 하고 여쭈시지요.

〈뿌리서점〉 지기님은 어릴 적에 신문을 돌리며 살았다고 하셨어요. ㄷ일보를 돌리셨다는데, 지국 합숙소에서 다닥다닥 붙어서 잤고, 1960년대에는 총무나 지국장한테 얻어맞으면서 신문을 돌려야 했다지요. 저는 1995~1998년 사이에 신문을 돌리면서 신문배달 자전거를 이문동부터 용산까지 이끌고 와서 책을 읽고 살았어요. 저는 그무렵 ㅎ신문 일꾼이었기에 얻어맞는 일은 없지만, 1989~1992년에 ㅈ일보를 돌릴 적에는 지국장한테 따귀라든지 발차기를 맞았습니다. 툭하면 돌림일꾼을 때리며 괴롭혔어요. 〈뿌리서점〉 지기님은 예전에 신문 돌리던 말씀을 곧잘 들려주셨는데, 그만큼 저를 더 귀여워하셨구나 싶습니다.

책으로 숲을 이룬 사랑스러운 쉼터에서 마음을 쉬고 다리를 쉬며 몸을 쉽니다. 생각을 쉬고 꿈을 쉬고 사랑도 쉽니다. 이렇게 머리끝부터 발끝까지 쉬고 나서, 천천히 불을 지펴요. 마음을 지피고 생각도 꿈도 사랑도 지펴요. 느긋하게 쉰 다리와 몸에도 새로운 기운을 북돋웁니다.

헌책집 한 곳은, 용산에 깃든 조그마한 헌책집 〈뿌리서점〉 한 곳은 그야말로 작은 책터라 할 만합니다. 용산역을 이루는 백화점이나 전자상가는 어마어마하게 크지요. 사람들 발길도 끊임없고요. 그렇지만 저는 조그마한 마을책집에서 커다란 마음이 되어 꿈을 키워요. 작은 손길로 나누는 사랑을 배우고, 작은 눈빛으로 밝히는 어진 숨결을 맞아들입니다. 책으로 숲을 이룬 사랑을 책집에서 깨달았어요.

《최후의 늑대》(멜빈 버지스/유시주 옮김, 푸른나무, 2003)
《알피의 바깥 나들이》(셜리 휴즈/오숙은 옮김, 미래사, 2006)
《알피와 애니 로즈 이야기》(셜리 휴즈/오숙은 옮김, 미래사, 2006)
《독서술》(에밀 파게/이휘영 옮김, 양문사, 1959)

마을책집이란 이야기꽃

서울 〈책방 진호〉

2002년에 새로 옮긴 〈책방 진호〉인데, 새터 집임자가 가게를 비우라 하는 바람에 그해에 아홉 달 만에 다시 책짐을 쌉니다. 한 해에 책집을 두 판 옮겨야 했는데요, 구슬땀을 흘리면서 책시렁을 뜯는 지기님 곁에서 거들 일이 있을까 싶어 그때마다 찾아뵈었습니다. "저도 책짐은 잘 날라요. 출판사에서 늘 책을 나르니까요. 뭣 좀 도울 일이 있을까요?" "아니야. 이 일은 내가 해야지. 자네는 그냥 보기만 하게. 아, 사진을 찍는다면 사진 잘 찍어 봐. 이것도 나중에 헌책집 역사에 남을 테니까 말이지." 장도리로 책꽂이를 뜯다가 문득 뒤를 돌아보며 한 마디를 보탭니다. "이보게, 책집을 하려면 뭐를 갖춰야 하는지 아나?" "음, 아직 잘 모르겠습니다." "그래, 아직 알 수 없겠지. 내가 알려주지. 책집을 하려면 말이야, 먼저 책을 알아야 해. 책을 알고 좋아해야 책집을 할 수 있지. 그런데 책만 알고 좋아해서는 책집을 못 해. 둘째로는 힘이 있어야 해. 힘이 있어야 책집을 하지."

　장도리로 곱게 뜯어낸 책시렁은 새터에 맞는 크기로 들어갑니다. "옛날부터 말이야, 책집 하는 사람들은 책꽂이 나무를 아무것이나 안 써. 그리고 옛날에는 다 좋은 나무로 책꽂이를 짰지. 요새 나오는 합판이나 집성목으로는 책꽂이가 안 돼. 그냥 휘어지지. 이거 봐. 이 책꽂이는 이십 년이 넘었는데도 멀쩡해. 게다가 못을 안 박고 끼워서 맞췄기 때문에 더 튼튼하지. 얼핏 보면 두께가 얇은 듯하지만 조금도 안 휘어졌어."

책집 한 곳은 '노량진에 책이라는 살림길을 고요히 밝히는 등불 같은 책터'라는 샘물로 흘러왔다고 생각해요. 노량진을 1994년부터 드나들었는데, 더없이 아름답구나 하고 느끼는 책집이 있거든요.

마을책집이란 이야기꽃입니다. 마을책집이란 살림꽃입니다. 마을책집이란 숲꽃입니다. 이 마을책집에 깃들어 책 한 자락을 펼치면 두고두고 흘러온 샘물 같은 이야기가 흐드러집니다. 이 마을책집으로 찾아가서 책 두자락을 넘기면 나풀나풀 춤추는 나비 같은 고운 살림결이 해처럼 맑게 피어납니다. 이 마을책집을 곁에 두면서 살아간다면 언제나 느긋하면서 넉넉하게 마음밥을 즐기는 숲바람을 머금는 셈입니다. 2015년 12월부터 2016년 6월까지 바깥마실을 끊고 사전 하나를 끝없이 손질하며 매듭지었어요. 책집지기님이 장도리로 책시렁을 뜯어내어 옮기며 흘린 구슬땀을 배운 손길로 여민《새로 쓰는 비슷한말 꾸러미 사전》을 〈진호〉 지기님한테 이름을 적어 건넵니다. "아, 이거, 최 선생이 직접 쓴 사전인가? 드디어 하나 해내셨군. 축하하네. 아주 보물이야." "뭘요. 제가 그동안 이 아름책집에서 만난 책이야말로 값진 빛인걸요. 여태 저한테 팔아 주신 그 책이 밑바탕이 되어 이런 사전을 비로소 하나 썼어요. 저야말로 고맙습니다."

────────

《갈릴레오 갈릴레이》(베르톨트 브레히트/차경아 옮김, 두레, 1989)
《한국인의 멋》(최하림 엮음, 지식산업사, 1974)
《출동 만화특공대 1》(조민철, 서울미디어랜드, 2000)
《으악새 우는 사연》(이문구, 한진출판사, 1978)
《제주 해녀》(서재철 사진·김영돈 글, 봅데강, 1990)

2016.6.29.

새롭게 읽는 눈

서울 〈정은서점〉

책집에는 새책집하고 헌책집이 있어요. 아직 아무도 손을 대지 않은 책을 처음으로 손대는 새책집이라면, 이미 손을 탄 책을 새롭게 만나는 헌책집입니다. 헌책집에서도 새책집이나 도서관에서하고 마찬가지로 책을 정갈하게 다룰 노릇입니다. 새책에 처음 손을 대는 사람도, 헌책집에서 새롭게 손을 대는 사람도, 두고두고 흐를 숨결을 읽을 적에 아름답지 싶어요.

서울 연세대학교 건너쪽에서 오랫동안 책살림을 잇던 〈정은서점〉은 연희동 쪽으로 옮겼습니다. 내로라하는 대학교가 코앞이지만 그곳을 다니는 교수하고 학생이 책을 가까이하지 않은 탓이라 하겠습니다(2018년 7월에 북가좌동으로 다시 옮겼습니다). 책이란 어떤 사랑일까요. 종이꾸러미가 기꺼이 된 나무는 새몸에 글씨하고 그림을 까맣게 입으면서 어떤 이야기를 들려줄까요. 길가에 방울나무가 푸르고 넓적한 잎을 찰랑거립니다. 디딤턱을 밟고 들어선 새로운 〈정은서점〉에 책더미가 물결칩니다.

《Man's best friend》는 개를 사람 곁에 더없이 가까운 벗으로 여기면서 담아낸 사진을 보여줍니다. 사람한테 개는 어떤 이웃이거나 숨결일까요.

요즈막에는 '반려'란 한자말을 붙인 '반려견·반려묘·반려동물'이란 이름을 흔히 쓰는구나 싶은데, '반려'가 뜻이 나쁘지 않습니다만, 어린이한테는 어렵습니다. '벗'이나 '동무' 같은 쉬운 이름을, 또는 '곁' 같은 살가운 이름을 붙이면 한결 나으리라 생각해요. '벗개·동무냥이'나 '곁개·곁짐승'으로 삼을 만합니다.

입센이란 분이 쓴 '인형집'이란 글만 알다가《인형의 집》을 보고는 놀랍니다. 말 그대로 인형이 모여서 사는 집을 인형 마음을 읽고서 담아낸 이야기예요. 꽤 오랜 이야기인데 오늘 읽어도 새롭고, 무엇보다도 '인형은 사람이 안 보는 곳에서 어떤 말을 섞고 생각하며 살아가는가' 하는 대목을 잘 그렸구나 싶습니다. 글쓴이 책이 뜻깊으면서 아름답구나 싶어 이분 다른 책《튼튼 제인》하고《캔디클로스》도 곧 장만해야겠어요.

다 다른 사람이 다 다른 곳에서 다 다르게 살면서 다 다른 이야기가 자라납니다. 다 다른 이야기는 다 다른 나무가 거듭난 종이에 다 다른 무늬하고 숨결로 깃들면서 다 다른 책으로 태어납니다. 다 다른 책이 가득한 헌책집에는 웬만해서는 똑같은 책을 구경하기 어렵습니다. 언제나 다 다른 책이 드나들면서 다 다른 곳에 흐르는 다같은 새로운 눈빛을 넌지시 알려주지 싶어요. 다음에 여름바람을 물씬 느끼면서 〈정은서점〉을 새로 마실할 날을 손꼽으며 돌아갑니다.

《탄생》(윤여정, 관점, 1990)
《Olympic Photograph Collection, Xth Olympiad Los Angeles 1932》(George R.Watson·Delmar Watson·Miseki L.Simon, 旺文社, 1984)
《Man's best friend》(William Wegman, Abrams, 1982)
《トラえもん ハートフルに喜怒哀樂 編》(小學館, 2010)
《눈송이의 비밀》(케네스 리브레히트/양억관 옮김, 나무심는사람, 2003)
《인형의 집》(루머 고든/햇살과나무꾼 옮김, 비룡소, 2008)

2016.7.25.

3층짜리 헌책집과
책집 아이들

서울 〈글벗서점〉

헌책집 〈글벗서점〉은 처음에는 '온고당'이라는 이름이었어요. '온고당'이
라는 이름은 오늘날 〈글벗서점〉을 꾸리는 기광서 님 외삼촌이 꾸리던 헌책
집 이름이었다지요. 기광서 님 외삼촌은 일본에서 배우셨고, 서울 청기와
예식장 앞에서 '온고당'이라는 이름으로 헌책집을 꾸리셨대요.

1994년 2월에 〈글벗헌책가게〉를 처음으로 찾아갔습니다. 이해에 갓 대
학생이 되어 서울을 드나들었어요. 아직 서울 지하철이 익숙하지 않은 때
인데, 동아리 선배 한 분이 즐겨찾는 '학교 앞 헌책집'이라며 이곳을 알려
주었어요. 그러나 저는 이틀이나 헛걸음을 합니다. 선배는 '홍대 앞'에 있
다 말했을 뿐, 꼼꼼히 알려주지 않았어요. 처음 발을 들일 적에 바로 '개미
소굴'이라고 느꼈습니다. 날씬하지 않으면 골마루를 지나갈 수 없어요. 한
강이 얼어붙은 추위에도 늘 맨손으로 낡은 책을 뒤지고 살피면서 머릿속
에 새로운 이야기를 담으려 했습니다.

〈글벗〉은 1995년 무렵 새터를 마련합니다. 〈글벗〉 건너켠에 〈온고당〉이

134

라는 이름으로 너른 가게를 새로 열어요. 〈글벗〉은 그대로 있으면서 건너
켠 1층에도 가게를 꾸렸는데, 이러다가 〈글벗〉은 2002년 무렵 문을 닫고,
〈온고당〉 자리 밑칸에 헌책집을 넓혀요. 2001년에는 〈온고당〉 자리 2층에
'카사'라는 이름으로 북카페를 열었지요. 이즈음 서울에 있는 큰책집에서
도 책집 한쪽에 '차를 마시는 자리'를 작게 열었지요. 마을책집으로서, 또
헌책집으로서 아예 한 층을 '북카페'로 연 일은 이때가 처음이지 싶습니다.

  '첫 온고당'에 찾아가던 때에는 아직 이 헌책집 아이들이 매우 어렸어
요. 책집하고 살림집이 맞붙던 예전 경성고등학교 옆 '첫 온고당'에 찾아가
면 헌책집 아이들이 안쪽 살림칸에서 여닫이 사이로 빼꼼 저를 쳐다보았
어요. 책손을 구경한달까요, '나중 온고당'을 거쳐 2006년부터 '새 글벗'을
드나들 무렵에는 다 큰 헌책집 아이들을 만납니다. 틈틈이 책집 일을 거들
다가 이제는 함께 살림을 지키고 돌보는 듬직일꾼입니다.

  새책도 책이요 헌책도 책입니다. 모든 책은 그저 책입니다. 우리는 새책을
장만하면서 '책'을 읽을 뿐, 새책이나 헌책이라는 돈값으로 따지지 않아요.
책에 깃든 이야기를 아름답게 누리려고 책집마실을 하면서 책을 만나요.

  온누리 모든 책은 사람이에요. 온누리 모든 사람은 책입니다. 사람이 책
이요, 책이 사람입니다. 모든 책에 깃든 이야기는 우리 숨결이면서 사랑입
니다. 우리가 짓는 삶은 언제나 새로운 책으로 태어납니다. 아주 작은 개미
소굴 헌책집이 든든한 석 층짜리 헌책집으로 서기까지 얼추 마흔 해가 지
났습니다. 앞으로 마흔 해가 더 지나면 〈글벗서점〉 둘레는 어떤 책마을로
달라지는 모습이 될까요? 마을책집 곁에 마을숲이 우거지고, 이 곁에 온갖
멧새랑 풀벌레가 찾아들어 노래하면 좋겠어요.

《Buddhism, Japan's cultural identity》(Stuart D.B.Picken, kodansha international, 1982)

대학교 곁에
무엇이 있을까

광주 〈연지책방〉

1994년을 남달리 돌아보곤 합니다. 1994년에 제 마음이 끌린 곳은 서울 어디에나 참으로 많은 책집이었습니다. 서울에는 커다란 책집도 작은 책집도 많았어요. 인천을 떠나 서울에서 새로운 배움살림을 짓던 이즈음 '작은 인천에 없던 엄청난 책집'하고 '그 엄청난 책집에 가득한 더 엄청난 책'을 만나면서 '할 일이 많네' 하고 깨달았어요.

대학교를 들어가고부터 학과 모임뿐 아니라 동아리에 고향모임에 술자리가 날마다 잇달아요. 저는 술자리에 가더라도 늘 책집을 먼저 들러 두 시간은 책을 보려 했고, 술자리가 무르익을 즈음 조용히 빠져나와 책집을 다녀오고, 때로는 술자리 밑에 책을 펼쳐서 몰래 읽었어요.

전남대학교 뒤켠에는 〈연지책방〉이 있습니다. '연필 + 지우개'인데, 먼저 '연지출판사'를 열었고, 이 출판사가 발판이 되어 대학교 곁 책집으로 피어났습니다. 꾸준꾸준 펴내는 책은 차근차근 딛는 걸음 같아요.

연지출판사 책을 하나하나 보다가 생각합니다. 오늘날 어른들은 큰고장

한복판에서 물놀이를 즐기려고 생각하지 않습니다. 어른들은 큰고장에서 들짐승이나 들풀하고 사귀려 하지 않습니다. 이리하여 큰고장에는 몸을 담그고 물장구를 칠 냇물이 흐르지 않고, 냇물이 흐른다 하더라도 손발을 담그며 놀 수 없는데다가, 물줄기에 코를 박고 마실 수 없어요. 그토록 오래도록 냇물이며 골짜기이며 바다가 아이들 놀이터에 쉼터가 되었건만, 오늘날 어른들은 이러한 숲터를 큰고장 한복판에 좀처럼 안 두려 해요. 아파트만 늘고 찻길만 뻗고 시멘트밭만 퍼집니다.

마을책집하고 마을출판사란, 마을 한복판에 시냇물이 맑게 흘러서 이 시냇물에 발을 담그며 물장구도 치다가 책도 읽다가 낮잠도 누리는 느긋하면서 넉넉한 삶길을 꿈꾸는 터전이리라 봅니다. 시골에서만 싱그러이 냇물이 흘러야 하지 않아요.

중·고등학생은 입시 교과서·참고서를 내려놓고서 이야기책을 손에 쥐면 좋겠습니다. 대학생은 대학교재를 내려놓고서 삶책을 두 손에 펼치면 좋겠습니다. 마음으로 바라보면서 노래를 읊어요.

바람을 마시고 달리는 땀방울을 노래하는 글이 태어나기를 빕니다. 해님을 먹고 춤추는 웃음을 노래하는 그림이 태어나기를 빕니다. 빗방울하고 소꿉을 하고, 풀벌레를 손등에 앉히면서 속닥속닥 수다를 펴는 이야기가 태어나기를 빕니다.

모두 연필로 그릴 만합니다. 그리다가 미끄러지거나 어긋나면 지우개로 슥슥 지우고 새로 그립니다. 언제든지 새로 그립니다. 누구나 다시 그립니다.

《세상에서 가장 값진 보석》(김경원, 푸른길, 2016)
《선생님은 1학년》(민상기, 연지출판사, 2016)
《혼자 읽기 아까운 책 읽기의 비밀》(이태우, 연지출판사, 2015)
《27590 : 독립운동판결문》(연지출판사, 2016)

2016.11.9.

도서관보다 포근한 '책나라'

서울 〈공씨책방〉

헌책집 〈공씨책방〉은 처음에 광화문에 있었다는 얘기를 들었습니다. 신촌에 조그맣게 웅크린 〈공씨책방〉 책시렁 한쪽에는 《옛책사랑》이라는 작은 꾸러미하고 《옛책 그 언저리에서》라는 책이 있었어요. 이 꾸러미하고 책은 지난날 공진석 님이 광화문에서 크게 헌책집을 벌인 이야기를 담아요. 얼어붙는 손을 비비며 꾸러미하고 책을 읽는 동안 머릿속으로 예전 모습을 그려 봅니다. 저로서는 예전 헌책집 자리를 알 길이 없지만, 글로 남은 이야기로 넉넉히 그려 볼 수 있었어요. 얼마나 멋졌을까, 얼마나 대단했을까,

자그마한 헌책집은 자그마한 '책나라'이지 싶습니다. 겉모습만으로는 너무 작아 눈에 안 뜨인다고 할 만하지만, 이 작은 곳에 한발 들여놓고 보면 '크기를 잊으'면서 새롭게 빛나는 책숨을 마실 수 있어요. 한발을 들여놓지 않는다면 곁에서는 도무지 알 수 없는 나라라고 느껴요.

〈공씨책방〉은 2013년에 서울 헌책집 가운데 처음으로 '서울미래유산'으로 뽑힙니다. 서울시가 지킬 아름답고 오래된 문화유산 가운데 하나가 〈공씨책방〉이랍니다. 그런데 이 '서울미래유산'인 〈공씨책방〉은 자리를 옮겨

야 했어요. 이때 박원순 서울시장도, 서울도서관도, 서울에 수두룩한 출판 단체도, 이 '서울미래유산'에 아무런 손길을 내밀지 않는다더군요. 그들은 '관련 조례가 없다'는 까닭을 들었지요.

어느 모로 보면 마땅한 일이에요. 이제껏 서울시나 서울도서관에서는 '마을책집 · 마을헌책집'을 돕는(지원하는) 정책을 낸 적이 없어요. 여태 '관련 조례'가 없습니다. 그러면 서울시하고 서울도서관은 '아직까지 한 판도 안 마련했던 책집 지원 관련 조례'를 서둘러 마련할 노릇 아닐까요?

도서관은 도서관대로 포근하며 아름다운 책터예요. 헌책집은 헌책집대로 따스하며 고운 책터예요. 마을책집은 큰책집하고 사뭇 다른 아늑하며 예쁜 책터예요. 마을헌책집은 마을사람이 가벼운 차림새로 언제나 드나들 수 있는 우물가나 쉼터 구실이에요. 멀리서 찾아오는 책손도 이곳에서 아늑하며 즐거이 한때를 누려요.

작은 마을헌책집이 서울미래유산으로 뽑힐 수 있던 까닭을 헤아려 봅니다. 작은 책 한 자락에 서린 깊고 너른 숨결을 오래도록 정갈히 가꾼 손길이 있기 때문입니다. 작은 책집을 돕는 길은 대단한 정책이나 돈이 아닙니다. 아주 작은 정책하고 적은 돈이면 작은 책집을 얼마든지 도와요. 아니, 마을사람으로서 사뿐히 책집에 마실하면 돼요.

《바 레몬하트》(후루야 미츠토시 글·그림/정은서 옮김, AK comics, 2011~2012) 1~7권
《산책시편》(이문재, 민음사, 1993)
《청춘》(김태동, 문학과지성사, 1999)
《자연 교향樂》(최광식, 삼인, 2013)
《걸레옷을 입은 구름》(이은봉, 실천문학사, 2013)
《풍도》(이노우에 야스시/장병혜 옮김, 현대문학사, 1986)
《출판문화》 162호(1979.3.), 163호(1979.4.), 164호(1979.5.)
《Friends near and far》(Meyer·Sorenson·Mcintire, Follett, 1943)
《Great fairy tales of world 19 Pinoccio》(TBS Britanica, 2002)

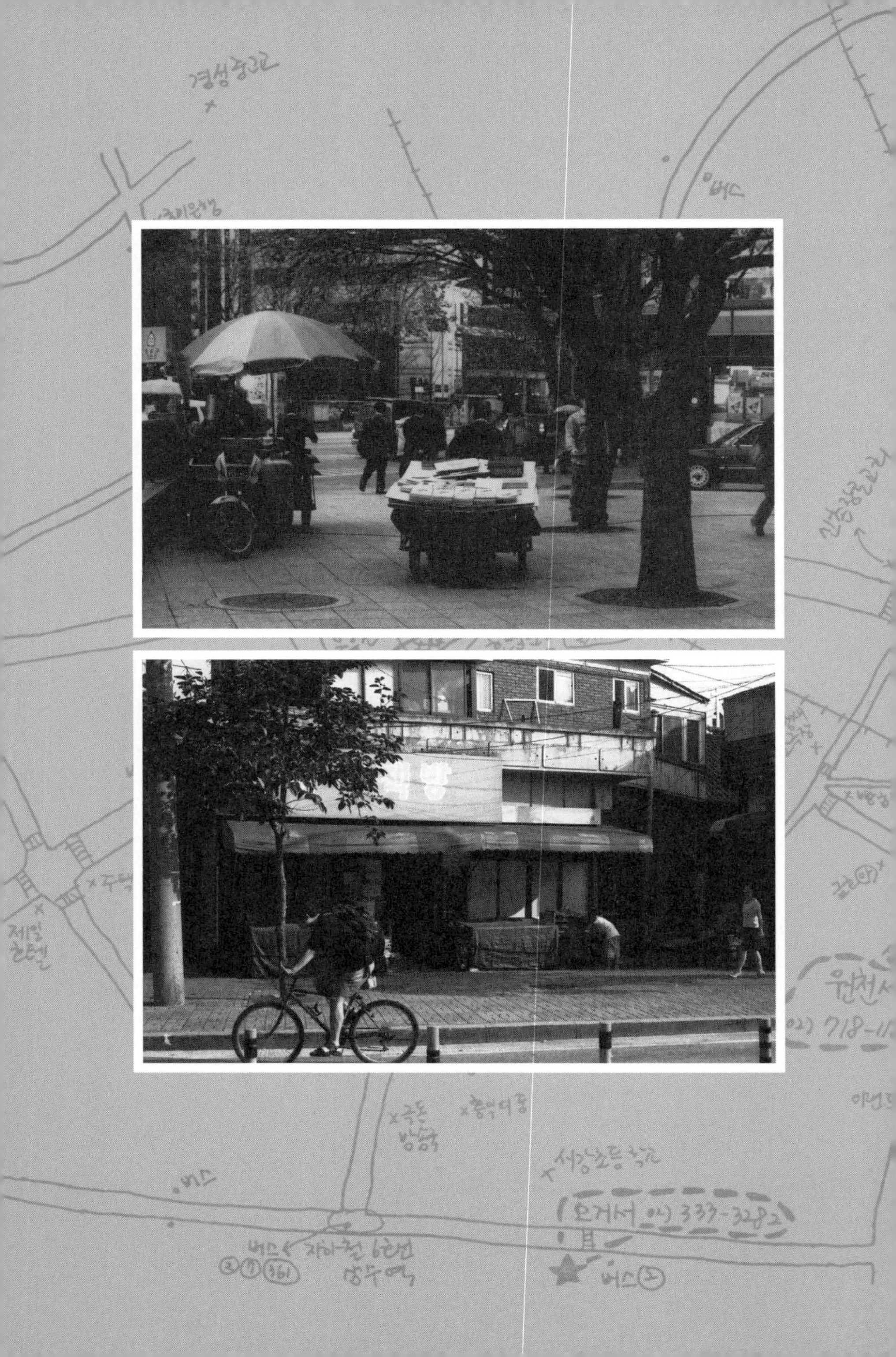
경성중고
버스
제일 호텔
국도 방송국
서강초등학교
오거서
버스
지하철 6호선
상수역
버스②

2017년

헌책집에서 책을 볼 적에는 언제나 그렇지만 "오늘 무슨 책을 사러 가야겠다"고 생각하지 못합니다. 안 한다고 할까요? 그냥 헌책집이 있어서 그곳에 가면 나를 기다리고 반길 책이 있겠다고 느끼기에 날을 잡아서 하루하루 찾아갑니다. 마을책집에서 책을 보면서도 늘 그런데 "오늘 어떤 책을 찾으러 가야겠다"고 생각하지 않아요. 그저 마을책집이 그 마을에 있고, 그 마을로 찬찬히 걸어가노라면 마을빛이 스며들고 햇빛을 머금고 바람빛을 맞아들이다가 비로소 책빛을 담뿍 받아안습니다.

손수 지으니 아름답네

포항 〈달팽이책방〉

어떤 눈으로 보느냐로 모두 달라집니다. 아이들이 손수 빵을 굽겠다고 나서서 용을 썼는데 그만 태워먹을 적에, 하하 웃으면서 "어쩜 탄 빵이 이렇게 맛있을까?" 하고 맞아들이는 길이 있다면 "불판까지 태워먹었구나!" 하고 으르렁거리는 길이 있지요. 예전에 사서 읽고는 까맣게 잊은 채 똑같은 책을 다시 사서 읽다가 "어라 아무래도 예전에 읽은 듯한데? 아름다운 책이니 다시 살 만하지" 하고 여기는 길이 하나요, "칫, 돈을 날렸잖아!" 하고 툴툴거리는 길이 둘입니다.

자가용으로는 썩 안 멀어도 대중교통으로는 고개 넘어 고개인 〈달팽이책방〉으로 땀을 빼며 왔습니다. 가늘게 숨을 돌리려니 책집지기님이 홍차를 건넵니다. 후유 숨을 고르며 생각합니다. 사람들이 자가용을 모는 까닭을 조금 어림할 만합니다. 큰짐을 시외버스나 기차나 택시를 갈아타면서 낑낑대자면 힘들겠지요. 그러나 저는 두 아이를 온몸으로 돌보았어요. 천기저귀에 옷가지를 잔뜩 짊어졌고, 유리병을 챙겼고, 주전부리나 도시락을 건사했어요. 바리바리 꾸린 짐에 아이들이 다리가 아픈 티를 내면 덥석 안거나 업으며 걷는데요, 안기거나 업힌 아이들이 흥얼흥얼 노래를 불러 주니, 이 노래로 기운을 새로 내면서 한 발짝 두 발짝 내딛었어요.

새삼 돌아보지만, 이런 걸음이었기에 지난 2016년에 《시골에서 책 읽는 즐거움》 같은 책을 써낼 만했습니다. 제대로 말하자면 "아이들이 숲바람을 먹고 뛰놀도록 돌보는 시골살림을 꾸리면서 쪽틈을 내어 가까스로 조금 읽은 책이 아직 아이들이 없던 무렵 혼자 숱하게 책집마실을 다니며 읽던 책하고 댈 수 없도록 즐거우면서 사랑스러웠네"를 '시골에서 책 읽는 즐거움'이란 몇 마디로 간추렸습니다.

살몃살몃 골마루를 거닐면서 여러 책을 구경하고 장만합니다. 책시렁 구석까지 책집지기님 손길이 해바라기처럼 눈부시게 스몄네 싶습니다. 그래요. 하나부터 열까지 손수 짓고 가꾸는 살림치고 안 예쁜 살림이란 없습니다. 아이들 소꿉놀이를 비롯해서, 할매들 밭자락이며, 할배들 논두렁이며, 〈달팽이책방〉 같은 마을책집 모두, 마을 한켠에서 가만히 노래하면서 숲바람을 끌어들이는 상냥한 숨결이에요. 풀꽃 곁에서 꿈꾸고, 나무 사이에서 사랑하는 바람결이고요.

포항이라는 고장은 〈달팽이책방〉이 있기에 어깨를 펴면서 즐겁게 하루를 맞이할 만하지 싶습니다. 책 한 자락하고 찻물 한 모금이 어우러진 이곳은, 달팽이처럼 달달하고 달곰하겠지요. 책집이 조촐히 깃든 마을은 달팽이마냥 차근차근 아름다이 빛나는 걸음걸이가 됩니다. 포항에 책집을 열어 주셔서 고맙습니다.

《산딸기 크림 봉봉》(에밀리 젠킨스 글·소피 블래콜 그림/길상효 옮김, 씨드북, 2016)
《내가 사랑한 여자》(공선옥·김미월, 유유, 2012)
《다시 또 성탄》(황병리, 작은눈, 2015)
《식물생활》(안난초, 2016)

그림책꽃

전주 〈책방 같이:가치〉

그제 낮에 포항 〈달팽이책방〉에서 글쓰기 이야기를 함께했습니다. 사전읽기랑 시골읽기를 바탕으로 '시골에서 사전을 짓는 글쓰기' 이야기를 풀어내었어요. 포항에서 바로 고흥으로 돌아가기보다는 '모든 길은 서울로' 이어지는 이 나라 얼거리를 곱씹으면서 서울마실까지 하고는, 다시 기차를 달려 전주로 옵니다. 전주 한켠에 곱게 태어난 그림책집 〈책방 같이:가치〉를 찾아갑니다. 택시를 탔더니 "봄에 어디 존(좋은) 여행 다니시나 봐요?" 하고 묻습니다. "전주에 멋진 그림책집이 태어났다는 얘기를 듣고서 그곳에 가는 길입니다. 예전에는 전주 홍지서림 골목에 있는 헌책집을 다녔는데, 이제는 마을책집에 가려고 전주에 옵니다."

우리 집 아이들한테 어떤 그림책을 잔뜩 챙겨서 돌아갈까 하고 생각하며 여닫이를 당겨서 들어갑니다. 이 그림책을 집을까 저 그림책을 집을까 어림하다 보니 어느새 열 자락이 됩니다. 더 고를까 말까 망설이다가 '이제 그만 골라야지. 가뜩이나 다른 짐이 넘치는데, 이제는 책을 넣을 틈이 없는걸.' 하고 생각합니다.

아쉽다면 다음에 다시 들르면 되지요. 다음에는 아이랑 함께 찾아올 수 있겠지요. 햇살마냥 마을책집이 눈부십니다. 햇볕마냥 그림책집이 따스합니다. 햇빛마냥 조촐히 아름책집이로구나 싶습니다. 곰곰이 보면 이 땅에 어린이나 푸름이가 느긋하게 머물 쉼터가 없다시피 합니다. 그림책을 꽃처럼 건사한 이 마을책집이란 바로 어린이 쉼터이자 놀이터이지 싶습니다. 그림책이 꽃처럼 피어나는 이 마을책집이란 푸름이도 언제나 상냥한 마음이 되어 하루를 다스릴 만한 모임터이자 사랑터가 되리라 생각합니다. 이곳에서는 어른도 넉넉히 쉬면서 책수다를 할 뿐 아니라, 살림하는 기쁨을 주고받을 테고, 아이를 사랑하는 눈빛이며 마음길 이야기도 흘러요.

나라나 지자체에서 큰돈을 들여 으리으리한 집이나 터를 닦지 않아도 됩니다. 마을마다 조촐하니 마을책집을 연다면, 바로 이 마을책집이 저절로 마을을 살찌울 뿐 아니라, 마을 어린이·푸름이가 느긋하게 다니면서 하루를 밝힐 자리가 되리라 느껴요. 그림책꽃이 해사해요. 그림책밭이 푸근해요. 그림책나라가 즐겁습니다.

같이 가 볼까요? 같이 가기로 해요. 같이 가서 하루를 그림책으로 노래해 봐요. 같이 읽고, 같이 그리고, 같이 쓰면서, 우리 하루를 새롭게 가꾸어 봐요. 같이 나아가기에 값진 걸음이 되지요. 같이 손을 잡기에 뜻있는 어깨짓이 되어요. 같은 하늘을 이고, 같은 바람을 마셔요. 같이 숲길을 걷고, 같이 냇물을 누립니다.

───────────

《실수왕 도시오》(이와이 도시오/김숙 옮김, 북뱅크, 2017)
《어느 날, 고양이가 왔다》(케이티 하네트/김경희 옮김, 트리앤북, 2017)
《세상의 많고 많은 초록들》(로라 바카로 시거/김은영 옮김, 다산기획, 2014)
《민들레는 민들레》(김장성 글·오형경 그림, 이야기꽃, 2014)
《바람의 맛》(김유경, 이야기꽃, 2015)

2017.5.1.

이곳에서 늘 만나는

순천 〈책방 심다〉

고등학교를 다닐 적에 소지품검사를 하며 책을 빼앗든 말든 등짐에 '교과 서도 참고서도 아닌 책'을 대여섯 자락씩 챙겼어요 쉴틈이나 자율학습이 나 보충수업을 하며 이 책을 꺼내어 읽었어요. 도시락을 먹으면서 읽고, 버 스로 집과 학교를 오가는 길에 읽으며, 걸어다니는 동안에도 읽었어요. 하 루에 대여섯 자락씩 챙기고 다녀도 그리 어렵잖이 다 읽을 만했어요.

　아이랑 살며 아이를 읽습니다. 아이는 제 눈을 바라보기를 바랍니다. 아 이는 꽃내음을 큼큼 맡으며 책보다 꽃읽기를 하라고 부릅니다. 아이는 비 바람을 마시면서 책보다 비읽기랑 바람읽기를 하자고 손짓합니다.

　아이는 한결 넓고 깊이 책을 읽도록 부추깁니다. 종이에 글씨를 얹는 책 뿐 아니라 돌멩이라는 책, 소꿉이라는 책, 눈짓이라는 책, 구슬땀이라는 책, 자장노래라는 책, 별빛이라는 책을 함께 읽자고 잡아당겨요. 이 여러 가지가 새삼스레 하루를 북돋아 주었기에, 두 아이하고 살아낸 열 해를 갈 무리해서, 큰아이가 열 살을 맞이한 해를 기려 《시골에서 책 읽는 즐거움》 을 썼지요. 마침 이 책을 〈책방 심다〉에서 '이달 심다 책'으로 뽑아 주었습니다. 신문도 방송도 이 책을 다룬 적이 없지만 마을책집에서 알아보아 주니 반갑습니다. 서울에서 바깥일을 보고 돌아가는 길에 〈심다〉에 들르니, 이 책을 미리 맡으신 분이 책 안쪽에 이름을 적어 주기를 바라셨다고 하면서 내밉니다. 기꺼이 붓을 줍니다. "씨앗 선생님. 풀씨가 앉아서 풀밭 되고, 꽃씨가 앉아서 꽃밭 되며, 나무씨가 앉아서 숲이 되니, 저마다 고운 마음씨가 고요히 앉아서 사랑이 됩니다." 하고 적습니다.

〈심다〉에는 이 책집에 와야 읽을 수 있는 책이 꽤 돼요. 팔지 않는 책입니다. 나눔읽기를 하는 책이지요. 이 가운데《Little Tree》(Katsumi Komgate)가 있는데, 곱게 펼치면서 나무를 돌아보는 그림책입니다. 스스로 가장 즐길 만한 일을 하고, 스스로 가장 사랑할 만한 길을 갑니다. 꿈나무로 자랄 꿈씨앗을 책 한 자락에서 찾습니다.

이곳에 씨앗 한 톨이 있습니다. 씨앗 한 톨은 풀도 꽃도 나무도 되지만, 사랑도 꿈도 노래도 됩니다. 이윽고 책도 이야기도 웃음도 될 테지요. 무엇이든 될 수 있는 씨앗 한 톨을 심는 마을 한켠 책집이라면, 이 책집이 깃든 고장은 앞으로 어떻게 흐드러질 숲으로 푸르게 퍼질까요.

대학교뿐 아니라 초 · 중 · 고등학교 앞에 책집이 적어도 한두 곳씩 태어나면 좋겠습니다. 큰길가보다 골목 한켠이며 저잣길 한쪽에 책집이 한 곳씩 자라나면 좋겠습니다. 마을도서관도 좋은데, 마을책집이 언제나 함께하면 더욱 좋겠어요. 살림을 가꾸는 살림집처럼, 책으로 삶을 사랑하는 길을 나누는 책집이 늘기를 빕니다.

《유럽의 그림책 작가들에게 묻다》(최혜진 글·신창용 사진, 은행나무, 2016)
《왜냐면》(안녕달, 책읽는곰, 2017)
《시간 상자》(데이비드 위즈너, 베틀북, 2007)
《Haamuvoimi》(Jacques Duquennoy, nemokustannus, 2013)

2017.5.24.

푸른별에 푸른책집

대전 〈우분투북스〉

우리가 스스로 눈을 밝히고, 고요하면서 정갈한, 이러면서 따스하고 넉넉한, 이러면서 슬기롭고 참다운 사랑이란 마음이 된다면, 비바람을 기꺼이 맞아들이면서 무럭무럭 자라나는 푸른 숲이 되겠지요. 온누리에 흐르는 싱그러운 빛줄기를 기꺼이 맞아들일 줄 안다면, 우리가 손에 쥐는 책은 언제나 새롭게 반짝이면서 즐겁게 이야기를 들려주겠지요.

아직 큰고장에 살 적에는 언제나 책한테만 말을 걸었습니다. 큰고장에서는 마음을 터놓을 벗님이 오직 책뿐이라고 여겼습니다. 하루 일을 마치고 찾아가는 곳은 책집이요, 이 책집이 불을 끄고 닫을 때까지 눌러앉아 책을 읽었습니다. 한 달 살림을 어림해서 날마다 쓸 수 있는 책값을 나누어, 날마다 이 돈으로 책을 다 장만하고는 찻삯이 없이 등이며 손에 묵직한 책짐을 이고 들고서 돌아왔습니다.

서울에서 살며 밤 열 시나 열한 시가 되어 등이며 두 손에 책을 가득가득 짊어지고서 한겨울에도 땀을 쪼옥 빼며 걸었어요. 전철삯마저 없으니 한두 시간쯤 걸었습니다. 책집에서 나오면 어디나 시끌벅적하고 눈이 아팠어요. 책집에 머물면 언제나 조용하면서 눈이 트였어요.

대전에 피어난 〈우분투북스〉는 큰고장하고 시골을 잇는 다리가 되려는 뜻을 이웃하고 나누려 한답니다. 책 한 자락으로 푸른 숨결을 나누고, 책뿐 아니라 '시골에서 지은 살림'을 큰고장 이웃한테 알려주는 길목이 되려 한 다지요. 책집지기이자 마을지기가 되고픈 꿈을 펼치는구나 싶습니다. 책집 이 책숲으로 나아가는 실타래를 한 올씩 엮는 걸음걸이로구나 싶어요.

어느 때부터인가 '지구'라는 낱말을 썩 안 쓰고 싶습니다. '지구'가 한자 말이라서 안 쓸 생각이 아니에요. 이 낱말로는 어린이한테 우리가 사는 이 별을 제대로 이야기하기 안 좋겠구나 싶더군요. '푸른별'이란 낱말을 씁니 다. 우리가 함께 살아가는 이곳은 '푸른별'이라는 생각을 나누고 싶습니다. 우리도 별에 산다고, 우리가 사는 별이 더 커다란 별누리에서 초롱초롱 맑 게 흐르면 좋겠다는 뜻을 나누고 싶어요.

큼지막한 그림책 《꿀벌》을 넘깁니다. 옮김말은 어린이가 읽기에 어울리 지 않습니다. 어버이가 하나하나 풀어내어 읽어 주어야겠네요. 애써 알찬 책을 펴낼 적에는 말씨를 더욱 가다듬으면 좋겠습니다. 어른끼리 쓰는 인 문학스러운 말씨가 아닌, 어린이하고 어깨동무를 하면서 푸르게 꿈을 그리 고 해맑게 사랑을 노래하는 말씨로 추스르면 아름다우리라 여겨요. 푸른별 에서 푸르게 물드는 책집, 그러고 보면 이러한 책집은 '푸른책집'이 되겠네 요. 푸른마을에 푸른지기가 일하는 푸른책집에서 푸른책을 만나고 푸른살 림을 헤아려 봅니다.

《엘리엇의 특별한 요리책》(크리스티나 비외르크 글·레나 안데르손/오숙은 옮김, 미래사, 2003)
《꿀벌》(보이치에흐 그라이코브스키 글·피오트르 소하 그림/이지원 옮김, 풀빛, 2017)
《어디에서 왔을까? 과일의 비밀》(모리구치 미쓰루/이진원 옮김, 봄나무, 2016)
《둥지로부터 배우다》(스즈키 마모루/황선종 옮김, 더숲, 2016)

아이가 뛰놀 만한 고을이 되기를

고양 〈미스터 버티고〉

아이들을 이끌고 일산 이모네에 왔습니다. 이모랑 이모부랑 외할머니 외할 아버지 외삼촌을 만나는 아이들은 신납니다. 다만 아무리 이모네랑 할머니 할아버지를 만나며 신이 나도, 이 큰고장에서는 길에서고 집에서고 '뛰어 도 안 되고, 노래해도 안 되고, 피리나 하모니카를 불어도 안 되고, 모두 안 되고투성이'입니다. 두 아이는 입을 삐죽 내밀면서 "그럼 여기서는 안 되 는 거 말고 뭐가 되는데?" 하고 묻습니다.

큰고장은 어디나 에어컨이 가득합니다. 집안이든 집밖이든 후덥지근합 니다. 두 아이를 데리고 바깥바람을 쐬기로 합니다. 사뿐사뿐 걸어 〈행복한 책방〉 앞에 오는데, 마침 오늘은 쉬는날이네요. 더 걸어서 〈미스터 버티고〉 로 갑니다. 이곳은 열었습니다.

스스로 즐길 만한 일을 할 적에는 스스로 즐거운 사람이 되리라 생각합 니다. 스스로 좋아하는 길을 찾아서 좋아하는 삶을 누리면, 이때에 사진기 를 쥘 적에는 스스로 좋아할 만한 사진을 찍는다고 느껴요. 따로 사진강의 를 듣거나 사진학교를 다니기보다는, 스스로 어떤 삶이 즐거울까 하고 생각하다 보면 저절로 즐겁게 사진을 찍지요. 글쓰기나 그림그리기도 이렇게 하면 된다고 느껴요. 읽을 만한 책을 찾을 적에도 스스로 책집마실을 하면서 가만히 둘러보면 어느새 눈길이 닿는 책이 나타나요. 낯익은 책이건 낯선 책이건 하나하나 집어들면서 펼치면 돼요. 책마다 다르면서 싱그러운 여름바람이 물씬 흘러나옵니다.

《일본 1인 출판사가 일하는 방식》을 뽑아들어 읽습니다. 혼자서 힘내는 작은 출판사 이야기가 사랑스럽습니다. 아니, 혼자서 힘내기에 사랑스럽지는 않아요. 이분들 스스로 언제나 하루를 사랑으로 바라보고 다스리려 하기에 즐거우면서 사랑스러운 길로 나아가리라 봅니다.

아이들이 구경하는 그림책을 어깨너머로 같이 보다가 생각합니다. 여느 사람들이 이룬 삶 · 살림 · 발자국은 누가 헤아리거나 살피거나 돌아보는 가요? 임금이 먹거나 절에서 먹는다는 밥만 으레 '전통음식'으로 여겨 버릇합니다만, 수수한 살림집에서 짓던 수수한 살림밥은 언제쯤 '전통음식'으로 받아들일 만할까요?

저는 정치권력자가 쓰는 책을 구태여 안 읽습니다만, 대학교나 연구실에서만 붓을 쥐는 학자가 쓰는 책도 굳이 안 읽고 싶습니다. 흙을 사랑하는 살림꾼이 쓰는 '흙책(과학책)'이라면 반갑습니다. 숲을 사랑하는 숲지기가 쓰는 '숲책(환경책)'이라면 반깁니다. 보금자리에서 살림꽃을 피우는 살림꾼이 쓰는 '살림책(수필 · 육아책)'이라면 재미나요.

마을 아줌마가 들려주는 문학 · 정치 이야기가 태어나면 좋겠어요. 마을 아저씨가 노래하는 사회 · 철학 이야기가 나란히 태어나면 좋겠고요.

《일본 1인 출판사가 일하는 방식》(니시야마 마사코/김연한 옮김, 유유, 2017)
《고양이 그림일기》(이새벽, 책공장더불어, 2017)
《바다 100층짜리 집》(이와이 도시오/김숙 옮김, 북뱅크, 2014)

2017.6.10.

책집지기가 사랑하는 책

인천 〈홍예서림〉

인천 중구 꿈벗도서관에서 '길 위에 서(書)다'란 이름으로 마을책집이며
배다리 책집거리를 돌아보는 자리를 마련하기로 했습니다. 먼저 6월 7일
에는 책·책집·책마을을 놓고 이야기를 풀어냅니다. 6월 10일에는 사람
들을 이끌고 책집을 함께 다니도록 이끌기로 합니다. 사이에 사흘이 비는
이야기판이기에 아이들을 이끌고 일산 이모네에 머물면서 혼자 인천을 오
가며 이야기랑 책집마실을 꾸립니다.

열 몇 사람이 우르르 책집마실을 한다면 책집이 꽤 좁지요. 무리짓는 책
마실이라면 느긋하거나 조용히 책읽기를 하기는 어렵습니다. 그러나 이참
에 '두 다리로 걷기'를 함께합니다. 함께 책집마실을 하는 분들 말씀을 들
으니, 어린이나 푸름이나 어른이나 '여느 때에 걸을 일이 드물다'고 합니
다. 저는 버스로 너덧 나루쯤 되는 길도 아무렇지 않게 걷는데, 요새 누가
그렇게 걷느냐고, 100미터도 잘 안 걷는다고들 하는군요.

꿈벗도서관에서 나온 이웃님하고 인성여고 곁을 스치면서 무지개다리
쪽으로 걷습니다. 내리쬐는 햇볕이 좋으니 온몸으로 해님을 먹으면서 골목

꽃을 들여다보자고 얘기합니다. 오랜 골목집이 품은 오랜 이름판을 바라보고, 골목밭이며 골목나무마다 어떤 손길이 흘렀는가를 얘기합니다. 골목골목 천천히 걸어 내동을 지나가는데, 예전에 샀들어 살던 집 앞도 지나갑니다. 그 집 할배가 어느새 집 앞으로 나무 몇 그루 키워서 마을길에 그늘이 드리웁니다. 일곱 해 만에 나무그늘이 드리우네요.

〈홍예서림〉에 닿습니다. "조촐한 책집에 들어가니 목소리를 낮추면 좋겠고, 책집에서 다루는 책은 '책집 재산'이니 부드럽게 만져야 하며, 책집마실을 할 적에는 적어도 책 하나쯤은 사기로 합니다."

책집마실이란, 책을 사러 가는 길입니다. '어느 책을 오늘 새로 만나 우리 집으로 데려갈까?' 하는 마음이 된다면 책이 한결 잘 보이고, 더 깊고 넓게 스며들기 마련입니다. 마음을 비우고 둘러보지 않아요. '우리 집에 즐겁게 건사할 책'을 두근두근하는 마음으로 둘러봅니다. 낯익은 사람이 쓰거나 낯익은 출판사에서 낸 책이 아닌, 모두 낯설지만 생각을 새롭게 북돋우는 이야기꾸러미를 만나려고 하는 책집마실입니다.

어느 분은 이 마을책집 앞을 지나가 보았으나 들어오기는 처음입니다. 어느 분은 마을책집이 깃든 골목을 처음 걸었습니다. 어느 분은 이런 데에 책집이 있을 줄은 생각조차 못했습니다. 어느 분은 밖에서 전화를 합니다. 우리는 다 다른 사람이니 다 다른 책에 눈길이 갈 테고, 책을 사는 손길도 다릅니다. 다만, 책집을 열어 책낯이 환히 보이도록 널찍널찍 나긋나긋 놓는 마음을, 책집지기가 아끼거나 사랑하는 책을 곱게 선보이는 마음을 읽으면 좋겠어요.

《나의 가시》(정지우, J.PEPONI, 2017)
《검은 반점》(정미진, 엣눈북스, 2016)
《콩 고양이 1》(네코마키/장선정 옮김, 비채, 2016)

유월에는 유월처럼

전주 〈유월의 서점〉

2016년에 《새로 쓰는 비슷한말 꾸러미 사전》을 마무르고서 2017년 올해에는 《새로 쓰는 겹말 꾸러미 사전》하고 《마을에서 살려낸 우리말》 두 가지를 함께 마무리하느라 하루조차 쉴틈이 없습니다. 여느 책을 쓰는 분이라면 다음 책을 헤아리며 쉴틈을 둘는지 몰라도, 사전은 마무리가 없이 날마다 보태고 기울 뿐입니다.

"힘들지 않나요? 하루도 안 쉬고 일하려면?" "저는 하루조차 쉴 생각이 없이 태어났다고 여겨요. 저한테는 일하는 틈이 쉬는 틈인걸요. 아이를 돌보며 같이 놀고 자전거를 달리고 씻기고 입히고 먹이는 살림이 고스란히 쉬는 틈이곤 해요. 아이를 재우다가 같이 곯아떨어지고, 이내 번쩍 일어나서 일손을 잡고, 내내 그렇게 살았네요."

이 나라 삶터나 정치나 경제나 문화를 마주하며 아름답다고 말하는 사람이란 드문데요, 이 나라 학교를 바라보며 아름답다고 말하는 사람은 그야말로 매우 드뭅니다. 이 나라 언론이나 종교를 마주하며 아름답다고 말하는 사람도 더더욱 드물어요. 그렇다면 이 나라에서는 무엇이 아름다울까요? 어디가 어떻게 아름다우면 좋을까요?

사전을 쓰는 사람은 참말 한 해 내내 하루조차 안 쉽니다. 아니, 한 해 내내 노래하면서 일합니다. 노래하지 않는다면 쉴틈없는 나날을 못 견디겠지요. 그리고 아침저녁으로 우리 집 나무 곁에서 춤을 춘답니다. 왜냐하면, 풀꽃나무도 한 해 내내 딱히 쉬는 일 없이 즐거이 가지를 뻗고 잎을 내며 한들거려요. 말을 다루는 길이라면 나무처럼 해바라기에 바람바라기에 비바라기로 고이 살아가면 된다고 여겨요. 말을 글로 옮겨서 이룬 책을 다루는 책집이라면 한 해 내내 신바람으로 삶을 바라보면서 나긋나긋 노래하듯이 하루를 열 만하겠지요.

이 나라가 아름답다면, 사진을 찍는 사람도 아름다운 이야기를 빚어서 보여줍니다. 그러나 이 나라가 아름답지 않더라도 이 나라를 이루는 수수한 사람들은 저마다 고요하게 아름다운 삶을 조촐하게 지어요. 이 나라를 이루는 수수한 사람들 이야기는 신문·방송에 거의 안 나오고, 영화나 책으로도 거의 안 나올 뿐입니다. 수수한 사람들 이야기에 눈길을 두는 눈빛이 있다면 우리는 늘 아름빛이겠지요.

전주 한켠에서 고즈넉히 골목이웃하고 노래하는 〈유월의서점〉이지 싶어요. 이 노랫결은 나지막히 흘러 고흥에도 닿고 부산으로도 퍼지고 서울로도 가요. 어느 곳에서도 이 마을책집이 열었다는 말은 없었지만, 유월바람을 타고 저한테 스며든 소리를 듣고, "와, 반갑네, 유월책집이라니!" 하면서 유월 한복판에 마실했습니다.

―――――――

《카메라 들고 느릿느릿》(그사람, 스토리닷, 2014)
《뉴욕의 책방》(최한샘, 어라운드, 2012)
《뜨뜨시 할머니의 바다 레시피》(윤예나, 2016)

아이를 품고 돌보며

순천 〈그냥과 보통〉

철마다 다른 빛을 생각합니다. 가을에는 가을빛을, 여름에는 여름빛을 헤아립니다. 다 다른 철빛은 어떻게 스며들 만한지 돌아봅니다. 누구나 스스로 선 자리에서 삶을 노래하니, 서울사람은 서울이라는 고장에서 누리는 하루로 여름빛을 읊을 테고, 시골사람은 시골이라는 터에서 맞이하는 하루로 여름빛을 읊조리겠지요.

폭폭 찌기에 즐거운 여름입니다. 여름은 뜨거워야 아름답습니다. 여름이 뜨겁지 않으면 여름이 아닐 테고, 뜨거운 여름이어야 열매가 영글어요. '여름 · 열매 · 영글다'는 모두 뿌리가 같은 낱말입니다. '열다'도 그렇지요. 하늘이 활짝 연 철이 여름입니다. 열매를 일구는 사람이니 '열매지기 · 여름지기'입니다. '여름지기'는 흙일꾼(농사꾼)을 가리키는 텃말입니다.

아이들하고 책집마실을 나옵니다. 아이들은 어느새 이 책집에 있는 그림책을 모조리 읽습니다. "이 그림책은 우리 집에 있네? 이 그림책은 우리 집에 없네?" 하면서, 읽은 책도 안 읽은 책도 새롭게 만납니다. 더 볼 만한 책이 없다고 여기는 아이들은 척척 그림을 그리면서 놉니다. 그러고 보면,

책집으로 마실을 와서 책을 실컷 누린 다음에는 빈종이를 펼쳐 그림놀이를 누려도 좋네요.

그림이 즐거우면 그림을 그립니다. 글이 신나면 글을 씁니다. 오늘 만나고 듣고 보고 겪은 살림을 그림으로 옮깁니다. 오늘 꿈꾸고 사랑하며 누린 노래를 글로 적습니다. 스스로 생각하고 스스로 사랑하니 스스로 그리고 씁니다. 큰아이는 비둘기를 그려서 책집지기님한테 건넵니다.

책값을 셈하고서 〈그냥과 보통〉에서 나옵니다. 시외버스를 타고 한참을 달려 고흥으로 돌아오는 길에 두 아이는 새근새근 잠듭니다. 토닥토닥 어르면서 수첩을 꺼내 동시를 씁니다. 이 아이들하고 누린 길을 떠올리면서, 앞으로 이 아이들한테 남길, 또 온누리 이웃 아이들한테 건네고 싶은 이야기를 엮어 동시를 씁니다. 이 동시는 동시이면서 새로운 사전에 깃들 새로운 뜻풀이하고 보기글이 되기도 합니다.

두 다리로 걷기에 두 다리가 이 땅을 느껴요. 두 팔로 바람을 휘휘 젓기에 두 팔이 하늘을 만나요. 두 손으로 책을 펼치기에 두 손에 책마다 흐르는 숨결을 받아들여요. 두 눈으로 이 모두를 지켜보고, 두 귀로 이 모두를 들으니, 우리 온몸은 날마다 새로 퍼지는 온갖 빛살을 맞아들입니다.

아이를 품고 돌보는 살림이라면, 아이랑 노래하는 이야기를 여미어 책으로 씁니다. 숲을 품고 보듬는 살림이라면, 숲이랑 꿈꾸는 이야기를 엮어 책으로 냅니다. 마을을 품고 가꾸는 살림이라면, 마을에서 사랑하는 이야기를 묶어 책으로 짓지요.

《꽁치의 옷장엔 치마만 100개》(이채 글·이한솔 그림, 리젬, 2015)
《과천주공아파트 101동 102호》(이한진, 주아, 2016)
《잘란잘란 말레이시아》(장우혜, 지구라는별, 2017)
《진발장 산티아고》(임진아, 2015)

사랑하면서 즐기는

수원 〈노르웨이의 숲〉

남이 저를 바라보는 눈치는 대수롭지 않습니다. 누가 저를 어떻게 보든 그 사람 생각입니다. 추키는 말도 깎는 말도 제 삶길을 말해 주지 못해요. 책을 읽다가, 책집마실을 다니다가, 때때로 이 대목을 돌아봅니다. '아니, 난 언제부터 이렇게 맞아들였을까?'

어릴 적에는 혀짤배기라서 할 말을 못 했습니다. 푸름이일 적에는 입시지옥에 짓눌리느라 가로막혔습니다. 대학교에서는 나이랑 학번으로 두들겨패는 짓이 메스꺼워 그만뒀습니다. 군대에서는 의문사로 보낼 수 있다는 말에 끽소리를 못했어요. 사회로 돌아와 출판사 일꾼이 된 뒤에는 문단·화단 어르신을 깍듯이 술자리로 모시라 하는 사장님 말씀에 껌뻑 죽어야 했는데, 2001년 1월 1일부터 우리말사전을 새로 쓰는 편집장 일을 하면서 '아닌 자리는 아니다' 하고 말하자고 다짐했습니다.

소설을 쓰면 그렇게 재미있다고 끝없이 수다를 터뜨리는 〈노르웨이의 숲〉 지기님이 수원으로 오라고 부릅니다. '사전이라는 책을 읽으며 말로 삶을 사랑하는 길'을 이야깃감으로 삼아 수다판을 벌이자고 말씀합니다.

책집지기님이 소설을 쓰시니 누구보다 '말'을 깊고 넓게 헤아리셨을까요. 모든 말은 그냥 터져나오지 않습니다. 이 말을 터뜨리는 사람이 두고두고 살아낸 나날이 고스란히 말 한 마디로 불거집니다. 잘난 말이나 못난 말이 없습니다. 잘난 삶도 못난 삶도 없거든요. 그저 다 다르게 치르며 맞아들이는 삶일 뿐입니다.

이오덕 어른은 "우리글 바로쓰기"를 외치셨지만, 저는 "우리말 살려쓰기"로 가야 즐거울 만하다고 여겼습니다. 저는 이제 "숲이며 마을이며 별에서 새롭게 우리말을 사랑하면서 즐기자"라는 이름으로 가다듬어서 이야기합니다. 제 책을 사서 읽어 준 수원 이웃님이 제 책을 내밀며 제 이름을 남겨 달라고 하시기에 "우리는 배우려고 태어나요. 그리고, 배운 것을 가르치려고, 살아가요." 하고 넉줄글을 보탭니다. 수원 이웃님이 모인 자리에서 거듭거듭 들려준 이야기란 "어렵게 여기면 어렵고, 즐겁게 여기면 즐겁고, 쉽게 여기면 쉽고, 사랑스레 여기면 사랑스러운 글쓰기·그림그리기·사진찍기"입니다. 생각하는 말로 삶을 짓습니다.

우리가 저마다 도서관이나 책집을 따로 하나씩 꾸린다면 꽤 재미있겠네 싶습니다. 우리가 꾸릴 도서관이나 책집은 커야 하지 않고, 책이 많아야 하지 않습니다. 우리 나름대로 눈빛을 밝혀서 갈무리한 책으로 이야기를 꽃피우는 자리이면 되어요. 나라 곳곳에 마을책집이며 마을책숲(마을도서관)이 십만 곳이나 백만 곳쯤 있다면 참 재미나겠지 싶습니다. 서로서로 나들이를 다니고, 서로서로 다 다른 눈빛으로 가꾼 다 다른 책살림을 만나면서 서로서로 배우고 알려주는 마을길이 된다면 좋겠습니다

《나무를 돌려줘!》(박준형 글·이지 그림, 딜라이트리, 2017)
《언니네 마당》(언니네 마당) 4호(2015.봄), 5호(2015.여름), 6호(2015.가을)

마을 한켠 쪽책집에서 찾는

서울 〈문화서점〉

장승배기역 3번 나들목 앞에 헌책집 〈문화서점〉이 있어요. 키가 큰 사람이라면 책집에서 허리를 펴기 어려울 만큼 보꾹이 낮은데다가 골마루도 좁은 헌책집이에요. 그야말로 '쪽책집'이지요.

1954년에 나온 '국군 화보집'인 《Republic of Korea Army vol 1》은 이승만 얼굴이 큼지막하게 맨앞에 나오고, 정일권 얼굴이 큼지막하게 잇따릅니다. 어릴 적부터 학교나 마을이나 사회에서 으레 '자주 국방'이라는 말을 들었는데, 이 말은 무시무시하다고 느껴요. 우리는 '국방'이 아닌 '자주 평화'로 나아가야지 싶어요. 전쟁무기를 자랑하거나 내세우거나 드러내는 정책이 아닌, 평화롭게 어깨동무하고 손을 맞잡는 길로 달라져야지 싶어요.

철지난 책은 철지난 책인데, 이 수수한 차림새가 외려 눈에 뜨입니다. 똥종이에 찍은 빛바랜 시집에 눈이 갑니다. 반들거리는 새하얀 종이가 아닌 바스라지는 낡은 종이로 엮은 책을 손에 쥐어 펼치면 눈이 안 아픕니다. 예전 똥종이 책은 가볍고, 책을 넘기는 소리나 결이 보드랍습니다.

헌책집으로 마실을 하면서 만나는 해묵은 책이나 철지난 책이라 할 수 있습니다만, 이 책을 '해묵다 · 철지나다' 같은 낱말로만 나타낼 수는 없다고 느껴요. 숱한 손길을 타면서 살아남은 책에는 숱한 사람이 이 책을 손으로 만지면서 마음 깊이 헤아리던 즐거운 노래가 흐른다고 느낍니다. 오랜 책에서 오랜 손길을 느끼면서 오랜 마음이 흐르는 슬기를 되새겨요.

이럭저럭 책을 골랐는가 싶어 책값을 셈하려고 하는데, 문득 손끝이 저리는 책 하나가 눈에 뜨입니다. 책집지기 할배를 부릅니다. "사장님, 저요, 이 책을 빼려고 하는데, 어떻게 해야 할까요?" 바닥부터 보꾹까지 빼곡하게 쌓은 책더미에서 숨죽이는《굴피집》입니다. 이 사진책을 이웃님한테 빌려준 적이 있는데 못 돌려받았어요. 잃은 책을 오늘 되찾습니다. 살살 쓰다듬고 가슴에 품습니다.

이야기 한 자락 깃든 책을 만나며 즐겁습니다. 이야기 두 자락 환한 책을 만지며 웃습니다. 이야기 석 자락 고운 책을 읽으며 사랑을 떠올립니다.

마을책집은 숱한 마을가게 가운데 하나일 텐데, 마을책집은 마을가게로만 그치지 않는다고 느낍니다. 마을사람이 마을에서 마음을 다독이고 머리를 살찌우며 생각을 키우는 배움밭 구실을 하지 싶어요. 마을텃밭에서는 몸을 살리고 살찌우는 남새를 얻는다면, 마을책집에서는 마음을 살리고 살찌우는 슬기를 얻어요. 쪽책집 할배, 오늘도 반갑게 숱한 책을 만났네요. 언제나 고맙습니다.

《한국의 버섯》(조덕현, 대원사, 1997)
《나는 버섯을 겪는다》(조덕현, 한림미디어, 2005)
《한국의 새(새소리 녹음카세트)》(윤무부, 웅진출판주식회사, 1984)
《Republic of Korea Army vol 1》(office of information HQ Pok army, 1954)
《예술로서의 영화》(랄프 스티븐슨·장 R.데브릭스/송도익 옮김, 열화당, 1982)
《기탄잘리》(R.타고르/박희진 옮김, 홍성사, 1982)
《굴피집》(안승일, 산악문화, 1997)

'유리가면' 소설책

진주 〈동훈서점〉

새벽길을 나서며 순천을 거쳐 진주에 닿습니다. 진주 시외버스나루에서 내린 뒤에 남강다리를 건넙니다. 냇바람을 쐬면서 천천히 걷습니다. 냇가 한켠에 깃든 헌책집에 들어서면 책도 책이지만 책집 바깥으로 내다보는 냇물이 싱그럽습니다.

〈동훈서점〉에 깃들어 1970년대《현대시학》을 주욱 넘겨보는데, 예전에는 시에 한자를 잔뜩 넣어야 시입네 문학입네 했구나 싶습니다. 요즘에는 한자를 시에 잔뜩 넣는 분이 줄었으나 영어를 넣는 분이 늘고, 온갖 기호를 넣는 분도 생깁니다. 앞으로 스무 해쯤 뒤에는 어떤 시를 '오늘시(현대시)'라고 여길까요? 잡지 앞쪽에는 사진가 육명심 님이 시인 박두진 님을 찍은 사진이 나와요. 일본·미국에서 1920~1980년대에 나온 사진잡지를 헌책집에서 꾸준히 챙겨 읽다 보니,《현대시학》에 실린 '시인·소설가 사진'을 담은 틀거리가 일본·미국·유럽에서 널리 쓰던 틀거리랑 닮았더군요. 육명심 님이 일본·서양 여러 사진틀을 고스란히 가져왔다고는 여기지 않지만, 숱한 사진님은 오래도록 베낌질을 했다고 느낍니다.

《남북한 언어비교, 분단시대의 민족어 통일을 위하여》를 살피는데, 북녘에서 앞가지나 뒷가지를 잘 살려서 쓰는 보기를 제법 길게 실어 줍니다. 남녘에서는 아직 어렵거나 낯설다고 할 만한 말짓기도 있으나, 남녘에서 곧장 받아들여서 함께 쓸 만한 멋진 말짓기도 있어요. 이를테면 '풋솜씨'나 '무릎맞춤' 같은 낱말이 무척 좋습니다. '풋질 · 풋짓' 같은 낱말을 써도 좋겠지요? '풋일'도 쓸 만할 테고, '엇빛(역광)'하고 '덧빛(보조광)'도 좋아 보입니다. 이런 대목을 남북녘이 함께 머리를 맞대어 새롭게 살려서 말빛을 가꿀 만합니다.

《대도둑 호첸플로츠》는 '딱따구리 그레이트북스 82'로 나온 책입니다. 어릴 적을 떠올립니다. 그때 우리 집에 이 전집이 있었고, 다 읽지 못했으나, 제가 중학교에 들어갈 즈음 어머니가 모두 버리셨어요. 어릴 적 버려진 딱따구리 그레이트북스 그 전집책이 정갈히 그대로 남았다면 얼마나 재미나게 요즈음 되읽을까 하고 생각에 잠겨 보곤 합니다. 《유리가면 下》는 소설책입니다. 만화책으로만 알던 《유리가면》이 소설로 먼저 있은 줄 처음 깨닫습니다. 아니! 소설책이 있잖아! 만화책 《유리가면》 마무리가 언제 나오는가 하며 손가락을 빨았는데, 굳이 안 기다려도 되겠네요. 가을빛이 책집으로 넉넉히 스미는 하루입니다.

《현대시학》(현대시학사) 1978년 4월호
《나 좀 타자》(시라카와 미쓰오/고향옥 옮김, 웅진다책, ?)
《비켜 비켜》(하세가와 세쓰코 글·이노우에 요스케 그림/햇살과나무꾼 옮김, 웅진다책, ?)
《놀러 가요》(사토 와키코/햇살과나무꾼 옮김, 웅진다책, ?)
《우리들의 꿈》(남녘 젊은 시인들 엮음, 푸른숲, 1989)
《남북한 언어비교, 분단시대의 민족어 통일을 위하여》(전수태·최호철, 녹진, 1989)
《키 낮추기와 꿈 높이기》(노향림, 한겨레, 1988)
《대도둑 호첸플로츠》(프로이슬러/이병찬 옮김, 정한출판사, 1979)
《유리가면 下》(넬 베르디/유종숙 옮김, 동광출판사, 1985/5판)

이슬이어도 꽃님이어도 좋다

진주 〈진주문고〉

종이책이 흘러온 길을 돌아보면, 고려 · 조선 무렵에는 힘 · 돈을 거머쥔 몇
몇만 종이책을 만집니다. 조선이 무너지고 일제강점기에는 조선총독부 힘
하고 돈이 물밀듯 들어오면서 종이책이 꽤 나왔으나, 한글책보다 일본 한
자말이나 일본글로 쓴 책이 훨씬 많습니다. 해방 뒤에도 오래도록 한자로
새까맣게 찍은 책이 많아요. 이즈음은 여느 책보다 교과서 · 참고서가 엄청
나게 팔립니다. 출판사뿐 아니라 책집도 교과서 · 참고서 장사로 돈을 엄
청 긁어모으던 철입니다. 1970년대로 접어들며 한자로 새까만 책이 줄고
한글로 말끔히 엮은 책이 늡니다. 글을 깨친 이가 늘고, 가벼운 종이책 하
나로 스스로 배우거나 누리는 살림이 새로웠기에, 1980년대까지 이르도록
어느 책집이든 책은 날개 돋히듯 사랑받는 읽을거리였다고 합니다.

　1990년대로 접어들며 종이책이 한풀 꺾입니다. 그럴 만하지요. 1980년
대 무렵까지는 '찍어서 들여놓기'만 해도 팔리는 흐름이라, 일본책을 몰래
베끼거나 훔쳐서 찍은 책이 너무 나돌았고, 똑같은 책이 껍데기하고 책이
름만 다른 채 어지러이 춤추었어요. 영화 · 방송 · 피시통신처럼 새 읽을거

리하고 만남터가 늘어난 탓도 있다지만, 책마을 스스로 저작권이란 생각이 없이 '팔리면 그냥 가져와서 찍어다가 팔자'는 물결이 너무 짙은 탓을 짚어야지 싶어요. 이 나라 책마을은 1990년대에 접어들도록 서울 청계천·총판·덤핑·방문판매 같은 이름으로 종이책 값어치를 스스로 갉아먹고 깎아내렸어요. 책을 책으로 마주하기보다 돈장사에 치우쳤지요. 스스로 책을 살림꽃으로 바라보는 눈이 얕았고, 이를 이야기하는 글님도 적었어요.

'알차게 지은' 책보다 '팔리도록 만든' 책이 넘치는 1990년대에 닿는 책집이 쏟아집니다. 2000년대로 접어들어도 스러지는 책집은 엄청났습니다. 잃어버린 믿음을 찾기는 만만한 일이 아닙니다. 떠난 손님을 부르기도 쉬운 일이 아닙니다. 다시 처음부터 해야 할 테지요. 언제나 첫걸음을 다시 떼어야겠지요. '펄북스'란 이름으로 마을출판사를 열고, 책집을 이모저모 바꾸려고 애쓰는 〈진주문고〉가 있습니다. 숱한 물결을 하나하나 거쳐 오면서 경상도 진주라는 고장에서 그야말로 진주가 되려고 하는 책집이지 싶습니다. 이곳 〈진주문고〉는 어제에 이어 오늘하고 모레에 부디 진주답게, 이슬답게, 꽃님답게 이 고장 사람들한테 종이책에 서린 고운 숨결을 함께 하는 이음터이자 만남터이자 쉼터로 이어갈 수 있으면 좋겠다고 생각합니다. 알차게 지은 책을 책님이 문득문득 알아볼 수 있도록 이끄는 슬기롭고 너른 품이 되면 좋겠습니다. 우리가 손에 쥐는 책에는, 우리가 손수 돌보는 아름다운 하루가 무지개마냥 흐르겠지요.

《우리의 고통을 이해하는 책들》(레진 드탕벨/문혜영 옮김, 펄북스, 2017)
《소농의 공부》(조두진, 유유, 2017)
《이슬처럼》(황선하, 창작과비평사, 1988)
《차씨 별장길에 두고 온 가을》(박경석, 창작과비평사, 1992)
《맑은 하늘을 보면》(정세훈, 창작과비평사, 1990)

이 작은 아름책집

진주 〈형설서점(즐겨찾기)〉

작은고장 가운데 헌책집이 그대로 살림을 잇는 데는 드뭅니다. 그만큼 사람들이 책을 덜 읽는다고 여길 만하지만, 이보다는 너무 바쁘거나 힘들거나 팍팍하다는 생각에 젖었다고 여길 만하지 싶습니다. 진주 〈형설서점(즐겨찾기)〉은 진주에 있는 빛나는 책집입니다. 이 자그마한 헌책집에 들어서기 앞서 언제나 숨을 고릅니다. 주머니를 들여다보며 살림돈이 얼마나 있는가를 살펴요. 오늘 어떤 책을 얼마나 만날지 하나도 모릅니다만 '이 값을 넘어설 만큼 책을 쳐다보지 않기로 하자'고 다짐에 다짐을 거듭합니다. 자, 책집지기 아재한테 꾸벅 절을 합니다. "어? 이게 누구야? 종규 씨 아냐? 오랜만이네? 어쩐 일이야? 진주에 볼일이 있어서 왔나? 반갑네? 밥은 드셨소? 커피 한 잘 줄까?" 책집지기 아재가 진주말로 이모저모 물어봅니다. 저도 반가이 이모저모 이야기합니다. 책시렁부터 스윽 들여다볼라치면 "책은 늘 보실 텐데, 오랜만에 왔으면 이야기라도 좀 하고 책을 보시지?" 하는 핀잔. 에구, 잘못했습니다. 사람 앞에 책인데, 책집에 들어서면 늘 책이 너울처럼 두 눈 가득 들어와요.

자그만 헌책집이기에 더 많이 건사할 수 없습니다. 조그만 헌책집이기에 더 알뜰히 책을 살펴서 건사합니다. 이 대목을 헤아린다면 '왜 저 조그마한 책집이 그대 아름책집이 되는가?' 하는 물음을 쉽게 풀어요. 커다란 책집은 더 많은 책을 더 넉넉히 둔다면, 조그마한 책집은 더 알찬 책을 더 살뜰히 두거든요. 이 책이 징검다리가 되어 새로운 삶을 여는 씨앗이 되면 좋겠습니다. 제 곁에서도, 이 땅 곳곳에서도, 아름책집 한 곳에서 깨어난 책이 아름노래로 술술 퍼지기를 빕니다. 마음에 심을 생각이라는 씨앗을, 사랑이라는 노래를, 꿈이라는 빛살을, 오늘 마주하는 책에서 읽어냅니다.

《집안에 감춰진 수수께끼》(M. 일리인/박미옥 옮김, 연구사, 1990)
《근원이 깊은 나무례 마을의 천년역사 1》(김상조, 경상남도사편찬위원회, 1986)
《모택동의 바둑 병법》(스코트 부어만/김수배 옮김, 기획출판 김데스크, 1975)
《어린이를 위한 미국 여행기》(김기서, 학문사, 1957)
《여성, 최후의 식민지》(C.v.벨로프 외/강정숙 외 옮김, 한마당, 1987)
《너무 순한 아이》(김경동, 심설당, 1987)
《취객의 꿈》(김영승, 청하, 1988)
《만주어 음운론 연구》(성백인, 명지대학 출판부, 1981)
《생물 상》(남태경, 장왕사, 1952)
《국사지도》(편집부, 홍지사, 1965)
《일반 과학 물상편 2》(신효선·이종서)(을유문화사, 1947)
《사회교육문고 성인교육교재 16 겨레의 발자취 하 (우리 생활과 과학)》(문교부, 1962)
《새땅을 밟으며, 만화로 보는 농업·농민 문제》(이재웅, 도서출판 알, 1991)
《허웅아기》(편집부 구성·김윤식 그림, 조약돌, 1984)
《바람》(김석중, 상성미술문화재단, 1982)
《역옹패설》(이제현/남만성 옮김, 을유문화사, 1971)
《취락지리학》(이영택, 대한교육연합회, 1972)
《니일의 사상과 교육》(霜田靜志/김은산 옮김, 대한교육연합회, 1972)
《고어독본》(정태진, 연학사, 1947)
《어린이 동시짓기》(이준범, 명문당, 1978)
《주간경향》(경향신문사) 583호(1979.11.4.)
《남강다목적댐 공사지》(건설부, 1970)
《朝鮮》(朝鮮總督府 文書課長 엮음, 朝鮮總督府) 351호(1944.8.)

별빛으로 읽다

청주 〈앨리스의 별별책방〉

책은 언제나 스스로 읽어내지요. 저쪽에서 어떤 글이나 그림이나 사진을 펴서 책으로 묶든, 이 책에 흐르는 알맹이 · 줄거리 · 사랑을 우리 스스로 알아내고 느끼며 생각해서 삭이고 받아들입니다.

책읽기란, 스스로 나서야 하고 스스로 배워야 하며 스스로 배운 살림을 우리 삶에서 다시 스스로 삭여 녹이는 길로 나아가야 한다는 대목에서 남다릅니다. 처음부터 끝까지 스스로 해야 합니다. 책 고르기, 책 알아보기, 알아본 책을 사기, 산 책을 집으로 들고 오기, 들고 온 책을 읽으려고 짬을 내기, 짬을 내어 읽는 동안 머리를 바지런히 움직여 생각을 꽃피우기, 생각을 꽃피워서 알아낸 이야기를 삶으로 녹이기, 삶으로 녹인 이야기를 새롭게 가꾸어 즐겁게 하루를 맞이하기 …… 이 모두 남이 해주지 않고 손수 해요. 책읽기나 책숲마실이라고 한다면, 우리가 새롭게 살아가는 길을 찾으려고 몸소 펴는 작은 몸짓이 됩니다. 남한테 기대지 않고 스스로 배우고 익혀서 살려낸 새로운 사랑을 스스럼없이 이웃하고 새삼스레 펼치는 길이 바로 책읽기요 책숲마실이라고 할 만합니다.

저마다 다른 곳에서 태어나서 저마다 다른 삶을 누리다가 함께 걸어가기로 한 다른 사람이 책집에서 만납니다. 한쪽은 책집지기요, 다른쪽은 책손입니다. 〈앨리스의 별별책방〉에서 '별별'은 무엇일까요? 저는 그저 '별잔치 · 별빛 · 별노래 · 별내음 · 별꽃'처럼 반짝이는 숨결을 떠올립니다.

책 한 자락이 너른 이야기마당으로 됩니다. 밭 한 뙈기가 너른 이야기터로 됩니다. 아이들 노래와 놀이 한 가지가 너른 이야기숲으로 됩니다. 밥 한 그릇과 말 한 마디가 너른 이야기판이 됩니다. 후꾸오카 마사노부 님은 무꽃에서 하느님을 보았다고 해요. 무꽃에서 하느님을 보았다면, 달맞이꽃에서도, 나팔꽃에서도, 분꽃에서도, 감꽃에서도 언제나 하느님을 볼 만해요. 아이들 눈꽃이며 어른들 눈꽃에서도 하느님을 읽고, 바람꽃이며 구름꽃에서도, 또 책꽃에서도 하느님을 만납니다.

나비 날갯짓을 애틋이 바라봅니다. 개구리 노랫소리를 알뜰히 듣습니다. 글자락을 포근히 읽습니다. 하느님은 커다란 절집보다는 마을이웃 가슴팍에 있고, 돌멩이 하나랑 책 한 자락이랑 들풀 잎사귀에 있지 싶습니다.

문득 돌아보면 다른 눈치라고는 없이 책만 바라보며 살아왔습니다. 자동차도 큰고장도 아파트도 텔레비전도 안 보고 싶어요. 졸업장도 자격증도, 몸매도 얼굴도 안 보고 싶습니다. 오로지 마음빛을 읽으면서 생각날개를 펴고 싶습니다. 청주 한켠에서 오늘을 별빛으로 읽도록 다리를 놓는 쉼터 앞으로 우람한 나무가 줄지어 섭니다. 우람나무랑 마을책집 둘레로 나무걸상을 동그랗게 놓고 싶습니다.

《엄살은 그만》(가자마 도루/문방울 옮김, 마음산책, 2017)
《교토대 과학수업》(우에스기 모토나리/김문정 옮김, 리오북스, 2016)
《제주 돌담》(김유정, 대원사, 2015)
《같이 살래?》(유총총, 푸른눈, 2017)

함께 웃음짓는 말씨

서울 〈메종인디아 트래블앤북스〉

서울하고 먼 시골에 살면서 좋거나 나쁜 고장은 없다고 하루하루 새로 배웁니다. 시골도 아름답고 서울도 사랑스럽다고 배웁니다. 며칠 앞서《시골에서 살림 짓는 즐거움》이라는 책을 낼 수 있었는데, 이 책을 펴낸 곳은 바로 서울 강아랫마을에 일터가 있어요. 그리고 이 책을 펴낸 '스토리닷' 출판사 곁에 마을책집이자 마을찻집인 〈메종인디아 트래블앤북스〉가 있습니다.

따뜻한 차를 누릴 수 있는 마을책집을 빙 두른 책꽂이에서 책을 하나 집어듭니다. 엄마가 혼례잔치에서 주례를 선다는 뜻이 아닌, 아이들이 스무살을 지나 철든 어른으로 거듭나는 길에 남기고 싶은 이야기를 담은《엄마의 주례사》입니다. 그래요, 온누리 모든 어머니하고 아버지가 이런 책을 쓰면 좋겠어요. 아이들한테 물려줄 사랑을 차곡차곡 여미어서 저마다 재미있고 아름답게 책을 쓰면 좋겠어요. 다그치거나 나무라는 이야기가 아니라, 어버이로서 이제껏 살고 살림하고 사랑하고 생각한 모든 슬기로운 이야기를 담아내면 좋겠어요. 이른바 '집안책'이라고 할 수 있겠지요. 집안 이야기를 들려주는 책입니다. 우리 집안에서 지은 기쁜 삶하고 살림하고 사랑을 아이들이 물려받도록 생각을 가꾼 노래입니다.

《오늘은 홍차》를 집어듭니다. 마을책집이자 마을찻집에 나란히 놓을 만한 만화책이네 싶습니다. 차 한 모금으로 마음하고 몸을 새롭게 돌보는 이야기가 흐르는군요. 서둘러서 마시는 한 모금이 아니라 느긋하게 마시는 두 모금입니다. 서둘러서 읽는 책이 아니라 넉넉하게 읽는 책입니다. 서둘러서 일하느라 서둘러서 죽음으로 내달리는 삶이 아니라 널리 사랑하고 아끼는 삶을 지으면서 서로 어깨동무하는 삶입니다.

책 두 자락을 고를 즈음 〈메종 인디아〉가 북적입니다. 이야기꽃을 함께 피울 이웃님이 자리를 가득 채웁니다. 저도 제가 깃들 자리를 찾아서 앉습니다. 먼저 말길을 열고, 이웃님들 말꼬를 기다립니다. 서로 생각을 북돋우면서 어떤 즐거운 씨앗을 심어 하루를 밝힐 만한가를 헤아립니다.

대수롭지 않은 말이란 없습니다. 보잘것없는 말도 없습니다. 아주 자그마한 씨앗 한 톨이 우람한 나무가 되고 숲을 이루듯이, 우리 입에서 흐르는 수수한 낱말 한 마디가 우리 마음에서 새로운 꿈으로 나아가는 생각을 지피는 씨앗이 됩니다.

말씨요 글씨입니다. 말이 씨가 됩니다. 글이 씨가 되고요. 또박또박 말합니다. 똑똑하고 정갈하게 글을 씁니다. 함께 웃음짓고 같이 노래합니다. 우리 웃음이 구름을 타고 고루고루 퍼지면 좋겠어요. 우리 노래가 바람에 안겨 두루두루 마실하면 좋겠습니다. 우리는 마실을 하려고 이 별에 온 빛님일 수 있습니다.

《엄마의 주례사》(김재용, 시루, 2014)
《오늘은 홍차》(김줄 그림·최예선 글, 모요사, 2017)

2017.12.21.

작은길을 잇는 작은숲

서울 〈대륙서점〉

우리한테는 우리말이 있고, 조선 무렵에 훈민정음이 나왔습니다만, 글님은 으레 중국 한문을 썼어요. 가만 보면 우리는 이웃나라 책을 우리말로 옮기는 일에 앞서, 아직 우리 글씨가 없던 무렵 한문으로 쓴 책을 오늘날 우리 글씨로 알맞게 옮기는 일이 서툴거나 늦습니다. 우리가 쓰는 말이 삶자리에서 삶말이 되도록, 너나없이 쉽게 읽고 쉽게 익혀서 쉽게 나누는 길로 이어가도록 종이책을 가꾸는 살림이 모자랐어요.

'삶을 담는 말을 갈무리하는 사전'을 이야기하는 수다판을 〈대륙서점〉에서 마련합니다. 겨울바람을 가르고 서울마실을 합니다. 큰말보다 작은말부터 살피고 싶습니다. 이를테면 '벌레'랑 '곤충'은 서로 어떻게 다른 말이되어야 할까요. 왜 두 낱말을 다르게 써야 할까요. 1800년대를 살던 사람들이 '곤충'이라는 한자말을 썼을까요. 1700년대나 1500년대 이 나라 옛사람이 '곤충'이라는 한자말로 '벌레'를 가리켰을까요. '풀벌레 · 딱정벌레'란 이름도 있으나, 학문으로 다룰 적에는 우리말을 쓸 수 없다고 여기는 이 나라입니다. 학문을 밝히거나 책을 내거나 학교에서 가르칠 적에는 우리말과

등돌리는 이 나라예요. 물고기를 살피는 학자는 '물고기 학자' 아닌 '어류학자', 새를 돌아보는 학자는 '새 학자' 아닌 '조류 학자'라 하지요.

꺼풀을 씌우다 보니 겹말이 불거져요. "깊고 근원적", "새로운 신제품", "본바탕", "맞서려는 저항"은 모두 겹말입니다. 아 다르고 어 다른 비슷한 말을 가누지 않으니 겉보기만 한글이요 속살은 어지러운 판입니다.

숲이 우거지고 맑은 물과 바람을 마시는 살림을 건사한다면 숲내음이며 물빛하고 바람노래로 마음을 다스려요. 숲보금자리라면 누구라도 스스로 아름답게 살아갈 수 있어요. 숲이 우거진 곳에 있는 작은 집, 맑은 물과 바람을 마시면서 맑은 마음이 되도록 북돋우는 작은 보금자리, 파랗게 눈부신 하늘과 하얗게 빛나는 구름을 껴안는 작은 마을, 사람이라면 이러한 데에서 사랑을 길어올리겠지요. 그러나 오늘날 입시지옥 학교는 이 모든 작은마을 작은길 작은숲하고 동떨어져요.

멋스러이 꾸미기에 멋지지 않아요. 스스로 사랑하는 살림을 짓는 마음이기에 저절로 사랑빛이 피어나면서 멋져요. 스스로 아름다운 보금자리를 누릴 적에 스스로 아름다운 생각을 나누겠지요. 스스로 빛나는 삶과 사랑이 될 적에 빛나는 이야기를 담은 책 한 자락 누리겠지요. 성대골 〈대륙서점〉은 상냥하며 조촐한 말빛으로 책빛을 퍼뜨리는 마을책집으로 나아가리라 생각합니다.

작은길을 잇는 작은숲입니다. 작은마을에서 작은이를 잇는 작은책집입니다. 조촐하면서 단출히 생각길을 잇는 이야기숲입니다.

《접시의 비밀》(공문정 글·노인경 그림, 바람의아이들, 2015)
《대전여지도 1》(이용원, 토마토, 2016)
《북숍 스토리》(젠 캠벨/조동섭 옮김, 아날로그, 2017)
《책 사랑꾼 이색 서점에서 무얼 보았나?》(김건숙, 바이북스, 2017)

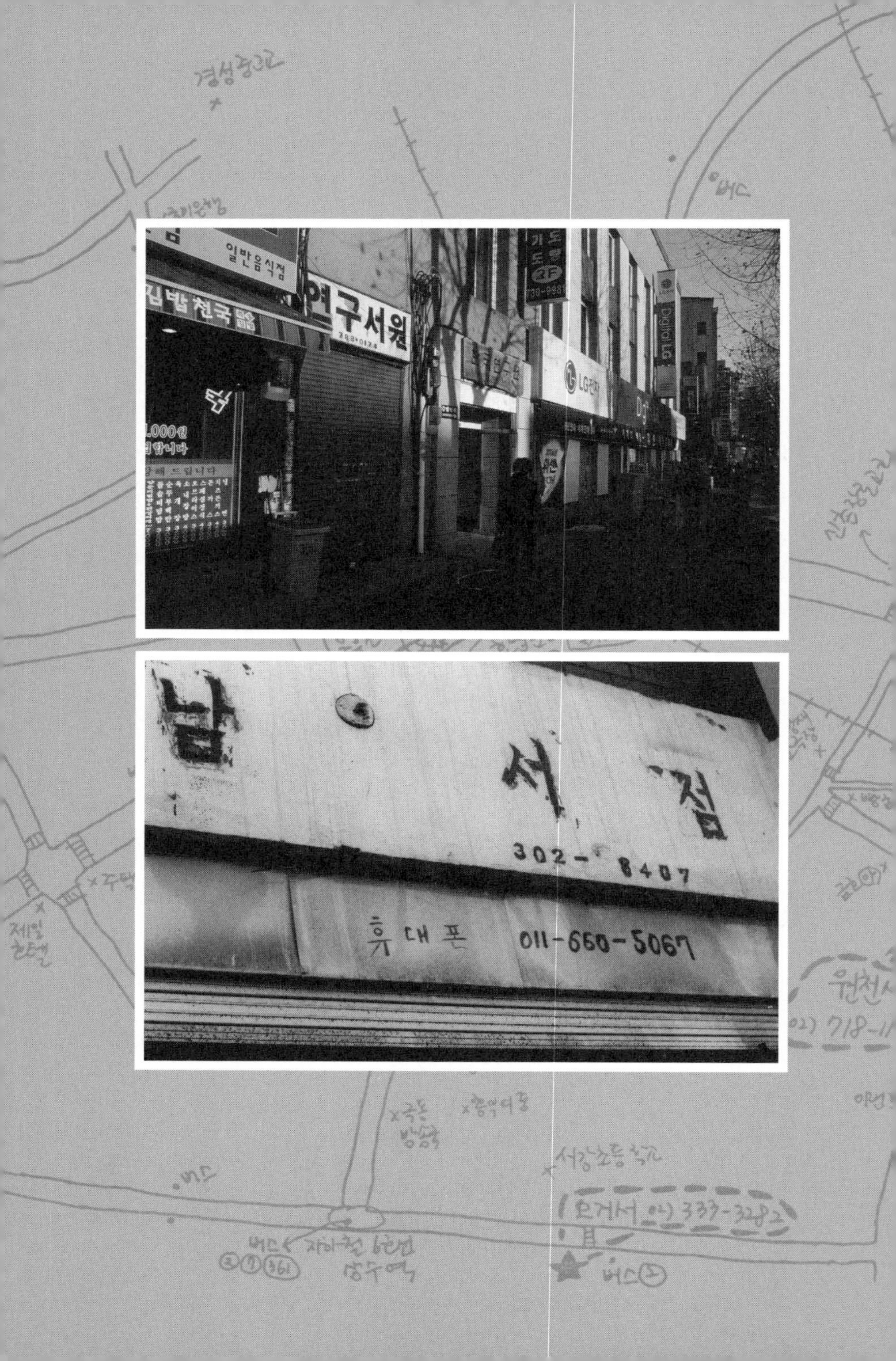
경성중고
일반음식점
김밥천국
연구서원
LG전자
Digital LG
서 점
302-8407
휴대폰 011-650-5067
서강초등학교
요기서 02) 333-3282
지하철 6호선
상수역
버스①

2018년

반가운 손님은 언제 올 지 모르며, 나를 사랑하는 사람이 있다고 할 적에 그 사람이 언제 나한테 "사랑해" 하고 말을 건넬 지 모르듯 우리가 가슴 뿌듯하게 껴안을 반가운 책은 어느 책집에서 언제 우리 앞에 나타날 지 알 길 없는 일입니다. 그래서? 그래서 책집마실이 즐겁지요. 그러니 책집마실은 늘 두근두근하지요.

손길이 닿다

대구 〈읽다 익다〉

푸름이라는 나날을 보내던 어느 날을 떠올립니다. 고작 열대여섯이나 열일고여덟 살인 동무는 누가 저희를 보며 "아저씨 같다"고 하면 되게 싫어합니다. 여덟 살 아이가 저를 쳐다보며 "아저씨?" 하고 불러도 싫어하고요. 동무들 낯빛이나 말씨를 보며 묻습니다. "동무야, 저 아이가 보기에 우리는 아저씨일 수 있는데, 그 말이 왜 싫어?"

아저씨란 이름을 싫어하는 이를 더는 만나지 않습니다. 아저씨이든 안 아저씨이든 우리 숨결은 매한가지예요. 아줌마이든 안 아줌마이든 우리 넋은 한결같습니다. 빛나는 숨결이라면 나이 열이나 서른이나 쉰에도 빛나요. 고운 마음결이라면 나이 스물이나 마흔이나 예순에도 고와요.

빛나는 마을책집 가운데 하나라고 느끼는 〈읽다 익다〉를 처음으로 마실합니다. 다만 이곳까지 오는 길이 멀다는 핑계로(고흥에서 대구 사이는 멀기는 멉니다만) 느즈막한 때에 겨우 닿습니다. 이야기꽃을 펴는 자리를 마련했습니다만, 느긋하게 책시렁을 둘러볼 짬은 밭습니다. 그렇지만 아무리 밭은 짬이라 해도 두 자락 책은 고르자고 생각하면서, 사진 몇 칸 찍지 못

하더라도 이리 보고 저리 살피면서 《흙의 학교》를 먼저 집습니다.

"놀라운 능금(기적의 사과)"을 끝내 일군 기무라 아키노리 할아버지가 이런 말을 남겨서 책으로도 태어났군요. 옮김말은 꽤 아쉽습니다. 흙할배 기무라 아키노리 님은 '흙말'을 썼을 테고, 능금짓기를 숲에서 배운 숲할배는 그야말로 '숲말'을 썼을 텐데, 일본글을 한글로 옮긴 분은 흙살림을 하지는 않을 테지요. 일본 한자말을 '무늬만 한글'로 바꾼다고 해서 '옮기기'가 되지 않아요. 흙을 살리고 숲을 사랑하는 마음으로 나무를 어루만지면서 언제나 상큼하고 해맑은 열매를 베푸는 넋을 고스란히 살리자면 흙말·숲말·삶말·살림말을 헤아릴 노릇입니다.

《텍스트의 포도밭》을 만납니다. 이반 일리치 님이 펴는 이야기는 늘 눈부신 꽃밭 같구나 싶어요. 다만 아직까지 우리나라에서 이반 일리치 님이 편 꽃말을 꽃말대로 옮긴 분은 없구나 싶어요. 하나같이 먹물말입니다. 먹빛이 나쁘다고는 생각하지 않으나, 지식인·전문가란 생각에 사로잡힌 번역 말씨·일본 말씨로 이반 일리치 님 꽃넋을 바꾸어 놓으면, 이 글을 여느 사람이 읽기란 어려워요. 이반 일리치 님 꽃넋을 어린이도 읽고 반가이 맞이할 수 있도록 가다듬는 슬기로운 어른은 언제쯤 만날 만할까요. 꽃넋으로 꽃말을 지펴서 꽃마음으로 어깨동무를 하고 싶은 꽃어른 이야기를 우리는 언제쯤 꽃책이 되도록 여밀 만할까요.

찻잔에서 퍼지는 내음이 부드럽습니다. 마을책집에 모여서 귀를 쫑긋하고 즐거운 말을 혀에 얹는 이웃님들 몸짓이 상냥합니다. 책지기님 손길이 제 두 손으로 와서 몽글몽글 싱그러운 씨앗으로 깃듭니다.

《흙의 학교》(기무라 아키노리·이시카와 다쿠지/염혜은 옮김, 목수책방, 2015)
《텍스트의 포도밭》(이반 일리치/정영목 옮김, 현암사, 2016)

2018.1.7.

이토록 사랑스런 마을책집을

구미 〈삼일문고〉

청도내기로 대구에서 길잡님으로 일하는 분이 있어 이분을 만나러 대구마실을 하며, 구미 〈삼일문고〉 이야기를 했더니 "그럼 같이 가 보시게요. 대구서 구미는 기차로 코 닿을 길 아입니까. 뭐, 기차에 타서 자리에 앉자마자 곧 내린달까요."

이내 기차에서 내립니다. 가는 길에는 옷집이 가득하고, 옷집에서 흘러나오는 노랫소리가 엄청납니다. 시끌벅적한 소리가 사라진다 싶으니 조용한 마을길입니다.

이제 〈삼일문고〉 알림판을 마주합니다. 붉은돌을 촘촘히 올린 바깥이며, 커다란 유리 미닫이가 남다릅니다. 안으로 들어서니 알맞게 어둡습니다. 책꽂이 높이는 어린이한테도 어른한테도 알맞춤합니다. 책을 빼곡하게 꽂지 않았으며, 똑같은 책을 수북하게 쌓는 갖춤새가 없습니다. 구미사람이 쓴 책을 잘 보이는 자리에 곱게 건사해 놓고, 갈래마다 알뜰살뜰 알차게 책꽂이를 꾸며 놓습니다. 곳곳에 걸상이 있기도 하지만, 골마루가 워낙 정갈해서 맨바닥에 앉아 책을 살펴도 좋겠다고 느낍니다. 아래칸으로 내려가는 디딤판도 좋고, 어린이책을 놓은 자리는 아이들이 마음껏 바닥에 앉아서 눈을 끄는 책을 살피도록 헤아렸구나 싶습니다. 만화책을 놓은 자리 옆에는 크고 야무진 나무책상에 나무걸상이 아름답습니다. 이렇게 멋진 나무책걸상이라니, 오랜만에 만납니다. 따로 팔지는 않으나 〈삼일문고〉로 오면 얼마든지 읽을 수 있는 '새책집에 깃든 만화 도서관'은 더할 나위 없이 훌륭합니다. '삼일문고 만화 도서관'은 부피로만 채우지 않았습니다. 책을 사랑하는 손길로 꼼꼼히 가린 자취를 물씬 느낄 만합니다.

아마 예닐곱 살에 처음 마을책집에 형 심부름으로 만화책을 사러 다녀왔을 텐데, 마흔 해 즈음 얼추 즈믄 마을책집을 돌아본 나날을 돌아보니, 〈삼일문고〉는 여태 다닌 마을책집 가운데 으뜸으로 꼽을 만합니다. 어느 마을책집이 책을 사랑으로 읽고 건사하지 않겠느냐만, 책꽂이에 골마루에 불빛에 책걸상에 책집일꾼에 미닫이에 알림글에 …… 자잘한 구석까지 아낌없이 가꾼 매무새는 이루 말할 수 없이 훌륭합니다.

하루를 같이 보낸 대구 이웃님이 한 마디 합니다. "이야, 대구에 이런 책집이 있으면 날마다 올 텐데 말입니다. 아, 구미사람 좋겠네." "이곳은 구미사람한테 가장 좋겠지만, 아마 나라 곳곳에서 이 마을책집 때문에 구미로 찾아오지 않을까요? 구미시장 되시는 분은 〈삼일문고〉한테 고마워해야 해요. 이토록 사랑스레 가꾸어 연 마을책집이 있으니 머잖아 대구에 새롭게 아름다운 마을책집이 태어날 테고, 이 나라 곳곳에도 새롭게 사랑스러운 마을책집이 태어나리라 생각해요."

《노랑나비랑 나랑》(백지혜, 보림, 2017)
《신기한 우산가게》(미야니시 다쓰야/김수희 옮김, 미래아이, 2017)
《파란 만쥬의 숲 4》(이와오카 히사에/ 옮김, 미우, 2017)
《우리들》(예브게니 이바노비치 자먀찐/김옥수 옮김, 비꽃, 2017)
《오늘도 핸드메이드! 1》(소영, 비아북, 2017)

즐거운 말이 즐거운 삶으로

춘천 〈굿라이프〉

〈굿라이프〉로 가기 앞서 〈경춘서점〉부터 들렀고, 이 헌책집에서 언제나 졸업사진책을 고마이 만나서 반가이 장만한다는 이야기를 저녁 모임자리에서 들려주니 놀라운 눈치입니다. "졸업앨범이요? 그런 책도 헌책방에 나와요? 내 것도 아닌 다른 사람 졸업앨범을 뭐 하러 사요?" "사진을 하는 사람도 졸업사진책을 눈여겨보지만, 영화·연속극을 한다면 더더구나 졸업사진책을 봐야 해요. 1970년대 차림새나 얼굴 생김새를 어떻게 알아낼까요? 바로 졸업사진책이에요. 1950년대나 1930년대도 그래요. 수수한 사람들 수수한 차림새는 언제나 졸업사진책에서 엿볼 만합니다."

그런데 졸업사진책에 실린 아이들이 학교옷을 차려입으면 머리결이며 옷차림이 모두 엇비슷합니다. 얼굴 생김새는 좀 다르다지만 죄다 한 가지 틀에 매여요. 어떤 어른은 이렇게 똑같거나 엇비슷하게 보이는 모습이 보기좋다고 말합니다. 아마 흐트러지지 않아 보여 좋다고 여기는지 모르지만, '제복'을 입혀 똑같이 줄세우고 똑같이 틀에 가둘 적에는 홀가분하거나 사랑스러운 넋이 샘솟지 못합니다.

"요즘 사전 찾아서 읽는 사람 없지 않아요? 모르는 말은 네이버로 찾으면 되고요?" "사전뿐 아니라 책도 마찬가지라고 여겨요. 네이버한테 물어보면 숱한 사람들이 미리 갈무리해서 올린 글이 줄줄이 나오니, 따로 책을 안 사더라도 '알아볼 만한' 대목은 웬만큼 찾겠지요. 그렇지만 남이 찾아서 갈무리한 이야기는 얼마나 우리한테 알맞을까요? 스스로 살펴서 읽고 헤아리는 이야기가 아니라면 우리 마음에 얼마나 남을까요? 사전만 놓고 보면, 오늘날 사전은 뜻풀이가 거의 일본사전을 베끼거나 훔친 탓에 돌림풀이·겹말풀이에 갇히기도 했고, 너무 낡았어요. 제가 쓴 사전에 풀이한 대목하고 네이버 사전을 같이 살펴보셔요. 낯설거나 어려운 한자말만 네이버 사전에서 찾아보기보다는, 늘 쓰는 쉬운 낱말이야말로 종이사전으로 찬찬히 읽고 새길 적에 생각을 제대로 다스리고 펴는 길을 스스로 열 수 있어요 바로 이 때문에 굳이 종이책으로 낼 사전을 씁니다."

〈굿라이프〉 지기님이 책상 하나에 제 사전만 몇 자락 올려놓았습니다. 제 사전을 이렇게 한자리에 모아 놓고 바라보니 새삼스럽습니다. 춘천 이웃님한테 들려준 얘기처럼, '가장 쉬운 말'부터 사전에서 찾아보며 생각을 추스를 적에 '가장 빛나는 새길'을 스스로 알아낸다고 느껴요. 어린이하고 어깨동무하는 수수한 말씨인 삶말을 쓰는 어른일 적에는 '열린 생각날개'로 피어나지 싶습니다. 책집 이름처럼 "즐거운 삶"으로 나아가도록 징검다리가 되는 "즐거운 말"입니다. 노래하는 말이 노래하는 생각으로, 사랑스런 말이 사랑스런 생각으로, 꿈꾸는 말이 꿈꾸는 생각으로 날개를 폅니다.

《직장생활의 맛》(나영란, 기획공방, 2017)
《SEATTLE black and white + with colours》(GINA LEE, 2016)
《아현포차 요리책》(황경하·박김형준, 식소사변, 2017)

숲사람으로 살려는 길

양평 〈산책하는 고래〉

저는 자가용을 안 몹니다. 운전면허부터 없습니다. 고등학교 3학년이던 1993년에 학교에서는 운전면허를 따라고들 북돋았습니다. 이때에 운전면허를 참 많이들 따더군요. 대입시험이 끝나고 졸업식을 할 때까지 학교에서는 수업을 하나도 하지 않으면서 고작 운전면허를 따라고 시켜요. 저는 학교에 대고 따졌지요. "모든 사람이 다 차를 몰 줄 알아야 하나요? 자동차를 안 타고 다니면 안 됩니까? 저는 기름 안 먹고 물하고 바람을 먹는 자동차가 나오면 면허를 딸 생각이 있지만, 그때에도 면허는 따고 싶지 않습니다. 사람이 몰지 않고도 다니는 자동차가 있다면, 그때에는 장만해서 몰까 하고 곰곰이 생각해 보려고 해요."

춘천에 있는 마을책집으로 마실을 하고서 하루를 묵었습니다. 이튿날 춘천 마을책집 지기님이 수원까지 갈 일이 있다고 하셔서 같이 타고 말동무가 되기로 합니다. 춘천에서 수원으로 가는 길에 경기 양평을 거칩니다. "그럼 우리, 양평에 있는 마을책집에 들러 보면 어떨까요?" 한갓진 길을 달립니다. 서울을 벗어나려는 건너쪽 찻길은 자동차가 가득하지만, 서울

언저리로 달리는 찻길은 한갓집니다. 이러다가 갑자기 길이 막힙니다. 무슨 일일까요? 길그림을 보던 춘천 책집지기님이 "우리가 스키장 옆을 지나가는가 봐요. 아, 몰랐네." 스키터 둘레를 겨우 빠져나 〈산책하는 고래〉에 닿습니다. 멀면서도 가까운, 가까우면서도 먼 길이었습니다.

〈산책하는 고래〉에서는 하룻밤을 묵을 수 있다지요. 그림책하고 노닐듯 시골바람을 쐬면서 하룻밤을 누릴 분은 그윽하면서 즐겁겠다고 생각합니다. 저는 시골자락에서 살며 늘 숲바람을 쐬고 미리내를 바라보는 터라, 우리 보금자리에서 지내기만 해도 늘 '책밤'을 누려요.

시골집에 머물지 않고 바깥으로 마실을 다닐 적에는 언제나 길에서 노래꽃을 적습니다. 동시를 써요. 그날 만날 이웃님을 헤아려 열여섯 줄 노래꽃을 갈무리합니다. 저는 노래꽃을 지어 이웃님하고 나누고 싶기에 자가용을 몰 겨를이 없습니다. 읽고 쓸 뿐 아니라, 언제나 파랗게 빛나는 하늘을 바라보고 싶기에, 길을 걷다가 쪼그려앉아 들꽃을 쓰다듬고 싶기에, 자가용은 저한테 덧없다고 여겨요. 숲사람으로 살면서 서울사람을 따스하게 이웃으로 만나는 마음이고 싶습니다.

굳이 곁에 두어야 한다면 '자동차를 즐겁게 모는 멋진 이웃님'을 사귀면 되겠지요. 다음에도 멋진 이웃님 곁에 앉아 나들이를 할 날을 손꼽습니다.

《무엇이든 삼켜버리는 마법상자》(코키루니카/김은진 옮김, 고래이야기, 2007)
《내가 지구를 사랑하는 방법》(토드 파/장미정 옮김, 고래이야기, 2010)
《눈을 감고 느끼는 색깔여행》(메네타 코틴 글·로사나 파리아 그림/유 아가다 옮김, 고래이야기, 2008)
《세상이 자동차로 가득 찬다면》(앨런 드러먼드/유지연 옮김, 고래이야기, 2010)
《두고 보라지!》(클레르 클레망 글·오렐라 귀오리 그림/마음물꼬 옮김, 고래이야기, 2017)
《쿠베가 박물관을 만들었어요!》(오실드 칸스터드 욘센/황덕령 옮김, 고래이야기, 20014)
《시민에게 권력을》(하승우, 한티재, 2017)
《산골에서 팔자가 활짝 피셨습니다》(김윤아·김병철, 나는북, 2017)
《노르웨이의 나무》(라르스 뮈팅/노승영 옮김, 열린책들, 2017)

빛나는 고을 빛나는 책터

전주 〈조지 오웰의 혜안〉

전주에 그림책을 살뜰히 다루는 〈책방 같이:가치〉가 태어났을 적에 '전주
는 참 대단하지. 그림책을 오롯이 다루는 마을책집이 문을 여는구나!' 싶
어 놀랍고 반가웠습니다. 이윽고 인문책을 오롯이 다루는 〈조지 오웰의 혜
안〉이 태어난 이야기를 듣고는 '어쩜 전주는 엄청나지. 그림책집 곁에 인
문책집이 있네. 마을책집이 하나둘 움을 트고 이야기를 지피는 고장이라면
두고두고 아름터로 흐르겠네.' 하고 생각했습니다. 전주마실을 할 적에 〈조
지 오웰의 혜안〉을 들르려고 해보지만 좀처럼 때가 안 맞습니다. 따로 하
루를 전주에서 묵지 않고서야 들를 길이 없습니다. 전주사람이라면 가뿐하
게 마실하겠지요. 저녁나절에 여는 때를 맞추어 시골에서 찾아가자니 여러
모로 만만하지 않습니다. 그러나 마음이 있으면 언젠가 닿기 마련. 드디어
저녁나절에 전주에 찾아가서 하루를 묵을 일을 마련했고 가벼이 거닐어
마을책집에 닿습니다.

어린 날 푼푼이 소꿉돈을 모아서 애거서 크리스티 님 책을 장만해서 읽
으려 했습니다. 1980~90년대 공공도서관이나 학교도서관은 추리소설을

건사하지 않았습니다. 추리소설뿐 아니라 만화책을 갖춘 공공도서관이나 학교도서관은 없다시피 했어요. 오늘날에도 만화책을 제대로 갖춘 도서관은 찾아보기 어렵습니다. 학습만화라든지 '그래픽노블'쯤은 조금 두지만, 만화답게 이야기를 엮는 책은 눈여겨보려 하지 않기 일쑤예요.《애거서 크리스티 자서전》을 어루만집니다.

나라 곳곳에 마을책집이 하나둘 늘면서 책집지기 스스로 삶을 풀어놓는 책이 둘씩 셋씩 늘어납니다. 대단히 멋지다고 생각해요. 우리는 우리 삶부터 바라볼 노릇이고, 우리 살림부터 가꿀 일이에요. 마을에서 책집이라는 터전을 추스르는 마음부터 돌아보면서 이야기를 지필 만하지요. 마을책집마다 책집지기가 이 터를 가꾸는 이야기를 꾸준히 선보이면 참 재미있고 뜻깊으리라 생각해요. 다 다른 고장에서 다 다른 빛으로 태어나서 퍼지는 아름다운 빛살을 담은 책이란 더없이 싱그럽지요.

빛나는 고을에 빛나는 책터입니다. 빛나는 눈망울로 빛나는 이야기를 누립니다. 빛나는 손에 빛나는 풀 한 포기를 놓습니다. 빛나는 걸음으로 빛나는 풀밭을 걷습니다. 봄에 걷는 풀밭하고 여름 가을 겨울에 거니는 풀밭은 다릅니다. 봄에 만나는 마을하고 여름 가을 겨울에 만나는 마을도 다르지요. 철마다 다른 빛을 품은 마을에 움트는 마을책집에는 철마다 어떤 바람이 새삼스레 흐를까요. 이다음에 전주에서 저녁마실을 할 때가 또 언제이려나 하고 곱씹으면서 길손집으로 걸어갑니다. 한 손에는 책을, 다른 손에는 별빛을 쥡니다.

《조지 오웰, 영국식 살인의 쇠퇴》(조지 오웰/박경서 옮김, 은행나무, 2014)
《애거서 크리스티 자서전》(애거서 크리스티/김시현 옮김, 황금가지, 2014)
《쓸 만한 잡담》(서성자, 천년의시작, 2016)
《너의 섹시한 뇌에 반했어》(조정란, 런더너, 2018)

책 사러 왔습니다

부산 〈고서점〉

책집에 간다면 책을 사려는 뜻입니다. 책집이 가득한 골목에 간다면, 이때에도 책을 사려는 뜻입니다. 오랜만에 찾아왔기에 모처럼 보수동 모습을 사진으로도 담지만, 이보다는 온갖 책이 눈에 밟힙니다. 주머니가 닿는 대로 장만하려고 합니다. 짝이 안 맞는 책도 반갑습니다. 헌책집을 찾아가며 이런 아름책을 만날 적마다 어떻게 제 손으로 이 책이 올 수 있나 싶어 놀랍니다. 틀림없이 잘 보이는 책시렁에 놓였는데, 숱한 책손 눈길이나 손길을 따라 떠나지 않고 제 눈앞까지 남았어요. 깨알같은 글씨로 빡빡하게 엮었어도 이러한 책이 태어난 대목을 반깁니다. 얼마나 살뜰한 손길로 저한 테까지 찾아온 책인가 하고 돌아봅니다.

누가 이쁘장하게 찍은 사진을 들여다보아도, 누가 이쁘장하게 찍은 사진을 책으로 묶어도 봄꽃무늬를 헤아릴 수 있어요. 그리고 아이들하고 손수 밭자락을 돌보거나 이웃마을로 나들이를 다니면서 두 눈으로 봄꽃무늬를 누릴 수 있지요. 책이란, 이웃님이 손수 지은 따사로운 숨결이 흐르는 꾸러미이지 싶습니다. 이 꾸러미에 저도 새롭게 이야기를 여미어 책 한 자락을 보탭니다. 〈고서점〉에 책 사러 와서 잔뜩 장만합니다.

책은 책입니다. 책은 삶을 북돋우는 기운이 될 이야기가 깃듭니다. 책집은 책집입니다. 책집은 사람들한테 삶을 북돋우는 기운이 될 이야기가 깃든 책을 그러모은 곳입니다. 책이 싱그러이 숨쉬기에 책을 갈무리하는 책집이 싱그러이 숨쉽니다. 책이 되어 주는 나무가 푸르기에 책이 푸르고, 책이 푸르기에 책을 알뜰히 갖춘 책집이 푸릅니다. 책집이 푸르기에 책집이 깃드는 마을이 푸르며, 이 마을을 두루 품어 커다랗게 이루는 고을이며 고장이 함께 푸릅니다.

《제주도 수필》(석주명, 보진재, 1968)

《普通學校 農業書 卷二》(朝鮮總督府, 1914)

《朝鮮語學習帳 第一號》(?, 1914)

《한글사전》(한글편찬회, 동명사, 1953)

《농업통론》(백남혁, 대동문화사, 1948)

《시론》(김종길, 탐구당, 1965)

《길은 멀다》(슬라보미로 라위쯔/최재형 옮김, 코리아사, 1959)

《난장이의 독백》(芥川龍之介/신태영 옮김, 규장문화사, 1979)

《活動하는 얼굴》(최민식, 삼성출판사, 1973)

《우리의 美術과 工藝》(고유섭, 열화당, 1977)

《제주 민속의 멋 1》(진성기, 열화당, 1979)

《농민문화》(한국농촌문화연구회 부설 농민문화사) 111호(1978.12.)

《月刊 內外 出版界》(내외출판계사) 1977년 1월호

《북녘하늘 제치고》(손수복, 형문출판사, 1981)

《어린이 그의 이름은 '오늘'》(김재은, 태양문화사, 1977)

《교양국사 총서 2 한국의 고분》(김원룡, 세종대왕기념사업회, 1974)

《교양국사 총서 28 판소리》(강한영, 세종대왕기념사업회, 1977)

《한국문학의 의식》(김병익, 동화출판공사, 1976)

《현대사를 엮어온 사람들의 이야기 1》(주간시민 엮음, 중앙출판인쇄, 1977)

《부산 시인》 44호(1993.11.)

《약소민족의 비애와 혁명》(C.볼즈/정문한 옮김, 인간사, 1962)

《지나온 세월》(이방자, 동서문화원, 1974)

《スポツの施設と用具》(東次右衛門, 旺文社, 1950)

《조선교육》(조선교육연구회/김정돈 엮음, 문화당, 1947)

2018.3.14.

걸으면서 바라본다

부산 〈알파서점〉

새책집에는 새로 나온 책만, 더구나 베스트셀러하고 유명작가 책이 한복판을 크게 차지합니다. 흔하고 판에 박힌 책이 가득합니다. 이와 달리 헌책집은 똑같은 책을 여럿 꽂거나 갖추는 일이 드물어요. 헌책집 책꽂이는 어느 고장 어느 헌책집을 가도 '다 다른 책을 빼곡하게 건사하는 차림새'입니다. "굳이 헌책집까지 책을 보러 갈 까닭이 있나?" 하고 묻는 분한테 "헌책집을 다니며 다 다른 아름책을 만나고 보면, 이다음에 새책집을 다니는 눈썰미가 한결 그윽하게 거듭나는걸요." 하고 이야기합니다.

책집 앞에서 해바라기를 하면서 스윽스윽 파랑 나물을 다듬는 〈알파서점〉 지기님입니다. "뭘 이런 모습도 찍으려고 해?" "이렇게 살림하는 모습이니 더더욱 책집을 살가이 보여줄 만한걸요. 살림하는 책집인걸요."

오늘 우리는 책집을 찾아가거나 셈틀이나 손전화를 켭니다. 책집은 이제 큰길보다는 마을 안쪽으로 깃듭니다. 갖은 시끌벅적한 물결하고 어느 만큼 등진 골목에 자리잡는 책집으로 찾아가자면 자가용은 안 어울립니다. "차를 세울 자리가 없으면 가기 어렵잖아요." 하고 묻는 분이 꽤 많아 "책집에 갈 적에는 자전거를 타 봐요. 바람을 천천히 가르며 마을을 느끼면서 가면 상큼하답니다. 두 다리로 더 천천히 걸으며 골목을 누린다면 우리 손에 쥔 책이 훨씬 싱그러울 테고요.”하고 이야기합니다. 책집으로 마실하며 도란도란 수다꽃을 피울 만합니다.

시골에 없는 책집을 찾아 여러 고장을 떠돌다 보면 길에서 보내는 틈이 깁니다. “자가용으로 다니면 시간도 아끼고 책짐도 안 무겁잖아요? 최종규 씨도 자가용 좀 몰아 보지요?”“손잡이를 쥐면 책을 못 읽어요. 자가용 값에, 기름값에, 보험삯으로 돈을 쓰기보다는 책값에 쓰고 싶어요. 정 책짐이 무거우면 택시를 타지요. 길에서 오래 보내는 만큼 쉬엄쉬엄 ‘이 골목하고 마을을 떠올리며 동시를 쓸 수 있’으니, 시를 쓰고프다면 두 다리로 책집마실을 해보시면 좋겠다고 여쭐게요.”

누리책집에서 책을 장만하더라도 이모저모 살피느라 품하고 겨를을 꽤 들여야 합니다. 다리품만 품이 아니에요. 또각또각 놀리는 손짓도 품입니다. 누리책집에서 책을 살피자면 몇 가지에서 그치지만, 책집에 닿아 휘 둘러보면 이 어마어마한 책이 모두 우리 읽을거리로 품에 안깁니다.

자동차를 달리자면 앞만 보면서 옆거울을 흘깃거릴 뿐, 하늘도 이웃도 마을도 쳐다보기 어렵습니다. 셈틀·손전화로 책을 장만하자면 ‘시킬 책’만 바구니에 담을 뿐, 우리를 둘러싼 숱한 책바다에서 헤엄치기 어렵습니다. 마을을 걸으면서 마을을 봅니다. 숲을 거닐면서 숲을 봅니다. 아이하고 손을 잡고 걷기에 아이 손끝에서 우리 손끝으로 옮는 따사로운 사랑을 누립니다. 걸으면서 바라보는 삶입니다.

《예용해 전집 1~6》(예용해, 대원사, 1997)
《산시로》(나츠메 오소세키/최재철 옮김, 한국외국어대학교 출판부, 1995)

곁에서 돌보는 손길로

부산 〈산복도로 북살롱〉

전북 완주 책마을에서 일하는 분이 책마을을 새롭고 알뜰히 가꾸는 길이 없을까 걱정이라 하시길래, "그러면 부산 보수동 책골목을 누려 보셔요. 이러다 보면 저절로 길을 찾을 만하리라 생각해요." 하고 이야기했습니다.

2016년 5월에 문을 열었다는 〈산복도로 북살롱〉입니다(2019년 2월에 보수동을 떠나 동래로 옮겼습니다). 가파른 디딤돌을 오르내리면 어느새 보수동 책골목에 닿는, 그렇지만 한갓지면서 바다를 내려다볼 수 있는 골목에 깃든 책집이에요. 이런 자리에 이렇게 책집을 꾸며서 이처럼 돌보니 멋스럽습니다. 언제나 우리 손길로 터를 일구고, 우리 마음으로 터를 품으며, 우리 사랑으로 터를 빛내네 싶어요. 북적판인 헌책골목하고는 사뭇 다른 결이 있는 〈산복도로 북살롱〉에 깃들어 아직 차가운 봄비를 느낍니다. 보수동 곁에 사는 분들은 여러 빛깔 책맛을 누리겠네요. 너른 저잣거리까지 가깝고 여러모로 아기자기하지요.

오늘 이곳에서 어떤 책을 만날 만할까 하고 생각하면서 돌아봅니다. 마을책집에서 갖춘 책이란, 마을에서 사뿐히 마실하는 눈길이 빛나도록 북돋우는 책일 테지요. 우리 마을에서 샘솟는 이야기를 찬찬히 되새기도록 이끄는 책일 테지요.

꽃집에 책을 놓아도 좋아요. 꽃을 다룬 책뿐 아니라, 시골살이나 시골살림을 다룬 책이라든지 사전도 좋지요. 꽃을 바라보듯 말을 바라보도록 북돋울 만하거든요. 꽃을 아끼듯 마을을 아끼자는 뜻으로 마을살림을 다룬 책을 놓아도 어울립니다. 아니, 어떤 책을 놓든 책사랑이 마음길이며 손길에 따라 이웃이 책 하나를 새롭게 바라보며 다가서도록 이끄는 징검다리가 되어요.

《아무튼, 서재》를 읽는데 아쉽습니다. 책시렁이나 책칸을 서른 해나 쉰 해쯤 누려 보고서야 서재 이야기를 써야 하지는 않습니다. 한두 해를 지켜본 이야기를 쓰더라도 열두 달이나 스물넉 달을 날마다 다르게 마주하면서 사랑한 숨결이라면 되고, 사랑눈빛이 아니라면 어설퍼요. 마음으로 느끼고 읽어서 다루면 돼요.

자동차를 며칠쯤 세울 수 있을까요. 바쁜 일은 언제나 바쁜 일이니 며칠쯤 내려놓아도 좋겠어요. 느긋하기에 읽는 책이 아니라, 바쁘기에 틈을 내어 읽는 책이라고 느껴요. 살림돈이 많아야 사읽는 책이 아닌, 팍팍한 살림이기에 쪼개고 덜어 아름책 하나를 만나려고 책집마실을 한다고 여겨요. 부산이 부산스러운 터로 이어가도 나쁘지 않지만, 냇가나 못가에서 부드럽게 꽃피며 어우러지는 부들처럼 부들부들 상냥하게 바람이 일렁이면 참 좋겠습니다.

《우리 동네 고양이》(황부농, 이후진프레스, 2018)
《책의 소리를 들어라》(다카세 쓰요시/백원근 옮김, 책의학교, 2017)
《아무튼, 서재》(김윤관, 제철소, 2017)
《언니는 맥주를 마신다》(윤동교, 레드우드, 2016)

냇바람을 품은 마을에 봄

구미 〈책봄〉

지난 1월에 구미마실을 처음 했습니다. 두 달 만에 구미에 다시 옵니다. 지난 구미마실에서 〈삼일문고〉 책집지기님이 〈책봄〉이라는 곳에 꼭 들러 보라고 귀띔하셨습니다. 〈삼일문고〉는 여느 책집이면서도 '책봄에서 고른 독립출판물을 놓는 자리'를 따로 마련하기도 한다지요. '내가 꾸리는 책터'에 '이웃이 눈여겨보는 책'을 놓는 자리를 마련하는 책집이란 대단합니다. 우리가 아무리 숱한 책을 끝없이 읽는다고 해도 놓치거나 모르거나 지나치는 책이 나올 만합니다. 비록 우리가 못 알아보며 지나친 책이라 해도, 이웃이 아끼는 책을 궁금하게 여기면서 받아들여 배우려고 한다면, 이 나라 책마을은 한결 넉넉하고 곱겠다고 느낍니다.

기차나루에서 내린 다음에 〈책봄〉까지 걷습니다. 책집이 품은 마을을 느끼면서 마을책집을 찾아갈 마을사람 발걸음을 헤아리자면, 걷는 길이 가장 좋습니다. 짐수레를 끌고서 한참 걷습니다. 기차나루 둘레는 엄청나게 시끌벅적이고, 냇가를 가로지르는 다리를 건너니 아파트가 높직해서 해를 다 가립니다. 어디쯤에 책집이 있으려나 하고 어림하면서 땀을 훔칠 즈음 드디어 〈책봄〉 알림판을 찾아냅니다.

디딤돌을 밟고 천천히 내려갑니다. 냇바람을 가볍게 안은 이곳에 서린 기운을 조금씩 느낍니다. 《엄마의 레시피 1 미역국》을 들추다가, 두 아이를 건사하며 미역국을 얼마나 많이 자주 끓였는지 새삼 돌아봅니다. 입이 짧은 저한테 밥을 먹이려고 우리 어머니도 미역국을 꽤 자주 끓였습니다. 《tv를 끈 방송작가》를 들추다가 '텔레비전을 *끄기*'보다는 '아예 텔레비전을 없애'면 훨씬 홀가분하면서 새로울 만할 텐데 싶어요. 저희 집은 텔레비전을 안 모십니다.

아이를 낳아 돌보는 길에 새삼스레 자라나는 어른이 많습니다. 아니 '자라나는 어른'이라기보다 '나이만 먹은 사람'이었다가 '나이를 먹은 뜻'을 비로소 되새기면서 '아이를 사랑하는 어른'이 되는 길을 그때부터 찾아나서는 분이 많아요.

요즈음 우리 집 아이들은 아버지랑 먼 마실을 잘 안 다닙니다. 고흥에서 다른 고장으로 다닐 적에 버스·기차·전철을 끔찍히 오래 타야 하고 갑갑하거든요. 아무튼 구미에 깃든, 또는 구미를 품은, '책봄'이란 이름인 이 마을책집에서 책을 보며 하루를 봅니다. 책으로 봄이 핍니다. 책에 봄빛이 영급니다. 책을 보는 손길에 사랑을 나누는 마음이 어우러집니다. 책이 되어 준 숲이 마을 한켠에서 조그맣게 자라나는 봄노래가 됩니다. 봄노래를 먹으며 내딛는 걸음은 춤사위로 바뀝니다. 책을 손으로 봅니다. 책에서 눈빛을 봅니다. 책숲에서 하늘빛을 봅니다.

《지나지 않은 문장》(채풀잎, 다시서점, 2018)
《엄마의 레시피 1 미역국》(김은진·박은진·안정은·이지나·함정화, 인더보틀, 2015)
《tv를 끈 방송작가》(김연지, 2017)
《집에서 만드는 책》(문희정, 문화다방, 2017)

어두운 골목을 품는

도쿄 진보초 〈ARATAMA〉

해가 떨어지고 밤빛이 무르익을 즈음 책집골목은 하나둘 불을 끄는데, 저녁 일곱 시가 넘어도 자리를 걷지 않은 책집이 보입니다. 〈ARATAMA〉입니다. 해가리개에 'total visual shop'이라 적습니다. 여닫이를 보니 20시까지 가게를 지킨다고 밝힙니다. 길가 책꽂이를 살피다가 《朝鮮民族》을 줍니다. 야마모토 마사후미(山本將文) 님은 어느 날 문득 역사를 돌아보다가 일본이란 나라가 우리한테 저지른 일을 뒤늦게 깨달았다고 해요. 학교에 다닐 적에는 하나도 몰랐다 싶은 이야기를 스스로 찾아서 배운 다음에 너무 부끄러운 나머지 혼자서 이웃나라 말을 익혔다고 합니다. 이윽고 사진기를 어깨에 걸치고서 먼저 일본, 이다음으로는 북녘·남녘으로, 이어 중국 연변하고 러시아 사할린, 여기에 중앙아시아까지, '한겨레'가 '오늘 어떻게 살아가는가'를 담아내려고 했답니다. 그렇지만 일본하고 우리 사진밭은 야마모토 마사후미 님을 알아보지 않습니다. 쓸쓸하지요.

《アジア祈りの風光》을 봅니다. 일본으로 마실했기에 만날 수 있는 책이라고 생각합니다. 《人間國寶 三輪休雪》도 돋보입니다. 일본에서는 '인간국

보'란 말을 쓰는군요. 우리나라는 예용해 님이 1960년대 첫무렵부터 '인간 문화재'란 말을 지어서 퍼뜨렸지요.

아무튼 사람이 빛나는 숨결이란 뜻입니다. 사람이 아름다운 사랑이란 뜻입니다. '국보 · 문화재' 같은 이름도 나쁘지 않습니다. 이런 이름을 쓰는 곁에 '사람빛'이나 '사람숲' 같은 이름을 나란히 쓰고 싶어요.

'토털 비주얼 숍'이란 이름을 보고서 '사진책'을 널리 다루겠구나 하고만 여겼을 뿐, 어느 갈래 사진책을 다루는 줄은 까맣게 몰랐습니다. 얼결에 들어왔으나, 바깥에서 고른 책이 있기에 일본말로 주섬주섬 "이곳에서 책을 살피면서 사진을 찍어도 되겠습니까?" 하고 여쭙니다. 바깥에서 고른 책을 보여줍니다. 책집지기는 얼마든지 찍어도 좋되, 일꾼 모습은 안 찍으면 좋겠다고 합니다. 책집일꾼이 "2층에도 사진책 많으니 올라가서 더 찍어도 좋다"고 알려줍니다. 아마 2층은 1층보다 대단하겠지요. 그러나 어제부터 밤을 새서 이제 막 일본에 닿아 대단히 졸립고, 몇 군데 책집을 돌며 장만한 책이 있어 어깨가 결립니다. 2층은 다음에 갈게요.

아가씨 사진책도 사진책입니다. 어느 갈래 사진이든 사진입니다. 일본에서 나오는 '아가씨 사진책'은 사진결이 사뭇 다릅니다. 웅큼질이 아닌 '사람 눈빛이며 얼굴이며 몸을 바라보는 길'이에요. 깊고 넓으며 포근하게 무지갯빛을 어루만지면서 사진을 찍는구나 싶어요. 우리나라 '기성작가 · 유명작가 · 원로작가' 가운데 일본에서 '아가씨 사진책'을 찍는 사람하고 어깨를 견줄 만큼 사진빛을 선보이는 분이 있는지 모르겠습니다. 아니, 없다고 말해야 옳겠지요.

《朝鮮民族》(山本將文, 新潮社, 1998)
《アジア祈りの風光》(中塚裕, 裕林社, 1989)
《人間國寶 三輪休雪》(下瀬信雄, 朝日カルチャーセンター, 1986)

바깥담책꽂이랑 살림하는 어깨동무

도쿄 진보초 〈矢口書店〉

도쿄는 2001년에 처음 간 적이 있으니 열일곱 해 만입니다. 시외버스에서, 전철에서, 비행기에서, 이웃이란 누구이고 어디에 있는 사람인가 하고 헤아립니다. 동시 스무 자락을 씁니다. 나리타공항에 내려 도쿄로 들어서는 전철을 탄 뒤에도 동시를 씁니다. 제대로 전철을 탔는지 아리송하지만 길 잃을 걱정은 안 합니다. 전철을 함께 탄 사람들 수다는 거의 일본말이고, 사이사이 영어가 섞입니다. 사투리를 듣는 듯합니다. 우에노에서 다른 전철을 갈아탈 즈음 마무리한 동시는 스물여덟 꼭지. 열일곱 해 앞서 이곳에 왔던 일이 한달음에 떠오릅니다. '어쩜, 이 나라 이 고을은 그대로잖아?' 군데군데 한글 알림판이 붙은 모습하고 새로 생긴 가게나 다를 뿐, 길이나 골목이나 전철역이나 웬만한 골목집은 그대로입니다.

도쿄 진보초 이웃님이 알아본 길손집에 짐을 풉니다. 하루에 1만 엔쯤 치릅니다. 아무튼 짐은 나중에 갈무리하고, 얼른 가벼운 차림에 사진기를 챙깁니다. 벌써 해가 기울려 하거든요. 해가 기울면 진보초 책집은 일찌감치 닫아요. 닫기 앞서 한 곳이라도 찾아가고 싶습니다.

길손집을 나와서 처음 마주하는 책집은 〈矢口書店〉입니다. 2001년에 이 거리에 왔을 적에도 남달리 보인 곳이에요. 그때에는 이곳에서 책을 사지 못했습니다. 오늘은 이곳에서 꼭 책을 사자고 다짐하며 바깥담책꽂이를 살핍니다. 바깥담을 빙 두른 책꽂이가 어여쁩니다. 아침이나 낮에 보아도 멋스러울 책빛일 텐데, 어스름에 보는 책빛도 멋스럽습니다. 우리나라도 이렇게 바깥담을 책꽂이로 두를 수 있을까요. 슬쩍하려는 손길을 살며시 어루만지려는 책손으로 바꿀 수 있을까요. 일본에도 책을 훔치는 이가 제법 있답니다만, 어쩌면 이 '바깥담책꽂이'는 책으로 마을을 새삼스레 감싸면서 포근한 기운을 나누어 주는 새길일 수 있겠다고 느낍니다.

책을 하나하나 쓰다듬다가 사진책《北上川》을 봅니다. 어느 냇마을 사람들 이야기를 사진으로 묶었습니다. '키요시 소노베'란 분 사진인데, 사진결이 푼더분하면서 그윽합니다. 1958년 사진책이라면 이 냇마을 삶자락을 적어도 1950년대부터 찍었다는 뜻일 테고, 1940년대나 1930년대부터 찍었을 수 있으며, 오래도록 곁에서 지켜보고서 찍었을 수 있습니다.

우리는 1958년에 이만 한 사진책을 선보이려는 사진님이 있나요. 아니 1968년이나 1978년이나 1988년에 이르도록 냇마을이며 들마을이며 숲마을이며 바닷마을 사람들하고 어깨동무하는 이웃이라는 마음으로 사진을 찍거나 그림을 그리거나 글을 쓴 님이 몇이나 있나요. 잊히거나 사라지는 옛모습을 담는 사진이 아닙니다. 오늘 여기에서 즐겁게 살림을 지으면서 노래하는 이웃하고 손을 맞잡는 웃음하고 눈물로 담는 사진입니다. 두 손에 찌르르 울리는 숨결을 느끼며 이 사진책을 골라 〈矢口書店〉 안쪽으로 들어서는데, '스미마셍'이라 하며 곧 닫는다고 알립니다.

《北上川》(薗部 澄, 平凡社, 1958)

이튿날로 미루지 말라

도쿄 진보초 〈澤口書店〉

일본사람으로 보자면 일본은 전철삯이 싸다고 할 만합니다. 300엔이나 500엔이면 웬만한 곳에 다 가니까요. 300엔이나 500엔을 하는 책이 흔할 뿐 아니라, 책값도 전철삯도 거의 오르는 일이 없습니다. 헌책집에서는 100엔이나 50엔에 파는 값싼 책이 꽤 많습니다. 묵직한 책은 묵직하되, 널리 읽히려고 하는 책은 가볍고 단출하면서 값싸기 마련입니다.

우리는 버스삯이나 전철삯으로 사읽을 수 있는 책이 있을까요? 버스삯이나 전철삯만큼 될 가볍고 값싼 책을 큰출판사에서 기꺼이 선보일 때가 올까요? 그렇다고 우리나라 책값이 아주 비싸다고는 여기지 않습니다. 과자나 빵이나 커피 몇이면 책 한 자락 값이 돼요. 일본에서 전철삯이나 과자값이나 커피값하고 엇비슷한 가볍고 값싼 책이 나와서 읽히는 바탕을 생각해 본다면, 그만큼 사람들이 책을 널리 읽으면서 즐기고 나누는 살림길이 있다는 뜻이라고 느껴요.

일본도 대학입시가 불꽃을 튀길 테지만 우리만큼 될까요? 우리는 입시지옥에 너무 목을 매다느라, 또 삽질 정책이 너무 잦은 터라, 또 어린이 ·

푸름이 · 어른 모두 메마르거나 고된 쳇바퀴에 시달리다가 지친 나머지, 스스로 새롭게 꿈길을 헤아리는 책하고는 차츰 멀어진 셈이리라 생각합니다.

〈矢口書店〉을 들르고서 〈澤口書店〉 앞에 섭니다. 해는 벌써 넘어갔습니다. 어두운 저녁에 이 책집도 저 책집도 드르륵드르륵 가게를 닫느라 부산합니다. 〈澤口書店〉 앞자락 책시렁에서 '테즈카 오사무' 님 만화책하고 '미즈키 시게루' 님 만화책이 꾸러미로 있기에 한참 쳐다보다가 '아차, 곧 닫을 텐데!' 싶어 이곳에서 고를 책을 살펴봅니다. 사진책《軌道, 新幹線保線工の記錄》을 봅니다. 철도를 다룬 사진책일 텐데, 철길을 손질하는 사람들 이야기를 담아내었습니다. 안쪽을 구경하고 싶어 들어오니 여러모로 눈에 뜨이는 책이 많습니다. '이 책을 다 장만하고 싶은데 어쩌지? 하나를 더 살까? 둘을 더 고를까? 이튿날은 생각하지 말고 오늘 여기에서 실컷 살까?' 하고 망설이는데, "스미마셍"이란 소리가 들리면서 이제 오늘은 가게를 닫는다고 알립니다. 사진책 하나만 책값을 셈하고 나옵니다.

길손집에서 밤새 생각에 잠긴 끝에 이튿날 다시 〈澤口書店〉을 찾아오는데 어제 본 책은 어디로 갔는지 안 보입니다. 반짝하고 내놓았을까요, 그사이 팔렸을까요. 아니면 다른 곳에 두었을까요. 이리저리 살펴도 안 보이는 만화책을 떠올리니 섭섭하지만 '오늘은 날이 아닌가 봐' 하는 마음 하나랑 '이튿날로 미루지 말자' 하는 마음 두 가지가 엇갈립니다. 이다음에 다시 만날 날이 있겠지요. 마음을 사로잡는 책이 있으면 언제나 그때 바로 주머니를 털어야겠지요. 책이라는 못은 깊습니다. 책이라는 냇물은 넓습니다. 책이라는 바다는 넉넉합니다. 깊고 넓으며 넉넉한 숨소리를 생각하는 하루입니다.

《軌道, 新幹線保線工の記錄》(牧田清, 新泉社, 1987)

빛을 만나다

도쿄 진보초 〈Bohemoian's Guild〉

오늘 〈책거리〉에서 펼 이야기꽃에 앞서 진보초 책집을 여러 곳 들를 생각입니다. 눈부신 아침햇살을 느끼며 천천히 걸어 〈Bohemoian's Guild〉를 만납니다. 떠도는 책이요, 떠도는 사람이면서, 떠도는 이야기입니다. 떠도는 마음이며, 떠도는 꿈이고, 떠도는 사랑입니다.

책집으로 들어서려다 멈칫하며 바깥 책꽂이를 살핍니다. 《山岳 第十伍年 第一號》를 집어듭니다. 1920년에 나온 산악모임 잡지입니다. 1920.8.28. 이란 날을 어림해 봅니다. 저는 8월 28일이란 날을, 제대로 책에 눈을 뜬 1992년 8월 28일을 늘 되새겨요. 새삼스럽습니다.

《山びこ學校》는 "山形縣 山元村 中學校生徒の生活記錄"라는 이름이 붙습니다. 나중에 알아보니 이 책을 바탕으로 영화를 찍기도 했더군요. 1951년에 나온 '멧골자락 작은학교 푸름이 이야기'입니다. 이런 이야기를 갈무리한 교사, 눈여겨본 출판사, 맞아들인 숱한 사람이 있었네요.

책집 안쪽으로 들어섭니다. 왼쪽에는 까만 웃옷 한 벌이 걸립니다. 무슨 옷인가 하고 바라보니 '책집 이름'을 새겼어요.

《大德寺》를 고릅니다. 후타가와 유키오(二川幸夫)라는 분이 빚은 사진책이 우리 책숲에 하나 있습니다.《日本の民家》인데, 어쩜 이렇게 놀라운 사진책을 엮어냈나 싶었어요. 이녁이 엮은 다른 사진책을 만나니 반갑습니다. 절집을 담은 사진책도 훌륭합니다. 건축사진에서 내로라할 만한 결을 잘 보여주는구나 싶습니다. 멀지도 가깝지도 않게 떨어져서, 고요한 사랑이 차분히 흐르다가도 샘물처럼 또르르 솟아나는 싱그러운 멋이 깃드는 사진입니다. 일본이란 나라는 아름답거나 사랑스러운 사진책이라면 찬찬히 알아보고 사읽는 손길이 있기에 사진누리가 든든하거나 넓구나 싶어요. 우리나라는 언제쯤 사진책이 사진으로 알뜰히 읽히면서 곱게 퍼질 만할까요. 예술이나 문화라는 사진책이 아닌, 삶하고 사랑이라는 사진책이, 여기에 노래요 살림이라는 사진책이 제대로 읽힐 날을 손꼽아 봅니다.

《木村伊兵衛 寫眞全集 昭和時代 第二卷》을 지나칠 수 없습니다. 사진을 사진으로 바라보도록 북돋우고 꽃피도록 일군 기무라 이헤이 님입니다. 따사로우면서 고운 사진빛이 가득해요. 〈Bohemoian's Guild〉 골마루를 새삼스레 다시 거닐며 사진책을 어루만지고 사진 하나 찰칵. 다시 사진책을 쓰다듬고 사진 둘 찰칵.

《山岳 第十五年 第一號》(高頭仁兵衛 엮음, 日本山岳會, 1920)

《白馬岳》(塚本閣治, 山と溪谷社, 1942)

《山びこ學校》(無着成恭 엮음, 靑銅社, 1951)

《Emmet other's jug-band Christmas》(Russel Hoban·Lillian Hoban, parent's magazine press, 1971)

《大德寺》(二川幸夫, 美術朮版社, 1961)

《Philippine★Boxer》(佐藤ヒデキ, リトルモア, 1999)

《子どもたち》(Robert Doisneau, リブロポート, 1992)

《Robert Capa, 戰爭と平和》(Robert Capa, PPS通信社, 1984)

《木村伊兵衛 寫眞全集 昭和時代 第二卷》(木村伊兵衛, 筑摩書房, 1984)

말빛은 삶빛

도쿄 진보초 〈책거리〉

사전을 쓰며 살아가는 이야기를 궁금해 하는 분이 일본에 있습니다. 길삯을 마련하고 일본 도쿄에서 묵을 길손집삯까지 마련해서 이야기마실이자 책집마실을 나섰습니다. '쿠온(CUON)'이란 출판사를 꾸리고, 〈책거리 CHEKCCORI〉란 마을책집을 꾸리는 김승복 님하고 끈이 닿아 사뿐사뿐 걸음을 옮겼습니다.

2017년에 낸《말 잘하고 글 잘 쓰게 돕는 읽는 우리말 사전 2 군더더기 한자말 떼어내기》라는 조그마한 사전을 펼쳐서 '한국문학을 사랑하는 일본 이웃님'한테, 문학이나 인문을 하는 한국사람이 말치레를 너무 많이 한다는 이야기를 들려줍니다.

한국문학 사랑이가 되려고 애써 한말을 익혀 한글로 나온 책을 즐겁게 읽는다는 일본 이웃님이 놀라면서 말씀을 잇습니다. "작가님이 이야기하기 앞서까지는 '불편' 같은 말이 한국하고 일본이 똑같이 쓰는 말이로구나 하고만 생각했는데, 막상 '번거롭다·성가시다·귀찮다'라는 비슷하면서 다른 말이 있다는 이야기를 듣고는 깜짝 놀랐습니다. '불편'이란 한자말로는 담아내지 못하고 담아낼 수 없는 깊은 삶이 흐르는 '비슷하면서 다른 말'은 어느 나라에나 다 있는데, 그런 말까지 생각하며 문학을 읽어야 문학에 흐르는 마음을 읽을 수 있다고 오늘 고맙게 배웠습니다." 이런 말씀은 오히려 저를 일깨우면서 이끄는 이야기예요.

모든 일은 수수께끼라고 느낍니다. 일뿐 아니라, 놀이도 말도 사랑도 꿈도 밥도 옷도 몸도 수수께끼에다가, 마음까지 수수께끼이지 싶어요. 저는 왜 말더듬이에 혀짤배기란 몸으로 태어났는지 모르지만, 더구나 코가 매우 나쁜 채 태어나 어릴 적부터 '코로 숨쉬기'를 거의 못하다시피 하면서 지낸데다가, 고삭부리였기에 골골대기 일쑤였지만, 이런 몸을 싫다고 여기지는 않았어요. 그저 '숨쉬기 힘들다'라든지 '숨을 쉰다는 생각을 안 하고도 마음껏 숨을 쉬고 싶다'고 생각했습니다.

숨을 쉬기 어렵도록 안 좋은 코를 안고서 태어난 터라, '밥을 안 먹는대서 죽는 삶'이 아닌 '숨을 한 자락이라도 못 쉬면 바로 죽는 삶'인 줄 뼛속으로 새기며 자랐어요. 참말 그래요. 끼니는 굶어도 되어요. 그렇지만 숨을 안 쉬면 누구나 그냥 다 죽어요. 밥살림을 싱그럽고 푸르게 가꾸기도 할 노릇인데, 이에 앞서 우리가 늘 마시는 바람이며 하늘이며 숨부터 싱그럽게 푸르게 가꿀 노릇이라고 스스로 배운 셈이랄까요. 날마다 새로 배우는 대로 사전을 씁니다. 이 사전을 읽은 이웃님이 새롭게 이야기를 엮습니다. 저는 이웃님 이야기를 만납니다. 얼크러지는 말길이 피어나면서 삶길이 새삼스럽습니다. 봄나무에 봄꽃이 가득합니다. 일본도 봄이고 우리도 봄입니다. 모두 해사한 봄빛입니다.

《부디 계속해 주세요》(마음산책, 2018)
《今, 何かを表そうとしている10人の日本と韓國の若手對談》(クオン, 2018)

2018.3.31.

호젓하게 깃들어 베풀다

도쿄 진보초〈アカシャ書店〉

도쿄 진보초 책집골목은 큰길을 둘러싸고 헌책집이 잇달기도 하지만, 띄엄
띄엄 마을 한켠에 동그마니 깃들기도 합니다. 큰길은 오가는 사람이 많아
북적인다면, 마을 한켠은 호젓해요.

큰길가에 있는 책집을 벗어나 봅니다. 책집이 잔뜩 얼크러진 마을에서
살림하는 사람은 어떤 보금자리를 누리려나 하고 생각하며 천천히 거닙니
다. 마을 한켠 자전거집을 들여다보고, 찻집을 쳐다봅니다. 대학교 어귀를
지나가고, 골목꽃밭을 들여다보다가, 바람처럼 지나가는 자전거를 바라봅
니다. 마을가게에 들어가니 갖가지 튀김이 있습니다.

너덧 살쯤 된 아이가 어머니 손을 잡고 지나가다가 제 모습을 쳐다봅니
다. 저도 똑같이 가만히 봅니다. 고개를 갸우뚱하며 쳐다보는 저 아이는 무
슨 말을 하고 싶을까요. 발가락을 하나하나 주무르고서 일어납니다.

큰길가 책집에서는 자동차 소리를 끊임없이 들었다면, 마을 한켠 책집
에서는 사람들 발걸음 소리마저 드문드문. 봄꽃내음을 맡으며 책집 곁에
섭니다. 바깥쪽에 놓은 '100엔 책'을 살피다가 눈을 동그랗게 뜹니다. '응?

이곳에 왜 한글책?'

책집 이름을 다시 보고, 안쪽도 흘깃하다가 다시 100엔 책을 보노라니, 《李東安 '太平舞'의 연구》를 비롯한 한글책이 꽤 됩니다. 우리나라에서도 보기 쉽잖은 책을 도쿄에서 보네요. 안쪽에 '글쓴이 드림' 글씨가 또렷합니다. 심우성 님이 일본으로 인형극 일로 나들이를 온 길에 '오카자키 마치오(岡崎柾男)'라는 분한테 드렸네요. 심우성 님은 1934년에, 오카자치 마치오 님은 1932년에 태어났답니다. 두 사람은 저마다 옛살림·옛노래·옛이야기에 깊이 마음을 썼지 싶고, 이러면서 가까운 사이였을 수 있겠구나 싶어요.

한국에서 일본책을 어렵잖이 만나듯 일본에서 한국책을 어렵잖이 만날 만해요. 두 나라는 먼 듯하면서 가깝고, 가까이 오가는 숱한 사람들 사이에서 갖가지 책이 넘실넘실 흘러요. 〈アカシャ書店〉 안쪽으로 들어와서 골마루를 돌아보니, 이곳은 '바둑'책을 복판에 놓고서 '장기·체스·놀이'하고 얽힌 책만 다룹니다. 바둑하고 장기를 다루는 책만으로도 책집을 꾸리는군요. 책값을 셈하고 나오다가 생각합니다. 이곳 책집지기는 바둑책이나 장기책을 그러모으면서 꾸릴 텐데, '바둑을 다룬 책이 아니어도 한꺼번에 사들인' 다음에, 바둑 쪽이 아닌 책은 길가에 값싸게 내놓지 싶어요. 100엔 책으로 이 값진 숨결을 나눠 주셔서 고맙습니다.

《李東安 '太平舞'의 연구》(김명수, 나래, 1983)
《인형극 교실, 만들기에서 상연까지》(오자와 아끼라/김선익 옮김, 예니, 1988)
《꼭두각시 놀음》(한국 민속극 연구소 엮음, 우리마당, 1986)
《國民の日本史 第八編 安士桃山 時代》(西村眞次, 早稻田大學出版部, 1931)
《ペスタロツチ》(福島政雄, 福村書店, 1947)
《鳥の歲時記》(內田淸之助, 創元社, 1957)
《奈良の石佛》(西村貞, 全國書房, 1942)
《多賀城》(岡田茂弘, 中央公論美術出版, 1977)
《日本の獨占 第二次世界戰爭中 上卷》(ルキヤノウア/新田禮二 옮김, 大月書店, 1954?)

2018.3.31.

나를 부르는 책한테

도쿄 진보초 〈慶文堂書店〉

나무하고 꽃하고 열매를 새삼스레 생각해 봅니다. 문학은 사전을 옆에 여러 자락 놓는다 하더라도 옳게 옮길 수 없습니다. 살림을 읽고 삶을 알며 이웃나라뿐 아니라 우리나라를 사랑해야 하는데, 여기에서 그치지 않아요. 숲도 알고 풀꽃나무도 읽어야지요. 밥짓기랑 옷짓기도 알아야 하고, 살림이며 빨래나 아이돌보기도 즐거이 맡아야 합니다.

해가 없으면 푸나무도 죽고 사람까지 죽습니다. 비바람이 없으면 푸나무뿐 아니라 사람도 죽습니다. 냇바닥에 시멘트를 덮으면 물살림도 죽고 사람도 죽어요. 삶이란 무엇일까요. 삶터는 어떤 곳일까요. 우리는 무엇을 보고 생각하며 살아야 할까요. 우리가 나아갈 길은 어디에 있을까요. '하늘나라(천국)'에 가려고 살아가지 않겠지요. 바로 오늘 이곳에서 아름다운 사랑으로 꿈을 지으려고 살아갈 테지요. '죽은 뒤'에 갈 하늘나라가 아닌, 바로 오늘 이곳에서 두 다리로 디디는 하늘나라를 누릴 노릇이겠지요. 언제나 오늘 이곳에서 즐거워야지 싶어요.

책을 보면서, 책집골목을 사진으로 담으면서, 틈틈이 나무를 쓰다듬으

206

면서, 봄꽃송이를 올려다보면서, 이 하루를 이곳을 사랑하자고 생각합니다. 〈慶文堂書店〉 앞에 이릅니다. 눈에 뜨이는 책이 아주 많습니다. 우리나라에서뿐 아니라 일본에서도 샘솟는 마음, '이 책집을 통째로 사고 싶어!'

일본이 만화를 널리 읽거나 아끼기에 오랜 만화책을 쉽게 만난다고 말하기도 할 테지만, 이보다는 책을 책으로 여기는 눈길이 알뜰하기에 꽤 묵은 책도 어렵잖이 만나고 되읽고 돌아볼 만하지 싶습니다. 만화는 만화이면서 책이 됩니다. 그림은 그림이면서 책이 되지요. 사진은 사진이면서 책이 됩니다. 우리나라는 아직 만화책이나 그림책이나 사진책을 '그저 책으로' 깊이 마주하는 살림이 얇아요. 그림책을 놓고는 마음을 기울이는 이웃님이 꽤 늘었습니다만, 만화책하고 사진책이 널리 사랑받기까지는 한참 남았지 싶어요. 아이를 안 낳았어도 누릴 그림책이요, 어린이가 아니어도 즐길 만화책이며, 사진을 찍는 일을 안 하더라도 나눌 사진책이에요.

책이라고 하는 종이꾸러미에 감도는 빛살을 느끼면서, 이 종이꾸러미가 태어난 숨결을 짚을 줄 안다면, 책읽기를 넘어 사회읽기·역사읽기·문화읽기를 슬기로이 하는 눈썰미로 나아가리라 생각합니다. 〈慶文堂書店〉에서 사진책 두 자락을 고르고 셈합니다. 뭇책이 저를 쳐다보면서 "더! 더!"라든지 "나도! 나도!"를 외칩니다. 제 손으로 쥐어서 펼쳐 주기를 기다리는 책이 끝없이 외치는데, 이 외침을 못 들은 척할 마음은 없어요. 나긋나긋 속삭입니다. "내가 오늘 만나는 이 책 하나가 다릿돌이 되어 곧 너희를 만나겠지? 너희는 나한테 올 수도 있지만 다른 이웃님한테 갈 수도 있겠지? 우린 어느 곳에 있어도 마음으로 만날 수 있어. 고마워."

《鐵路の煙》(長谷川英紀, 六法出版社, 1971)
《NEPAL》(Pierre Toutain, ubspd, 1986)

2018.3.31.

체리나무 냄새를 맡다

도쿄 진보초 〈古書かんたんむ〉

벚꽃이 피는 철에 맞추어 진보초 책집거리가 북적입니다. 도쿄로 마실을 오기 앞서는 가을에만 헌책잔치를 벌이는 줄 알았으나, 도쿄 진보초에 와서 이야기를 들으니 다달이 크고작은 책잔치가 꾸준히 있다더군요. 가을은 사람들이 가장 북적이는 엄청난 책잔치라면 여느 때에는 조촐하게 다 다른 이야깃감을 마련해서 조그맣게 책잔치를 이어간다고 합니다. 이 대목을 눈여겨볼 만하구나 싶습니다. 우리도 새봄에는 '새봄 책잔치'를, 여름에는 '짙푸른 책잔치'를, 가을에는 '넉넉한 한가위 같은 책잔치'를, 겨울에는 '흰눈처럼 새하얗고 포근한 책잔치'를 꾀할 만해요. '모시옷과 책잔치'라든지 '유자내음과 책잔치'라든지 '논개와 책잔치'라든지 '나비와 책잔치'처럼, 고장마다 벌이는 여러 잔치판하고 책을 맞물려서 재미난 놀이판이나 이야기판을 벌일수 있어요. 해마다 큼직하게 책잔치 한 판만 벌이기보다는 꾸준하게 다 다른 이야기가 철마다 새롭게 피어나도록 꾀한다면 즐겁겠네 싶습니다. 책이란, 어느 한 철에만 읽지 않을 테니까요. 철마다 다른 이야기를 읽으면서 철마다 다르게 생각을 틔우고 마음을 가꾸는 길일 테니까요.

208

'벚꽃책잔치'가 벌어지는구나 싶은 거리는 사람으로 들썩들썩 물결칩니다. 작은 잔치마당에 이만큼 물결치면 큰 잔치마당에서는 걸을 틈이 없겠네 싶어요. 문득 '誕れ60年代!'라고 하는 글씨가 곳곳에 적힌 책집 앞을 지나갑니다. 태어난 지 예순 돌이 되었다는 책집이라면 1950년대부터 있었다는 뜻일 테지요. 우리로서는 참 오래된 책집이라 할 테지만 일본에서는 '고작 예순 돌'이라고 여길 만합니다.

이곳 〈古書かんたんむ〉는 책만 펼치지 않습니다. 퍽 묵은 연필을 여러 가지 내어놓습니다. 얼마나 오래된 연필일까 어림해 보지만 잘 모르겠습니다. 연필을 깎은 해는 모르겠으되 책집 나이 못지않게 묵은 연필이지 싶고, 'special pencil'이라는 이름이 붙은 "globe cherry" 열 자루 꾸러미를 1000엔에 장만합니다. 큼큼 냄새를 맡습니다. 아렴풋하지만 체리나무 내음이 살짝 감돕니다.

300엔 값을 붙인 '손바닥책 천싸개'도 볼 만합니다. 연필보다 값이 눅다고 여기면서 고양이 무늬가 들어간 천싸개를 고릅니다. 살피끈도 붙었어요.

숲에 갖가지 나무가 자라면서 한결 싱그럽고 푸르다면, 책이라고 하는 마을에서는 글책이며 그림책이며 만화책이며 사진책이 두루 피어나면서 맑게 어우러질 수 있기를 바랍니다. 온갖 나무가 고루 자라기에 숲인걸요. 나무 곁에 풀꽃이 그득하니 숲이에요. 풀꽃나무를 둘러싸고 벌나비에 풀벌레에 새랑 들짐승이 어우러져서 숲입니다. 모든 책이 사이좋게 어울릴 적에 비로소 책마을이요 책잔치요 책나라요 책밭이요 책읽기요 책살림이라 할 만합니다.

---

special pencil globe cherry 10자루
손바닥책 천싸개
《蟲の宇宙誌》(奧本大三郎, 集英社, 1984)

두 얼굴 책집

도쿄 진보초 〈アムール〉

이튿날에는 보금자리로 돌아갑니다. 이른아침에 길손집에서 나온 뒤 하루 내내 곳곳을 걸었어요. 진보초에서 긴자라는 데까지 걸었고, 이동안 소방 박물관에서 다리쉼을 했고, 널따란 숲터에서 물을 마셨고, 다시 진보초로 걷자니 발바닥이 싫어하는구나 싶어 전철을 탑니다. 벚꽃이 흐드러진 곁도 지나갔습니다.

걷고 전철을 타고 책집에 들르고 등짐이며 손짐은 온통 책인데, 이 짐더미를 이고 지기만 하지는 말자고 여기면서 볕받이 걸상을 찾아서 앉습니다. 그늘받이를 안 좋아하니 몸을 쉴 적에도 부러 볕받이에 앉아 고무신을 벗고 발바닥이며 발가락한테 해바라기를 시킵니다. 풀밭이 있으면 풀밭에 맨발로 서서 숨쉬기를 합니다.

진보초로 돌아와 책골목하고 가까우면서 조용한, 마을 한복판에 있는 가게에 들러 주전부리를 장만하고는, 아침부터 돌아다니며 장만한 책을 읽다가 수첩을 꺼내어 동시를 새로 쓰다가, 코앞에 보이는 자전거집에 들어가 볼까 하고 생각하다가, 다시 책집으로 가자고 생각합니다.

다음에 일본마실을 할 적에는 키노구니야도, 자전거집도, 되살림가게도, 이런저런 수수한 마을가게에도 슬그머니 들어가자고 생각합니다. 이탈리아 책만 다루는 재미난 헌책집이 보였으나 앞에서 사진만 찍고 다음 마실을 꿈꾸면서 지나칩니다. 〈アムール〉란 책집이 보여 바깥에 놓은 책시렁을 돌아보는데 《日本のなかの外國人》하고 《黑人大學留學記, テネツ-州の町にて》 같은 재미난 손바닥책이 보입니다. 하나에 100엔이라 하기에 쇳돈을 둘 꺼냅니다. 안쪽도 구경할까 하고 들여다보는데 안쪽은 알몸 사진책하고 디브이디가 잔뜩 있습니다. 아, 이곳에는 사진기를 목걸이처럼 하고서 들어가면 안 되겠다고 느껴, 얼른 목에서 풀어 어깨로 옮깁니다. 사진기를 멘 채 둘러볼 수는 없는 데로구나 싶어 200엔 책값만 치르고 나오려는데, 〈はじめての神保町歩き 2018年 冬〉이라든지, 《JIMBOCHO vol.8.》(神保古書店聯盟, 2018)이라든지, 〈JIMBOCHO 古書店 MAP 2018〉(神保古書店聯盟, 2018) 같은 작은책하고 길그림을 '그냥' 가져가도 좋다는 알림글이 보입니다.

이 책집도 일본 책집으로서 재미난 얼거리이니 사진으로 담고 싶기는 하지만, 진보초를 말하는 작은책하고 길그림만 고맙게 얻고서 나가자고 생각합니다.

다음 책집으로 걸어가며 이 〈アムール〉를 돌아봅니다. 100엔짜리 손바닥 인문책하고 알몸 사진책이 나란히 있는 책집이란, 일본이라는 나라를 잘 보여주는 모습일는지 모릅니다. 두 가지가 어우러진, 이를 아무렇지 않게 받아들인, 또는 이 터에 맞게 다스려서 풀어낸 삶길이라 하겠지요.

《日本のなかの外國人》(アラン·タ-ニ-, 三省堂, 1970)
《黑人大學留學記, テネツ-州の町にて》(靑柳淸孝, 中央公論社, 1964)

이 책을 몽땅 살 수 없어도

도쿄 진보초 〈がらんどう〉

한 사람이 모든 책을 쓰지 않고, 한 사람이 모든 책을 사지 않습니다. 다 다른 숱한 사람이 저마다 일군 삶을 저마다 다른 책으로 여미고, 다 다른 숱한 사람이 저마다 달리 바라보고 살아온 길에 따라 저마다 다른 손길로 책을 삽니다. 이리저리 물결치는 사람들 사이에서 이 책을 보다가 저 책을 살핍니다. 책집이 늘어선 거리에서 내놓은 모든 책을 들여다볼 겨를이 없더라도 이리 기웃 저리 기웃하면서 겉그림이랑 이름은 훑고 싶습니다. 이러다 문득 '사자에 상'이 혀를 낼름하면서 손가락으로 눈자위를 하얗게 드러낸 어여쁜 만화책이 눈에 꽂힙니다. 한국에서 '사자에 상' 만화책을 사려면 제법 비싸게 치러야 합니다. 어떻게 할까 망설이다가 《エプロン おばさん 1》를 봅니다. '사자에 상'은 더러 보았으나 이 만화책은 아직 못 봤습니다. 1972년에 나온 만화책이어도 250엔이라고 합니다. 거저로 팔아 주는 셈일까 하고 생각하면서 집습니다. 눈길을 끄는 동화책하고 그림책도 많습니다. 그러나 옆에서 뒤에서 밀치면서 책을 구경하거나 사려는 사람이 워낙 많습니다. 만화책 하나 겨우 장만하고서, 또 손으로 쓰는 영수증을 받고서

척척척 밀려납니다.

1988~90년 무렵, 인천에서 살며 배다리 헌책집거리에 찾아가서 교과서하고 참고서를 장만하던 1월에 엄청난 사람물결을 치른 적 있습니다. 그때에는 학교 이름하고 학년하고 과목 이름을 헌책집지기한테 외치면 비닐자루에 담아서 휙 던져 주고, 저도 돈을 잘 뭉쳐서 휙 던져 주었습니다.

이날은 딱히 크게 펴는 '진보초 책잔치'가 아니라고 하더군요. '벚꽃이랑 책'이 어우러지는 조그마한 책마당이라는데 사람물결이 놀랍습니다. 일본사람도 책을 적게 읽는 흐름으로 바뀐다지만, 줄어든 물결이 이만큼이라면 예전에는 얼마나 밀물결이었을까요. 손에 쥐고 책꽂이에 건사하기만 하는 책이 아닌, 눈으로 보고 마음으로 헤아리는 책이 된다면, 마을부터 나라까지 확 달라지겠지요.

그러고 보면, 저는 중학생 때나 고등학생 적이나 '시험공부'보다는 '책읽기'를 즐겼습니다. 시험공부는 달갑지 않고, 책읽기를 하고팠어요. 이제와서 털어놓습니다만, 1993년 11월 16일에 수학능력시험을 치르러 가는 길에도 등짐에 참고서랑 나란히 시집하고 소설책을 여러 자락 담았어요. 시험 하나 마치고 쉬는 틈에는 참고서 아닌 시집이랑 소설책을 읽었습니다. 이런 저를 본 동무랑 "야, 너 미쳤니? 시험 끝나고 봐도 되잖아?" "응, 미쳤지. 이렇게 지옥 같은 입시를 만든 놈들이 미쳤지. 난 안 미치려고 틈틈이 시를 읽는다." 같은 말을 주고받았습니다.

대학입시라는 불구덩이를 바라보며 달리는 나라가 아닌, 살림꽃이라는 아름길을 바라보며 춤추고 노래하는 나라를 꿈꿉니다. 이 꿈길에 책을 하나 옆에 놓습니다.

《エプロン おばさん 1》(長谷川町子, 姉妹社, 1972)

2018.4.1.

정갈하게 어루만지는 손길

도쿄 진보초 〈山陽堂書店〉

〈山陽堂書店〉은 '岩波文庫'를 살뜰히 다루는 곳이라고 큼지막하게 밝힙니다. 그렇다고 '암파문고'만 있지 않아요. 다른 책도 제법 있습니다만, '암파문고'만큼은 이곳이 도쿄에서, 또는 일본에서, 또는 이 별에서 으뜸이라고 할 수 있겠구나 싶어요.

우리나라에서 헌책집을 다닐 적에 암파문고를 눈여겨보곤 합니다. 우리나라에서라면 건드리기조차 어렵겠네 싶은 갈래를 깊거나 넓게 다루는 책이 많거든요. 엮음새도 이쁘고 단단합니다. 여러모로 배울거리가 많아 암파문고를 즐거이 장만해요.

오늘 〈山陽堂書店〉에 들러《光る砂漠》이라는 사진책 하나를 먼저 고르고,《季節の事典》이라는 새로운 사전을 고릅니다. 재미난 책입니다. 먼저 두 가지 책을 셈하기로 합니다. 책을 더 보다가 셈할 수도 있으나, 책을 보면서 사진도 찍고 싶어요. 책값을 셈하며 넌지시 '이 아름다운 책시렁을 사진으로 담아도 되겠습니까'라는 말을 일본말로 종이에 적어서 여쭙니다. 책집지기는 선선히 고개를 끄덕입니다. 책시렁을 사진으로 찍으려는데,

214

'岩波寫眞文庫'를 한 권에 500엔씩에 판다는 글씨를 봅니다. 손바닥책을 그렇게 알뜰히 펴낸 이곳인데 사진책도 손바닥으로 냈을 테지요. 설레는 마음으로 하나하나 살핍니다. 아마 1950년에 첫 사진문고를 내놓았지 싶은데, 그때에는 책값이 100엔씩이었다고 적힙니다. 헌책집 〈山陽堂書店〉에서 500엔에 파는 암파사진문고는 1950~60년대에 나온 오래된 책입니다. 마음 같아서는 다 집어가고 싶으나, 짐 무게를 헤아려야 하기에 이 책을 고를까 저 책을 집을까 망설이면서 하나하나 봅니다.

사진을 찍으면서 책을 고르면 눈에 들어오는 책이 잇달아요. 사진기를 거쳐 바라본 책시렁은 눈부시고, 눈부신 책시렁을 밝히는 아름다운 책이 저를 부릅니다. "어이, 나도 좀 꺼내서 살펴봐." "나는 어때? 나도 너희 나라로 데려가면 좋겠는데?" "너희 나라에서는 날 본 적이 없지? 그러니까 나야말로 데려가 줘." 책마다 사근사근 부릅니다. 그렇지만 모르는 척 사진만 찍습니다. 수다를 떨던 책이 쳇쳇합니다. '그러나 어쩌겠니. 혼자 너희를 다 들고 갈 수 없는걸. 앞으로 너희를 넉넉히 챙겨 돌아갈 수 있기를 빌게.' 하고 마음말을 들려줍니다. 정갈하게 가꾸는 정갈한 책집에서 정갈한 손길이란 무엇인가 하고 새롭게 느낍니다.

《光る砂漠》(矢澤 宰·?部澄, 童心社, 1969)
《季節の事典》(大後美保, 東京堂出版, 1961)
《岩波寫眞文庫 13 心と顔》(岩波書店 編集部·岩波映畫製作所, 1951)
《岩波寫眞文庫 37 蚊の觀察》(岩波書店 編集部·岩波映畫製作所, 1951)
《岩波寫眞文庫 63 赤ちゃん》(岩波書店 編集部·岩波映畫製作所·三木淳·桶口進, 1952)
《岩波寫眞文庫 88 ヒマラヤ, ネパール》(岩波書店 編集部·岩波映畫製作所, 1953)
《岩波寫眞文庫 197 インカ, 昔と今》(岩波書店 編集部·泉 靖一, 1956)
《岩波寫眞文庫 215 世界の人形》(岩波書店 編集部·岩波映畫製作所, 1957)
《岩波寫眞文庫 總目綠》(岩波書店 編集部·岩波映畫製作所, 1960.3.)
《アサヒグラフ》1962년 2월 18일 임시증간호(皇太子 ご夫妻 東南ア訪問)

포근한 냥이집

도쿄 진보초 〈姉川書店〉

도쿄마실 막바지에 이른 오늘 〈アム-ル〉를 거쳐 〈姉川書店〉에서 불꽃처럼
힘을 내기로 합니다. 이 해거름에 책골목 모습을 사진으로 담고, '神保町に
ゃこ堂'이라고 책집에 붙인 이곳을 누리고서야 길손집으로 돌아가자고 생
각합니다.

길가에서 보아도, 책집으로 들어서도, 참말 이곳은 '냥이집'입니다. 그야
말로 하나부터 열까지 모두 고양이하고 얽힌 책이며 살림을 다룹니다. 책
집 한켠에는 이 냥이집을 아끼는 분들이 여기저기에서 보낸 고양이 사진
을 붙였습니다. 한 바퀴를 돌고, 두 바퀴를 돌며, 석 바퀴째 돌며 여러 사진
책을 고릅니다. 고른 책을 손에 쥔 채 일본말로 "この美しい本屋を寫眞で
撮っても良いでしょうか?"하고 여쭙니다. 냥이지김님은 활짝 웃음짓는
얼굴로 얼마든지 찍으라고 말씀합니다.

이와고 미츠아키 님 사진책도 이 냥이집에 잔뜩 있습니다. 마음 같아서
는 그동안 '해외배송'으로 달포를 기다려 겨우 장만하던 사진책을 이곳에
서 모조리 사들이고 싶습니다. 그렇지만 이미 다른 책집에서 장만한 책으

로 무게가 넘쳐 이튿날 비행기를 탈 적에 아슬아슬합니다.《みさお と ふくまる》를 들추니 첫벌은 2011년 10월 28일이요, 열세벌은 2016년 10월 27일입니다. 대단하군요.《描のことば》는 낯빛·몸짓으로 읽는 고양이 마음말을 적으려 했다고 합니다. 그리고 이일라(Ylla) 님 여러 사진책을 새삼스레 봅니다. 우리나라에서는 이일라 님 사진책을 찾기가 매우 어렵지만, 여기에서는 참 흔하군요.

냥이집 〈姉川書店〉은 그리 안 넓습니다. 조촐한 책집은 빈틈이 없습니다. 고양이를 바탕으로 모든 숨결을 사랑하려는 마음을 담은 글책·사진책·그림책을 가지런히 놓습니다. 깊이 널리, 사랑스럽고 포근하게, 차분하면서 참하게 어깨동무하는 삶벗으로 마주하는 눈빛으로 담아내는 글·그림·사진이 되기까지는 열 해나 스무 해라는 나날로는, 아니 쉰 해쯤 되는 나날로도 어림이 없으리라 봅니다.

책값을 셈하며 책집지기 손을 찍습니다. 책집을 나선 다음 길을 건너 책집 사진을 마저 찍습니다. 둘레에 큰책집이 잔뜩 있으니, 냥이집 하나는 꽤 작아 보입니다. 밖에서 보면 대수롭지 않게 지나치기 쉬울 테지만, 문득 이 냥이집 앞에서 걸음을 멈추고 깨알같은 글씨를 슬쩍 읽은 다음에, 가만히 여닫이를 거쳐 들어선다면, 마음을 상냥하게 어루만지는 빛살을 누릴 만하지 싶습니다. 일본 도쿄 진보초가 대단하다면 커다란 책집이 많기 때문이 아니라, 이 냥이집 〈姉川書店〉처럼 단출한 책집이 사이좋게 어깨를 걸고 도란도란 이야기꽃을 피우기 때문이겠지요.

《ちよつとネコぼけ》(岩合光昭, 小學館, 2005)
《みさお と ふくまる》(伊原美代子, little more, 2011)
《描のことば》(鹽田正幸, 池田書店, 2014)
《85枚の猫》(Ylla, 新潮社, 1996)

나를 돌아보다

도쿄 진보초 〈アカシャ書店〉

어제 〈책거리〉에서 나눈 말을 떠올립니다. 저는 코는 코대로 나쁘고, 혀는 혀대로 나쁘다고 할 만한 몸으로 태어났어요. 혀짤배기로 더듬질을 하던 열세 살 무렵에 "친구가 말을 더듬는다고 놀리면 안 돼!" 하고 저를 감싸 준 멋진 동무를 만났지요. 말더듬이나 혀짤배기가 아니었다면 그런 동무를 못 만났을 테고, 그 아이도 '마음동무'가 들볶일 적에 팔짱만 끼지 않고 '말해야 할 자리에 씩씩하게 나서는 몸짓'이어야 하는 줄 비로소 겪는 징검돌이 되었을 수 있습니다.

어떻게 왜 우리말사전이란 책을 쓰는 길을 걷느냐고 묻는 이웃님한테 언제나 제 어릴 적을 들려줍니다. 저는 말을 더듬는 혀짤배기였다 보니, 소리를 내기 어려운 말은 멀리하려 했어요. 열 살 무렵에 마을 할아버지가 천자문을 가르쳐 주셔서 천자문을 익히고 보니, 말더듬이 혀짤배기한테는 '일본 한자말'이건 '중국 한자말'이건 소리를 내어 쓰기가 어렵더군요. 쉬우며 수수한 우리말일 적에는 말더듬이 혀짤배기가 더듬질이 없고 소리가 뒤엉키는 일이 없어요.

'우리말 지킴이'라는 이름은 둘레에서 그냥 하는 소리일 뿐, 저로서는 '놀림받던 어린 날 살아남으려'고 '소리내기 쉬운 수수한 말씨'를 찾아내어 동시통역을 하듯 혀랑 손에 익히려고 몸부림이었습니다. 혀짤배기한테는 소리내기 힘든 한자말 '늠름'이 아닌, 소리내기 쉬운 '씩씩하다'나 '다부지다'란 낱말로 고쳤고, '고려·사려·배려' 같은 한자말을 소리내기 까다로우니 '생각·살피다·마음쓰다' 같은 낱말로 다듬었어요.

이렇게 살아온 길에서 '혀짤배기가 소리내기 쉽고 부드러운 말씨'는 '어린이가 알아듣기에 쉬우면서 즐거운 말씨'인 줄 깨닫습니다. 웬만한 인문책에서 쓰는 말이나, 문학한다는 분이 쓰는 '흔한 한자말'은 여느 마을살림·집살림하고 동떨어질 뿐더러, 삶을 슬기로이 사랑하며 상냥한 마음씨하고도 멀다고 느꼈어요.

혀짤배기 말더듬이를 겪어 보지 못한 분이나, 그냥 웬만한 말소리는 쉽게 읊을 줄 아는 분은, '친구' 같은 한자말조차 소리가 새거나 꼬이는 줄 모르겠지요. '동무'나 '벗' 같은 낱말이 오랜 우리말이라서 이 말씨로 손질해서 쓴다기보다는, '동무'나 '벗'이란 낱말은 혀짤배기 말더듬이도 소리가 새는 일이 없이 부드럽고 쉽게 말할 만하기에 반가우면서 즐겁게 쓰는 말로 받아들였어요.

〈책거리〉 지기님한테 도쿄 한복판에서 한글책을 찾아내어 슬며시 건네자고 생각하며 〈アカシャ書店〉에 다시 찾아옵니다. 어제 안 산 한글책을 둘 삽니다. 마침 〈책거리〉는 다른 책모임을 한다며 걸어잠근 터라, 책집 어귀에 두 책을 가만히 얹어 놓고 돌아섭니다.

《민속문화와 민중의식》(심우성, 대화, 1978)
《한국의 나무탈》(심이석, 예니, 1988)

별빛을 머금은 밤

도쿄 진보초 〈書泉〉

며칠 동안 아침부터 저녁까지 걷고, 책집에 들고, 다시 걷고, 책집에 들고, 묵직하게 장만한 책을 길손집에 부린 다음, 다시 걷고, 책집에 들고 했습니다. 이렇게 쉬잖고 책집마실을 하노라니 온몸이 뻑적지근합니다. 1분이며 1초를 알뜰히 누리고 싶기는 하지만 몸이 들려주는 소리를 받아들여 길손집에서 두 시간쯤 뻗기로 합니다. 자리에서 일어나 밖을 내다보니 깜깜합니다. 몸은 개운한데 진보초 책집은 모두 닫았으려나 걱정스럽습니다. '아직 모르는 일이야' 하고 여기면서 사진기랑 등짐을 챙겨 부랴부랴 책집골목을 걷습니다. 생각대로 거의 닫았는데 꼭 한 곳은 불빛이 환합니다. 늦게까지 손님을 받는다는 〈書泉〉이 있군요. 여러 층짜리 커다란 책집입니다. 별이 뜬 저녁에 이 거리에서 책을 만난다니 새삼스럽습니다. 층마다 달리 갖춘 숱한 책을 봅니다. 기차즐김이를 헤아린 '기차 책'만 모은 칸에는 기찻칸에 있었다는 걸상까지 있습니다. 기차 걸상을 모으는 사람이 꽤 있는 듯합니다.

2층은 오로지 만화책만 있습니다. 헌책은 없고 새책만 있기에 예전 만

화책은 찾아보기 어렵습니다. 갓 나와 널리 팔리는 만화책을 갖추었습니다. 한글로 옮기지 않은 '오자와 마리'나 '타카하시 루미코' 만화책이 있나 하고 살피지만, 아쉽게 한 가지도 없습니다. 그러나 테즈카 오사무 님 큼직한 그림판이며, 후지코 후지오 님《チンプイ》랑 코노 후미오 님《ぼおるぺん 古事記》를 보고는 냉큼 집어듭니다. 오늘 이곳에서가 아니라면 만나기 어렵겠지요. 아마존 누리책집에서 살 수 있는지 모르나 눈앞에서 살살 쓰다듬으며 고르는 책일 적에 한결 애틋합니다. 질끈 동여매어 우리 집까지 나르는 사이에 더 마음으로 스미는 셈일까요.

책집인 만큼〈書泉〉책시렁 곳곳에는 글쓴님이나 그린님이 남긴 손글씨가 붙습니다. 지은이 · 읽는이가 만나는 자리에서 '책집에 남기는 글씨 · 그림'으로 써 주었을 테지요. 마을책집에서는 이 같은 손글씨를 자랑할 만하고, 척 붙이거나 걸어서 즐겁게 나눌 만합니다. 책은 줄거리로만 읽지 않아요. 줄거리를 엮는 손끝에 흐르는 상냥하면서 사랑스레 피어나는 즐거운 눈빛을 함께 읽습니다. 우리말로 '책샘'인〈書泉〉이 불을 끄고 여닫이를 잠글 무렵 책값을 셈하고 나옵니다. 바야흐로 별빛을 올려다보는 밤입니다. 이 별빛을 머금으며 걷습니다.

《手塚治蟲 文庫全集 143 空氣の低》(手塚治蟲, 講談社, 2011)
《日本發狂》(手塚治蟲, 秋田書店, 1999)
《手塚治蟲 ヴィンテージ·アートワークス 漫畫編》(手塚治蟲, 立東舍, 2017)
《チンプイ 1》(藤子·F·不二雄, 小學館, 2017)
《チンプイ 2》(藤子·F·不二雄, 小學館, 2017)
《チンプイ 3》(藤子·F·不二雄, 小學館, 2018)
《チンプイ 4》(藤子·F·不二雄, 小學館, 2018)
《ぼおるぺん 古事記 1 天の卷》(こうの史代, 平凡社, 2011)
《ぼおるぺん 古事記 2 地の卷》(こうの史代, 平凡社, 2012)
《ぼおるぺん 古事記 3 海の卷》(こうの史代, 平凡社, 2013)

마을 한켠 작은책집은

오사카 〈後藤書店〉

일본 오사카에 'blu room R'이라는 곳이 있습니다. 마을 한복판에 깃든 조그마한 쉼터입니다. 몸하고 마음을 새롭게 일깨우는 '파란칸'인데, 이곳을 찾아가려고 목돈을 마련해서 마실길에 올랐습니다. 길손집에 묵으면서 이곳까지 천천히 걸어서, 슬슬 전철로, 씽씽 택시로, 여러 가지로 오가며 일본 골목길이며 골목마을은 우리하고 얼마나 다르며 비슷한가 하고 눈여겨보았습니다. 관광지나 여행지 아닌 수수한 마을살림을 조용히 들여다보고 차곡차곡 지켜보았어요. 마을사람이 저자마실을 하는 데에서 똑같이 저자마실을 하고, 마을사람이 밥을 먹거나 차를 마시는 데에서 똑같이 밥을 먹거나 차를 마셨어요. 마을사람뿐 아니라 마을 아이들이 쉬거나 뛰노는 곳에서 같이 매미 노래를 듣고 나무그늘을 누리면서 파랗게 빛나는 하늘을 올려다보다가 풀밭에 드러눕기도 합니다.

우리나라는 일제강점기를 거치며 큰고장이 옴팡 뒤집어져야 한 터라, 여느 큰고장은 일본 마을하고 참 닮았더군요. 집이나 가게에 붙은 일본글을 한글로 바꾸면 감쪽같이 우리나라처럼 보일 만합니다. 어느 나라나 수수한 마을길은 말끔일꾼 아닌 마을사람 스스로 새벽 아침 낮 저녁에 슬슬 비질을 한다고 느껴요. 일본만 마을길에 쓰레기가 안 뒹굴지 않아요. 우리도 마을길에는 쓰레기가 안 뒹굽니다. 할매 할배가 틈틈이 비질을 하고서 해바라기를 하거든요. 아니, 해바라기를 하다가 비질을 해야 한달까요. 해바라기를 하다가 문득 옆집 둘레에 뒹구는 쓰레기를 보면 스스럼없이 치우는 손길이 마을사람 손길이요 골목사람 눈길이거든요.

2018년 6월에 오사카 마실을 할 적에는 미처 못 보았으나 7월에 다시 마실을 하면서 히가시코하마라는 조그마한 마을 한켠에 있는 카레집 맞은 쪽에 마을책집이 있는 줄 알아챘습니다. 큰길에 있는 큰책집이 아니요, 마을 한켠에 살짝 깃든 작은책집이라 더더욱 들어가 보고 싶습니다. 일본 마을책집이니 마땅히 일본글로 적은 일본책만 있겠지요. 그러나 우리말로 안 나온 아름다운 만화책이며 사진책이며 그림책을 만날 만하다고 생각합니다. 그런 책이 수두룩하거든요.

아이들하고 곁님한테 "살짝 들어가 보면 어떨까?" 하고 묻고 싶으나, 더 위에 지치고 낮잠이 몰려온 모습을 느끼고는 "이 앞에서 사진만 몇 자락 얼른 찍을게." 하고 말합니다.

이다음에 오사카로 마실을 새로 나올 수 있다면 꼭 들르기로, 그때에는 하루를 잡고서, 작은 마을책집이 품고 길어온 오랜 발자취하고 손때를 맞아들여야 하고 생각합니다. 마을 어린이한테 즐겁게 피어날 꿈을 베푼 책을 나누어 온 곳일 테니. 마을 어른한테 넉넉히 살림짓는 사랑을 들려준 책을 펼쳐 온 자리일 테니.

마을 한켠에 꽃이 핍니다. 들꽃에 나비가 팔랑거리면서 내려앉습니다. 마을고양이가 문득 다가와서 나비를 쳐다보다가 그늘을 찾아 폭 앉더니 눈을 감습니다. 바람이 살랑 붑니다. 구름이 새하얗게 흐릅니다.

2018.7.24.

마실길 배움길 책길

오사카 〈天牛堺書店 粉浜店〉

으레 지나다니는 곳에 책집이 있어도 못 알아보는 분이 많습니다. '설마 그런 자리에 책집이?' 하고 여깁니다. 그러나 책집만 그럴까요. 찻집도 빵집도 떡집도 옷집도 '설마 그런 데에?' 하고 놀라면서 만날 만합니다. 큰길가에 있더라도 못 보고 지나칠 때가 있습니다. 딱 그곳을 찾아가려고 마음을 먹지 않고서야 가게이름이며 알림판이며 눈에 안 들어올 테니까요.

일본 오사카 히가시코하마 둘레를 열흘쯤 이 골목 저 거리 돌아본 어느 날, 먹을거리를 장만하려고 제법 들른 적이 있는 가게 옆에 책집이 있는 줄 처음으로 알아챘습니다. 그동안 왜 이 책집을 못 알아챘을까 하고 돌아보니 언제나 '우리 아이들 쳐다보기'가 첫째였고, 우리가 가야 할 곳을 길그림을 펼쳐서 살피기가 둘째였기 때문입니다. 이 두 가지에 오롯이 마음을 쓴 터라, 으레 지나다니던 거리에 책집이 덩그러니 있는 줄 뒤늦게 알았습니다.

일본 전철로 '코하마역(粉浜驛)' 밑자리, 커다란 가게 옆에 있는 〈天牛堺書店 粉浜店〉입니다. '天牛堺書店'이 제법 크고 많은 듯합니다. 큰책집 또

224

래가게가 아니어도 일본은 어느 고을 어느 마을에나 책집이 많다고 했습니다. 일본에서도 작은 마을책집이 제법 사라졌다고 하지만, 우리에 대면 아직 엄청나게 많지 싶어요.

오사카 히가시코하마 한켠에 있는 이 책집은 안쪽은 새책을 놓고 바깥쪽은 헌책을 놓습니다. 두 갈래로 나눈 짜임새가 새삼스럽습니다. 더구나 바깥에 내놓은 단돈 200엔짜리 헌책 가운데 눈에 띄는 책이 왜 이다지도 많은지요. 아직 우리말로 나오지 않은 숱한 인문·역사책을 한꾸러미 짊어지고 돌아가고픈 생각이 가득하지만 "그 무거운 책을 어떻게 들고 가려고? 아이들도 있는데?" 하는 말에 한 자락조차 품에 안지 못합니다.

비록 우리가 손수 캐내거나 밝힌 이야기가 아니더라도, 일본에서 눈밝은 이가 캐낸 여러 이야기를 돌아보면서 우리가 여태 눈여겨보지 못한 곳을 짚고, 앞으로 살펴볼 대목을 헤아리며, 곰곰이 생각하면서 새롭게 알아낼 길을 그릴 만합니다. 배움길이란 언제 어디에서나 맞물려요. 삶길이란 어느 곳에서나 익히면서 가다듬습니다. 눈을 감거나 등을 지면 배우지 못하기도 하지만 사랑하고도 동떨어져요. 눈을 뜨고 손을 잡을 적에 기쁘게 배울 뿐 아니라 홀가분하게 날갯짓하곤 합니다.

끌짐 하나 가득 채우고 싶은 책이 눈앞에 선하지만 그 모든 책은 뒤로 젖히고서 만화책《のびたの南極カチコチ大冒險》만 고릅니다. 작고 가벼운 도라에몽 만화책입니다. 오늘은 작고 가벼운 도라에몽으로 넉넉하다고 여기려 합니다. 두 아이는 히가시코하마에서 히야바야시로 가는 택시에서 신이 나서 만화책을 폅니다. 택시를 타고 달리면서 하는 거리구경보다 만화책이 훨씬 반갑구나 싶습니다.

《のびたの南極カチコチ大冒險》(藤子·F·不二雄, 小學館, 2017)

책집에서 나누는 마음

수원 〈리지블루스〉

전국초등국어교과모임이 있습니다. 이 배움모임이 있는 줄 처음 안 때는 1999년입니다. 그때 저는 신문을 돌리는 일꾼 자리를 떠나면서 출판사에서 책을 알리고 파는 자리로 옮겼습니다. 제가 몸담은 출판사에서 펴낸 책을 바리바리 싸들고 길바닥에 자리를 깔고서 판다든지, 책잔치 자리에서 길손을 붙잡고 끝없이 책수다를 펴면서 책을 팔았어요. 흔한 도서목록 아닌 새로운 도서목록을 짠다든지, 책손한테 드릴 새로운 그림엽서나 그림판을 꾸민다든지, 전국 도서관이며 초등학교에 손글월을 띄우면서 이곳 책을 알린다든지, 이모저모 새로운 장삿길을 열어 보려 했습니다. 때로는 초등학교나 도서관이나 어린이책 전문서점을 찾아가서 책을 알리거나 넣었지요. 인쇄·제본을 거치다가, 창고하고 책집 사이를 오가다가, 이래저래 다쳐서 팔 길 없는 책을 깨끗하게 손질해서 시골 작은 학교나 도시 가난한 학교나 여러 작은 도서관에 꾸러미로 보내거나 가져다주었습니다. 이런 일을 하며 초등학교 교사 가운데 '말을 말답게 가르치자는 뜻'으로 하나가 된 분들을 만났어요.

1999년에는 제가 몸담은 출판사 책을 팔아야 하면서 전국초등국어교과 모임 분들을 만났다면 2018년 여름에는 이 모임에서 여름에 펴는 사흘짜리 배움마당 '마무리 이야기벗'이 되어 찾아갑니다.

배움마당 마무리 이야기를 펴려고 한신대학교로 가는 길목이기에, 수원 마을책집 가운데 〈리지블루스〉에 들르기로 합니다. 파랗게 물들인 바깥모습을 눈부신 햇살에 담아 바라봅니다. 해가 잘 드는 골목 한켠입니다. 조용한 이 골목으로 걸어오는 분이라면 조용하게 책시렁을 돌아보다가 조용하게 걸상에 앉아서 한때를 누리겠지요. 오늘 〈리지블루스〉로 온 까닭은 바로 이곳에서 펴낸 책이 있기 때문이에요. 《리지의 블루스》를 장만하러 왔습니다. 책집을 열기까지, 책집을 열면서, 책집에서 햇살을 파랗게 맞아들이는 동안, 찬찬히 맞아들인 여러 가지 이야기가 조곤조곤 흐릅니다.

슬슬 배움마당으로 가야 할 때입니다. 더 머물지 못해서 아쉬워도 다음 걸음이 있으리라 생각하며 짐을 꾸립니다. 마침 요즈막에 새로 써낸 《시골에서 도서관 하는 즐거움》을 챙겨서 나왔기에 책집지기님한테 가만히 건네고서 돌아나옵니다. 짐수레는 돌돌 굴리고 등짐은 질끈 동여매며 골목을 걷는데 〈리지블루스〉 지기님이 부릅니다. "책 선물 고마워요!" 하면서 흔드는 손길에 저는 고개를 꾸벅 숙입니다. 택시로 한림대학교를 가 보는데 어귀부터 우거진 나무가 마음에 듭니다. 나무가 우거진 대학교라면 이곳을 다니는 젊은 분도 푸른 넋을 더 곱게 배울 만하겠다고 생각합니다. 온누리 모든 학교가 나무를 품으면서 푸르면 좋겠어요.

《오늘도, 무사》(요조, 북노마드, 2018)
《어바웃 문데이》(김도진, 해피문데이, 2017)
《리지의 블루스》(김명선, 리지블루스, 2018)
《크레용이 화났어》(드류 데이월트 글·올리버 제퍼스 그림/박선하 옮김, 주니어김영사, 2014)

한복판에 심은 꽃

서울 〈역사책방〉

우리 몸을 이루는 숨결이 무엇인가를 놓고서 스스로 몸에 이모저모 해본 폴란드사람이 있습니다. 이분은 이태란 나날을 덩이진 밥을 안 먹고서 햇별·바람·빗물을 받아들이면서 살기도 했답니다. 이동안 손수 살피고 캐내며 알아낸 이야기를 여러 나라를 돌면서 들려주는데 마침 우리나라에도 찾아온다고 해서 곁님하고 아이들이랑 배움마실을 다녀왔어요. 지리산 골짜기에서 듣고 같이 해보는 배움마실은 재미났습니다. 오래도록 뒤엉킨 여러 실타래를 찬찬히 풀기도 했습니다. 한동안 집을 나선 김에 여느 때에는 좀처럼 가기 힘든 데도 나들이를 합니다. 일산에서 묵으며 전철로 아이들하고 서울 한복판 경복궁 옆자락으로 나들이를 왔어요.

책집 이름처럼 역사를 다루는 책을 넉넉히 들여놓습니다. 역사책만으로도 넉넉히 책집을 채울 만하지요. 경복궁 곁에 햇볕이 잘 드는 자리에 있는 〈역사책방〉 골마루를 거닙니다. 《박남옥, 한국 첫 여성 영화감독》이라는 책을 집어듭니다. '첫 여성' 영화감독이라서기보다, 글쓴님이 걸어온 삶자국이 대단하다고 느낍니다. 마치 레닌 리펜슈탈 님처럼 모든 삶길을 스스로 일구고 짓고 펴면서 이 별에 사랑이란 씨앗을 심은 분이로구나 싶어요.

　일본사람은 남다르기도 하다고 여기면서 《식물도시 에도의 탄생》을 골라듭니다. 가만 보면 우리도 '숲고장'이나 '푸른고을' 같은 이름으로 어느 고장이나 고을이 걸어온 길을 되새길 만합니다. 높다란 집이나 널따란 찻길이 끝없이 늘어나는 고장이나 고을이란 얼거리가 아닌, 어느 고장이나 고을에 푸나무가 얼마나 오래도록 어떻게 사람들 곁에서 푸른바람을 일렁이는가를 짚을 만해요. 푸나무가 우거진 고장에 마실을 해보면 그 고장에서 만나는 분들 낯빛이 참 푸르게 빛나요. 푸나무가 없다시피 한, 자동차하고 높은집으로 매캐한 고장에 마실을 해보면 그 고장에서 스치는 분들 낯빛이 너무 바쁘고 차갑고 서두르고 안절부절 못하는구나 싶어요.

　《바람의 눈, 한국의 맹금류와 매사냥》을 폅니다. 사진책이란 새로운 역사책입니다. 우리가 걸어왔고 살아왔고 사랑했고 살림한 자취를 사진으로 읽을 만해요. 꼭 글로만 갈무리해야 하지 않아요. 사진책은 사진으로 역사 · 인문 · 문학 · 예술 · 그림 · 이야기 · 과학 모든 갈래를 품어서 선보이는 꾸러미라고 느껴요. 그나저나 매사냥을 다룬 사진책은 '너무 멋들어지게 꾸미려' 했네 싶어서 아쉬워요. 수수하면서 가볍게 짚으면 한결 나아요.

　아이들은 한글전각갤러리에서 놉니다. "같이 책집 둘러볼래?" "우리 집에도 책 많아. 책 그만 사." 심드렁한 아이들 대꾸에 책은 몇 자락만 고릅니다. 이다음 사뿐사뿐 찾아올 걸음꽃을 그립니다.

《박남옥, 한국 첫 여성 영화감독》(박남옥, 마음산책, 2017)
《우리는 모두 별이 남긴 먼지입니다》(슈테판 클라인/전대호 옮김, 청어람미디어, 2014)
《식물도시 에도의 탄생》(이나가키 히데히로/조홍민 옮김, 글항아리, 2017)
《신기수와 조선통신사의 시대》(우에노 도시히코/이영화 옮김, 논형, 2017)
《바람의 눈, 한국의 맹금류와 매사냥》(김연수, 수류산방, 2011)

빗길에 맨발로 서울을

서울 〈프루스트의 서재〉

중·고등학교를 다니던 무렵, 교과서랑 참고서에 실린 시를 읽다가, 이 시만 읽다가는 '이 시를 쓴 분 마음·뜻·사랑'을 얼마나 알 만한가 알 길이 없다고 느꼈어요. '교과서나 참고서에 시가 실린 분' 이름을 수첩에 옮겨 적어 책집으로 갔어요. 그분이 쓴 그 시 말고 다른 시를 찬찬히 읽었어요. 이렇게 읽다가 문득 "교과서나 참고서에 왜 그 시가 실렸을까?" 싶더군요. 알쏭달쏭했어요. 제가 읽기로는 다른 아름답거나 사랑스러운 시가 수두룩한데, 교과서나 참고서에 실린 시는 언제나 엇비슷합니다. 게다가 못칼질로 잘라서 '소재·주제' 외우기만 시켜요.

이제 와 돌아본다면, 대학입시란 틀에서는 문학을 문학으로 못 읽습니다. 대학입시뿐 아니라 다른 시험이란 틀에서도 역사나 문화나 철학은 설자리가 없어요.

금호도서관에서 이야기꽃을 펴기로 했습니다. 이즈막에《시골에서 도서관 하는 즐거움》을 써냈어요. 2007년부터 꾸린 서재도서관 이야기를 갈무리했는데, 공공도서관이 아닌 혼자서 살림을 꾸리는 도서관을 애써 시골에서 돌보는 뜻을 공공도서관 이웃님하고 나누어 보기로 했습니다. 이야기꽃 자리에 가기 앞서 금호동 〈프루스트의 서재〉를 들릅니다. 가늘게 내리는 비는 온몸으로 반가이 맞으면서 오르내리막길을 오르다가 내리다가 합니다.

짙은땀을 빼고 비에 폭 젖으면서 마을책집 곁에 섭니다. 한짐 가득 짊어진 몸으로 멀리서 찾아오기는 만만하지 않네요.

도서관에 깃든 책은 얼마나 많은 사람이 알아보거나 살필까요. 도서관에 깃든 책 가운데 쉰 해나 백 해가 넘도록 아무도 거들떠보지 않는 책이 있을 텐데, 이 책은 앞으로 어떤 길로 나아갈까요. 사람들이 자주 들추거나 많이 사들이는 책이 오래도록 건사할 책일는지, 삼백 해나 오백 해가 지나서야 비로소 알아보는 사람 하나 나올 수 있으리라 믿는 책을 두고두고 건사할 만한지 생각해 봅니다.

두어 가지 책을 고르고서 다시 빗길에 섭니다. 책집으로 오는 길뿐 아니라 도서관으로 가는 길도 새롭게 오르내리막입니다. 고무신으로 이 빗길을 걷자니 미끄럽습니다. 신을 벗습니다. 맨발로 서울 금호동 한복판을 걷습니다. 도서관까지 걷는데, 이 거님길을 지나는 사람이 아무도 없습니다. 다만 자동차는 꾸준히 지나갑니다. 요새는 걷는 사람이 이다지도 없는가 봅니다. 아이들도 걸을 일이 없나 봐요.

금호도서관에서 이야기꽃을 마무리한 다음 자리를 옮겨 이야기를 더 잇습니다. 아이를 돌보는 여러 어머님이 "요즘에 밤 열 시까지 초등학생을 학원에 안 보내는 집이 있어요? 밤 열 시로도 모자라서 더 보내고 싶은데." 하고 말씀합니다. 우리 집 두 어린이는 학원은커녕 학교도 안 가는데, 어쩌면 서울은 별나라인 듯합니다.

《되찾은: 시간》(박성민, 책읽는고양이, 2016)

231

고을빛을 나누는 길

순천 〈골목책방 서성이다〉

고흥살이를 잇는 동안 순천으로 책마실을 다니며 지켜보니, 처음 깃들 무렵만 해도 너른 들이던 곳이 조금씩 아파트로 잡아먹힙니다. 순천은 아파트를 더 늘려야 할까요? 바닷가 · 갯벌 · 들 · 멧골을 자꾸 아파트한테 내줘야 할까요? 순천만정원만 놓기보다는, 순천이라는 고장이 오롯이 푸른마을이 되도록 할 일이 아닐까요?

어느 고장에서든 어린이 · 푸름이가 학교나 사회에서 배우는 말은 '제도권 말'인데 '교양 있는 서울말'이에요. 순천 · 광양에 있는 학교로 찾아가서 푸름이를 만나고 말을 섞으면서 '사투리 쓰는 푸름이'를 거의 못 봅니다. 말씨는 조금 순천스러울는지 몰라도 '오랜 순천 낱말'을 쓰는 아이는 하나도 없다 할 만해요.

고흥 어린이는 고흥말을, 순천 푸름이는 순천말을, 봉화 어린이는 봉화말을, 이렇게 제 고장 말씨를 물려받고서 교과서를 비롯해 학교 · 사회에서도 이렇게 말하고 글을 쓴다면, 작은고장이나 시골 아이들은 '두 말씨(텃말하고 서울말)'를 익힐 만합니다. 이른바 '2개 국어'입니다.

행정·문학 때문에 서울말을 익혀서 써야 하더라도 삶·살림에서는 아스라이 먼 옛날부터 손수 일구며 지은 사랑으로 태어난 사투리를 넉넉히 쓰면 좋겠어요. 길알림판을 '순천말·서울말'로 붙이면 얼마나 재미날까요. 교과서도 '순천말·서울말'로 엮으면 구성지고 맛깔스러울 뿐 아니라 고을빛을 가꾸는 밑힘이 됩니다.

마을에 깃드는 책집은 마을빛을 살리는 샘터가 될 만하리라 생각합니다. 마을책집에서 꾀하는 여러 모임을 '서울말 안 쓰기'로 꾸릴 수 있어요. '마을말 배우기' 모임을 따로 꾸려도 재미나겠지요. 거의 모든 책은 서울말로만 나오는데, 마을책집에서 여는 책모임에서는 '우리 고장 말씨로 읽기'를 해볼 만해요. 순천에는 여러 고장에서 모인 분이 많으니, 저마다 '내가 자란 고장에서 쓰던 말씨'를 살려서 읽어 본다면, 다 다른 말씨에 깃들고 다 다른 말결에 흐르는 다 다르면서 고운 살림새를 싱그러이 마주하면서 누리리라 봅니다.

처음에는 〈그냥과 보통〉이던 책집이 〈골목책방 서성이다〉란 이름이 됩니다. 책집지기님이 바뀝니다. 그냥그냥 누구한테나 수수하게 열린 이 길은, 슬렁슬렁 골목을 서성이는 걸음으로 이어갑니다. 한 걸음은 두 걸음으로, 이내 석 걸음하고 넉 걸음으로 잇습니다. 겨울이어도 바람이 부드럽고 해님이 포근합니다. 고을빛을 나누는 길을 걷는 사람 누구나 이 이 포근한 기운을 누리겠지요.

《제주의 3년 이하 이주민의 가게들: 원했던 삶의 방식을 일궜는가?》(편집부, 브로드컬리, 2018)
《내가 나눠줄게 함께하자》(일리아 그린/임제다 옮김, 책속물고기, 2013)
《통통공은 어디에 쓰는 거예요?》(필리포스 만딜라리스 글·엘레니 트삼브라 그림/정영수 옮김, 책속물고기, 2015)
《누가 나를 쓸모없게 만드는가》(이반 일리치/허택 옮김, 느린걸음, 2014)

책 있는 방 ☆
토리.

토리는 (실뭉치)를 뜻하는 우리말임니
~~~~ 한 사람, 좋은 책과 만나 이어지고 싶은 책들을 남깁니다
토리(土理)는 흙의 이치 를 뜻하는 한자어이며

2019년

늘 생각하는 한 가지는, 제가 일하면서 써야 하고 봐야 하는 책밭만 살피지는 말자는 마음이에요. 그러면 이곳저곳에서 제가 알던 책도 만나지만 여태 모르던 책을 잔뜩 만납니다. 이러면서 제가 좋아하는 밭부터 하나씩 훑어가면 저를 가르치고 이끌며 사랑하는 반가운 책이 한두 자락씩 슬슬 나타나더군요.

숨쉴 틈

천안 〈허송세월〉

아주 어릴 적에 형 심부름으로 만화책을 사러 마을에 있는 작은 책집을 다녀온 때는 대여섯 살이었을 수 있어요. 일곱 살 무렵에 형 심부름으로 만화책을 사던 일은 또렷이 떠오릅니다. 그때 그 책집이며, 책집으로 가려고 디딤길을 올라 2층 안쪽에 있는 골마루까지 걷던 일도 생생해요.

중학생 무렵부터 시집하고 《태백산맥》을 사려고, 또 이때 갓 우리말로 옮기던 만화책 《드래곤볼》을 사려고 마을책집을 드나들었습니다. 이즈음에는 형 심부름으로 《하이틴》 같은 잡지를 샀고, 저는 《르네상스》하고 《아이큐점프》 같은 만화잡지를 샀습니다.

고등학교 2학년 여름에 헌책집에 깃든 책시렁이 얼마나 아름다운가를 처음으로 깨달은 뒤부터 이레마다 이틀씩 보충수업 · 자율학습을 빼먹고 헌책집으로 달려갔습니다. 말 그대로 달려갔습니다. 저녁 다섯 시 넘어서 드디어 정규수업이 끝나면 이 핑계 저 토를 붙여서 뒷수업을 빼먹으려 했고, 핑계나 토가 안 먹히면 학원에 가는 동무들 물결에 슬며시 파묻혀서 얼른 달아났지요. 고등학교가 있던 인천 용현5동에서 인천 금창동 배다리 헌책집거리까지 한숨도 안 쉬고 달렸어요.

버스를 타고 가면 버스삯이 아쉽고, 걸어가든 버스를 타든 달릴 적보다 느리니(버스는 여기저기 돌아서 가느라), 책집에서 10분이라도 더 책을 읽고 싶어서 한숨을 안 쉬고 달렸습니다. 아낀 버스삯으로는 책값에 보태었고, 집으로 돌아갈 버스삯까지 탈탈 털어서 책 한 자락을 더 장만하려고 하다 보니, 인천 배다리에서 인천 연수동까지 두어 시간을 걸어서 돌아갔어요. 이렇게 걸어서 돌아가는 밤길에 거리등 불빛으로 책을 읽었습니다.

어느 모로는 책에 미친 사람이지만, 다르게 보면 날마다 매바심이 춤추는 입시지옥 수렁에서 빠져나와 숨쉴 구멍을 찾으려는 몸부림입니다. 어느 모로는 대학입시하고 얽힌 문제집이나 참고서를 멀리한 길이지만, 다르게 보면 삶을 슬기로 일깨우는 책을 마주하면서, 어른다운 어른은 어디에 있는지 스스로 찾으려던 길입니다.

예전에는 신문을 돌리거나 출판사에서 일하면서 조용히 사전을 썼다면, 이제는 시골자락에서 아이들을 돌보면서 고요히 사전을 씁니다. 예전에는 서울 한복판에서 썼고, 이제는 시골 한가운데에서 써요. 어느 자리에서 쓰느냐에 따라, 올림말을 다루거나 바라보는 눈길이며 손길이 다릅니다. 서울 한복판에서 살며 말을 다룰 적에는 아무리 서울에서도 숲을 그리면서 다룬다 할는지라도 서울내음이 스며요. 시골 한가운데에서 아이들하고 어우러지면서 말을 다룰 적에는 언제나 이 삶결이 그대로 말결로 옮아갑니다. 천안에 들른 길에 〈허송세월〉을 찾아갑니다. 매바심 입시지옥이었어도 용케 책을 노래했으니 덧없는 날은 아니었지 싶습니다. 즐겁게 살고 싶어요.

《you are what you read 2 늘》(2017)
《이러다 사람잡지 2》(2017)
《fingerpoint 2 needle》(CHD 메딕스, 2017)

서울벌레가 풀벌레로

제주 〈풀무질〉

서울에 책수다를 나눌 일이 있어 마실을 하는 길이었는데, 호미출판사 홍현숙 님이 눈을 감았다는 이야기를 듣습니다. 서울에 닿아 우체국을 찾으려고 한참 길을 헤매다가 이 이야기를 듣고는 짜르르 울립니다. 여태 짐을 이고 지고 끌며 흘린 땀보다 굵은 눈물방울이 흐릅니다. 책마을 큰누님이 흙으로 돌아가시는구나.

굳이 스스로 이름을 남기려 하지 않은 홍현숙 님은 책마을에 이모저모 대단한 물결을 일으켰지만, 뒤에서 조용조용 다음 책짓기를 했습니다. 홍현숙 님이 《뿌리깊은 나무》 막내 디자이너로 들어가서 '끄레'라는 디자인 두레를 일으키고 이끄는 동안 어마어마하다 싶은 담배를 태웠다 하고, 마음 맞는 벗님이 있으면 밤을 밝혀서 '노래를 들으'면서 마음을 바람에 실어서 하늘로 띄웠다지요.

이녁 가신 길을 밤새워서 지킨 아침에 갖은 짐을 이끌고서 성균관대 앞으로 갑니다. 이곳에는 이제 명륜동 살림을 접고서 제주로 옮기려 하는 〈풀무질〉이 있습니다. 다만 명륜동에도 〈풀무질〉은 남아요. 이곳을 이어받으려고 하는 젊은 일꾼이 여럿 있다더군요. 〈풀무질〉은 서울살이를 접고 제주로 삶터를 옮긴다고 합니다. 바야흐로 서울벌레가 시골벌레로, 참말로 '풀벌레'로 거듭나려는 길입니다.

서울풀벌레는 이곳을 내려놓고 〈제주풀무질〉로 이름을 바꾼다고 합니다. 이곳은 그대로 〈풀무질〉이란 이름을 내걸면서 젊은 분들이 새롭게 가꾸기로 했다지요. 책집 가득 쌓은 두껍고 묵직한 책을 비롯해, 성균관대학교 교재를 비워내느라 부산하시겠구나 싶습니다.

《교육사상가 체 게바라》를 고릅니다. 체 게바라 님이 딸아이한테 삶으로 들려준 이야기를 '배움길'이란 눈으로 새롭게 엮었구나 싶습니다.《인간은 왜 폭력을 행사하는가?》를 고릅니다. 어린이가 주먹을 휘두르지 않습니다. 돈이 없거나 이름을 안 날린 사람이 주먹을 휘두를 일도 없습니다. 주먹질이란 힘·돈·이름이 있는 사람이 휘두릅니다. 왼오른을 가리지 않는 주먹질이에요. '있는이'란 얼굴이 되면 그만 '없는이'를 윽박지르지요. 우리 터전은 아직 까마득합니다.

겨울에는 겨울을, 봄에는 봄을, 비오는 날에는 비를, 바람이 몰아치는 날에는 바람을, 오롯이 기쁘게 맞아들일 새로운 풀벌레는 어떤 날개돋이를 할까요. 그리고 서울에서 새로운 서울벌레가 되어 책지기를 맡을 젊은 일꾼은 이곳을 어떤 꿈터이자 사랑터로 지펴 낼까요. 모두 즐겁게 웃는 길을 그려 봅니다. 다들 다 다른 자리에서 풀꽃이 되면 좋겠습니다. 서로서로 새로운 자리에서 풀노래를 부르면 좋겠어요.

《교육사상가 체 게바라》(리디아 투르네르 마르티/정진상 옮김, 삼천리, 2018)
《인간은 왜 폭력을 행사하는가?》(인권연대, 철수와영희, 2018)
《골목 하나를 사이로》(최영숙, 창작과비평사, 1996)

2019.1.31.

피어나는 할머니

인천 〈나비날다〉

문득 생각합니다. 스스로 '아직 못했네' 하고 생각하면 저는 늘 '아직 못한' 사람이로구나 싶고, '앞으로 하려고'처럼 생각하면 저는 늘 '앞으로 하려고' 나아가는 사람이로구나 싶습니다.

《우리는 좀더 어두워지기로 했네》라는 시집이 있습니다. 인천이라는 고장을 텃자리로 삼아서 하루를 짓는 분이 길어올린 시집입니다. 시쓴님이 어느 날 저한테 말을 걸었습니다. 이녘이 살아가는 인천에서 '인천작가회의' 글지기가 엮는 《작가들》이라는 잡지에 '인천 골목 사진'을 보내 주면 좋겠다고. 이때에 비로소 인천 이웃님 이름을 들었고, 이웃님 시집을 알았으며, 이 시집을 누리책집 말고 인천마실을 하는 길에 장만하자고 생각했습니다. 이러고서 거의 한 해가 지나서야 배다리 〈나비날다〉로 마실을 가서 드디어 이 시집을 만났고, 한달음에 다 읽었습니다. 시집 하나를 만나려고 한 해를 기다리다니, 스스로 생각해도 참 어이없는 짓을 하는구나 싶으나, 이래도 즐겁습니다. 기다리고 싶으니 기다린걸요.

《지붕 위 삐롱커피》라는 자그마한 그림책을 만나고, 《고양이가 될래》라고

240

하는, 오직 이 마을책집에 와야 만날 수 있는 조그마한 책을 마주합니다.

나라 곳곳에 마을책집이 부쩍 늘어요. 아직 여러 마을책집에는 어슷비슷한 책이 많다 싶으나, 차근차근 '그 마을책집에 가야 만날 수 있는 책'이 늘어나지 싶습니다. 마을빛을 담는 마을책집으로 나아가는 길이라고 할까요. 고장빛을 품는 고장책집으로 거듭나는 길이기도 하달까요.

같은 인천에서도 동구랑 중구랑 서구랑 북구랑 남구에서 태어나는 책집마다 다 다른 마을빛을 품는 책을 건사할 만해요. 그리고 '같은 책을 놓는다' 하더라도 다 다른 눈썰미로 다 다르게 즐긴 마음을 손글씨로 종이에 옮겨적어서 알릴 만합니다. 우리 손은 무엇이든 다 해낼 만해요.

《고향에서 놀던 때가 그립습니다》라는 책을 집어들어 고흥으로 가져갔더니, 곁님이 이 책에 흐르는 그림결이 곱다고 이야기합니다. 할머니가 쓰는 글이며, 할머니가 빚은 그림이며 더없이 곱습니다. 멋을 부리기에 곱지 않아요. 할머니로 살아온 나날을 오롯이 담아내어 펼치니 곱습니다.

피어나는 할머니입니다. 이처럼 피어나는 할아버지도 나란히 늘면 좋겠어요. 할머니가 늦깎이로 한글을 익히고 붓을 쥐어 글꽃이랑 그림꽃을 펴듯, 시골 할배도 시골 할배다운 꿈하고 사랑을 담아 '할배 이야기'를 글꽃이며 그림꽃이며 노래꽃으로 길어올리면 좋겠습니다.

피어나는 마을책집입니다. 마을이 피어나고 책집이 피어나며, 책집지기 눈빛이 피어나고 책손 손빛이 피어납니다. 오늘은 어제랑 다르게 피어나며, 모레는 어제에서 오늘을 이은 숨빛으로 피어납니다.

《우리는 좀더 어두워지기로 했네》(이설야, 창비, 2016)
《지붕 위 삐롱커피》(Engi, 2018)
《고양이가 될래》(시 쓰는 수요일, 달이네, 2018)
《고향에서 놀던 때가 그립습니다》(이재연, 소동, 2019)

과일집 곁에서
문어에 깃든 넋을 생각

광주 〈책과 생활〉

어쩜 이 자리에 책집을 여는가 하고 여길 만합니다. 이런 곳에도 책집을 열수 있나 싶기도 해요. 그렇지만 마을책집은 자리를 아랑곳하지 않아요. 더좋은 목이라든지 사람이 더 많이 드나드는 길목이 아니라, '사람들이 사뿐사뿐 걸어서 즐겁게 찾아갈 만한 마을'에서 새롭게 이야기를 열려고 해요.

지난날을 생각해 봅니다. 지난날에는 그야말로 좋은 목이 아니라면 책집을 열기 어렵다고 여겼어요. '찾아가기 쉬'어야 한다고 했어요. 오늘날에는 '찾아가기 쉽거나 어렵거나' 따지지 않습니다. 아무렴, 모든 곳은 저마다 사람들이 살아가는 터예요. 어느 곳은 '한복판'이거나 '언저리'일 테지만, 마을이라는 눈에서는 모든 곳은 저마다 다르게 이야기가 흐르는 즐거운 자리입니다.

'국립아시아 문화전당' 곁에 〈책과 생활〉이 있습니다. 이렇게 커다란 곳곁에도 책집이 있구나 하고 생각하며 시내버스를 타고 찾아가면서 생각합니다. 마을책집 곁에는 마을가게(구멍가게)도 있고, 과일집도 있고, 머리집

도 있습니다. 찻집도 있고 빵집이나 중국집이나 꽃집도 있어요. 아하, 그렇
지요. 책집은 마을에 있는 여러 가게하고 어깨를 겯습니다. 마을에 숱한 가
게가 있으면서 아기자기하게 마을살림을 이루는데, 이 가운데 책집 하나는
'숲에서 온 나무로 엮은 종이'에 이야기를 담아서 마을사람한테 다가서는
쉼터로구나 싶습니다.

접고 접어서 빚은《박쥐통신 1》라는 책이 재미있습니다. 이처럼 가볍고
단출하게 책 하나를 빚어도 좋네요.《문어의 영혼》을 만납니다. 그래요. 문
어하고 오징어한테도 넋이 있지요. 넋이 없는 목숨이란 없어요. 문어나 오
징어는 '사람들이 잡아서 먹는 밥'이기만 할 수 없습니다. 바닷자락에서 살
아가는 숨결이지요.

멸치나 꽁치도 그래요. 그냥 물'고기'일 수 없습니다. 우리는 손쉽게 '물
고기'라 이르지만, '먹이(고기)'로만 본다면 이들 바닷자락 이웃한테서 아
무런 이야기를 못 들어요. 마땅한 소리입니다만, 나락 한 톨에도 넋이 흘러
요. 콩 한 알에도, 깨알에도, 강아지풀에도, 모든 들풀하고 나무에도 넋이
흐릅니다.

마을책집〈책과 생활〉은 과일집 옆 2층에 있습니다. 길 쪽만 보고 걸으
면 자칫 놓칠 수 있습니다. 해가 한결 잘 드는 2층에 깃든〈책과 생활〉이라
창가에 놓은 꽃그릇은 햇볕을 듬뿍 머금습니다. 햇빛이 그윽하게 스미면서
조용합니다. 책시렁이며 책꽂이 곁을 가붓하게 거닐다 보면 우리 마음으로
살짝 젖어들려 하는 책을 한 자락 만날 만해요. 마을에서 책을 만나고, 마
을에서 이야기를 느끼고, 마을에서 나들이를 즐깁니다.

《박쥐통신 1》(한일박쥐클럽, 2018.10.)
《아홉 번 덖음차》(묘덕, 담앤북스, 2018)
《문어의 영혼》(사이 몽고메리/최로미 옮김, 글항아리, 2017)

살아온 자취가 고운 책마을

인천 〈모갈1호〉

인천 배다리에는 헌책집거리가 있습니다. 길거리 왼켠 오른켠으로 헌책집
이 줄지었거든요. 2007년부터 인천 배다리는 달라집니다. 2006년에 인천
시에서 배다리 한켠 마을을 싹 밀면서 산업도로라고 하는 널찍한 찻길을
깔려고 할 적부터 '헌책집거리'에서 '책집골목'으로, 또 '책집마을'이나 '배
다리 책집마을'로 이름이 바뀌어요. 고만고만 책집이 모이던 거리였고, 따
로 책잔치가 열리는 일이 없었습니다. 배다리 한켠에서 〈아벨서점〉이 2003
년 무렵 '아벨전시관'을 처음 열고서 사진잔치하고 전시회를 조촐하고 조
용하게 열곤 했지만, 참말 조촐하고 조용하게 흘렀습니다. 시에서 막삽질
을 밀어붙일 즈음 하나둘 눈을 뜨고 마음을 열면서 '거리'를 '골목'으로, 또
'마을'로 가꾸려는 몸짓이 조금씩 일어났어요.

'거리'일 적에는 사람보다 자동차가 앞섭니다. '골목'일 적에는 비로소
사람이 드러납니다. '마을'이라면 사람이며 텃밭이며 풀숲이 가만가만 어
우러지는 터전이 됩니다. 바야흐로 배다리에서 책잔치이며 사진잔치이며
만국시장 같은 어울림잔치가 퍼집니다. 이러한 잔칫자리에 인천시장도 시

청 문화부 일꾼을 이끌고 배다리로 마실을 해서 책을 장만합니다. 그렇지요. 행정을 맡은 꼭두지기이며 일꾼이 바로 마을책집으로 즐겁게 마실을 하면서 책 하나를 장만할 적에, 어쩌다 들르고 마치는 길이 아닌, 꾸준히 드나들며 책내음을 나눌 적에, 이 나라도 조금은 푸른 숨결이 흐르리라 생각합니다.

배다리 쉼터에 '읽는 사진잔치'가 되도록 사진을 벌여 놓습니다. 1999년부터 2019년 사이에 바로 이곳 인천 배다리에서 찍은 사진을 여미어 '작은 사진책을 펼쳐서 읽는 전시마당'을 꾸몄습니다. 이렇게 하고서 〈모갈 1호〉를 찾아갑니다. 책집고양이한테 잘 지내느냐고 묻습니다. 책집고양이는 "난 언제나 잘 지내니, 넌 너대로 잘 지내게." 하고 대꾸합니다.

책마을은 우리 마음을 시원하면서 푸근하게 어루만지는 쉼터 아닐까요. 한 손에는 종이책을, 다른 한 손에는 바람결이나 햇살이나 빗방울을 품도록 알려주는 터전이 책마을이기도 할 테고요. 오늘날 나라 어디에나 자동차는 대단히 많고, 찻길도 어마어마하게 많은데, 이제는 거꾸로 찻길을 줄이고 자동차도 줄일 때이지 싶습니다. 마을을 밀어서 산업도로를 내는 행정이 아닌, 조용조용 오래오래 흘러온 마을 자취를 다사롭게 돌볼 줄 아는 행정이 서면 좋겠어요. 살아온 자취가 흐르기에 마을이 아름답고, 슬기로운 자취가 남기에 책이 사랑스럽습니다.

푸른마음에서 사랑이 태어나요. 푸른마을에서 꿈이 자라요. 푸른별에서 사이좋게 만나는 꽃밭을 누려요. 책 한 자락을 손에 쥐는 푸른눈빛이 된다면, 우리 살림길은 늘 노래하는 새빛이 되리라 생각해요.

《아이슬란드의 풍경과 음악》(박재현, 안목, 2017)
《뉴욕에 간 귀뚜라미 체스터》(조지 셀던 톰프슨/김연수 옮김, 시공주니어, 1998)
《별 옆에 별》(시나 윌킨슨/곽명단 옮김, 돌베개, 2018)

2019.7.4.

속속들이 파고들면

광주 〈광일서점〉

오랜 책집거리를 살리는 길이란 책상맡에서 나오지 않습니다. 책은 으레 책상맡에서 읽는다지만, 굳이 책상맡이 아니어도 책읽기는 즐겁습니다. 큰고장에서는 버스나 전철을 타며 책을 누릴 만해요. 오랜 책집골목을 살리는 길은 책집마실을 해야 나옵니다. 토론회 · 좌담회 · 연구회로는 아무 길이 안 나옵니다. 저마다 책집을 누리면서 이 책집에서 '무엇을 보고 만날' 만한가를 살피고 '무엇을 못 만나는'가를 돌아보면서, 즐겁거나 아쉬운 대목을 샅샅이 보면서 어우를 자리를 찾아야 비로소 길을 열어요. 어린이 · 푸름이를 이끌고 책집거리를 누비면서 '즐겁거나 아쉬운 대목'을 들으면 좋겠어요. 아이를 안은 어버이가 책집에서 느끼는 마음을 듣고, 다른 고장 책집지기를 모셔서 이 고장을 새삼스레 바라보는 눈썰미를 들으면 좋겠어요.

광주시장부터 계림동을 드나들면 좋겠습니다. 낮밥을 먹고 쉴 겨를에, 저녁에 일을 마치고 집으로 가다가 들르면 돼요. 오래 머물지 않아도 됩니다. 그때그때 가볍게 찾아와서 책을 한두 자락씩 장만해서 꾸준히 즐기는 삶길이 된다면 딱히 정책이나 돈을 들이지 않아도 책집마을은 넉넉히 나아가기 마련이에요. 시의원·도의원·국회의원도 책집을 다녀야지요. 모름지기 벼슬아치 노릇을 할 일꾼이라면 마을살림도 읽어야 하면서 스스로 생각을 살찌우는 책읽기도 해야 걸맞아요.

꾸준히 책을 사서 읽고 배우다 보면 집안에 책이 잔뜩 늘 테지요? 이렇게 늘어난 책은 두 갈래로 다룰 만합니다. 첫째, 헌책집에 스스로 가져가서 팔고서, 다른 책을 사면 됩니다. 둘째, 저마다 갈래대로 읽고서 그러모은 책을 '마을 빈집'을 '서재도서관'으로 꾸미고 '책길손집(게스트북하우스)'으로 삼을 만해요.

헌책집은, 같은 책 하나가 돌고 돌면서 여러 사람 손길을 두고두고 타는 자리입니다. 어느 갈래를 깊이 파거나 널리 짚으면서 새롭게 배우고픈 이들이 찾아드는 책쉼터이자 책숲이라 할 헌책집이에요. 큰길은 찻소리가 시끄럽지만 〈광일서점〉으로 들어서니 조용합니다. 책집도 책도 어둡지 않습니다.

《최신 생활기록부 기입자료, 용어별 실례편》(정문사, 1966)
《꾸짖지 않는 교육》(霜田靜志/박중신 옮김, 문화각, 1964)
《인문계 고등학교 국어 2 교사용》(문교부, 1970)
《신 세계사 지도》(조의설, 장왕사, 1962)
《절약생활 아이디어 399집》(편집실, 여성중앙, 1980)
《고1 Summit 영어단어숙어집》(명보교육, 1991)
《피터 프램턴》(마셔 댈리/이은애 옮김, 은애, 1981)
《발표샘 웅변샘》(류제룡, 문화연구원, 1982)
《보우네 집 이야기》(김옥애, 세종, 1984)
《새로운 독서지도》(대한교육연합회, 1976)
《1만년 후》(애드리언 베리/장기철 옮김, 과학기술사, 1977)
《구국의 얼을 우리 가슴에 새겨준, 문열공의 생애와 업적》(나주군교육청, ?)
《김일성의 '조선로동당 건설의 력사적 경험'에 대한 비판》(허동찬, 경북대학교 극동문제연구소, 1987)

이태 걸음

광주 〈동네책방 숨〉

이태 만에 걸음을 합니다. 마침 광주 광산 하남산단지구에서 일하는 이웃님을 만날 일이 있어 그리 가는 길입니다. 저녁 여섯 시 무렵 이웃님을 뵙기로 했는데 〈동네책방 숨〉에 거의 여섯 시가 되어 닿았습니다. 이웃님한테 손전화 쪽글로 조금 늦겠다고 여쭈고는 후다닥 골마루를 돕니다. 참말로, 모처럼 찾아온 길인데, 1분 1초를 책집 골마루를 걷고 책시렁을 살피면서 '바로 일어서야 하잖아?' 하는 속엣말을 끝없이 되넵니다.

그래도 그림책 《비가 주룩주룩》이 눈에 뜨여서 집어듭니다. 비가 오는 하늘빛이며 놀이빛을 새파랗게 잘 담았구나 싶습니다. 척 보아도 사랑스럽고, 슬쩍슬쩍 넘겨도 새롭습니다. 저녁에 길손집에서 꼼꼼히 되읽기로 하고 다른 책을 살핍니다.

셈대 곁에 앙증맞게 놓인 《바닷마을 책방 이야기》를 들여다봅니다. 저녁에 길손집에 머물며 이 만화책을 차근차근 보았는데, 책집지기로 짧게 일한 발자국이라 하더라도 하루하루 즐겁게 누린 걸음을 산뜻하게 그려내었구나 싶어요. 다만 '조금 더 일하고서 그리면 어떠했을까?' 하는 생각은 자꾸자꾸 나더군요. 더 오래 일해야 더 깊거나 넓게 바라볼 수 있지는 않습니다만, 아장걸음으로 바라본 책집 이야기에서 그치니 퍽 아쉬워요.

아장걸음일 적에는 아장걸음인 대로 신나는 이야기가 태어납니다. 콩콩걸음으로 거듭날 적에는 콩콩걸음인 대로 신바람나는 노래가 자라납니다. 통통걸음으로 피어날 적에는 통통걸음인 대로 신명나는 춤사위가 흐드러집니다. 그러니까, 콩콩 해맑은 눈빛이라든지, 통통 홀가분한 눈길까지 담아내지 못한《바닷마을 책방 이야기》라고 할까요. 조금 더 끈덕지게 책집지기로 일한 발자국을 담으려고 마음을 기울였다면, 사뿐걸음이라든지 나비걸음이라든지 날개걸음이라든지 구름걸음이라든지 바다걸음처럼, 언제나 새롭게 뻗으면서 바로 이 마을자락을 포근히 아우르는 숨빛도 만화로 옮겨낼 만하리라 봅니다.

그나저나 예전에는 이런 책이 거의 안 나왔어요. '예전'이라면 스무 해 앞서입니다. 그무렵까지는 '책 잔뜩 읽고, 책집 다닌 걸음이 적어도 서른 해쯤'은 되어야 책집 이야기를 다룰 만하다고 여겼어요. 이제는 나라 곳곳에 이쁘게 태어나는 책집마다 이쁘게 피어나는 이야기를 그때그때 싱그러운 빛으로 바로 담아내지요.

책집에서 얼른 일어서야 하니 아쉽습니다만, 다음에는 이태 만이 아닌, 조금 더 짧게 사이를 두고서 찾아오자고 생각합니다. 〈동네책방 숨〉 셈대에 놓인 다크초콜릿 한 꾸러미를 더 집고는, 반짝반짝 책꽂이가 고운 책집을 뒤로 하고서 이웃님한테 달려갑니다. 책이랑 책집은 우리를 즐겁게 기다려 줍니다.

《비가 주룩주룩》(다시마 세이조/김수희 옮김, 미래아이, 2019)
《바닷마을 책방 이야기》(치앙마이래빗, 남해의봄날, 2019)

책물결

광주 〈유림서점〉

여러 지자체에서 목돈을 들여 책마을을 짓거나 책터를 꾸미는데, 막상 '오랜 책손길'로 마을책집을 가꾼 사람들은 그 책마을이나 책터에 끼지 못하기 일쑤입니다. 교수·작가·비평가·출판사 목소리는 있되, 책집지기 목소리는 없다시피 합니다. 광주고등학교 앞자락에 있는 〈유림서점〉을 찾아갑니다. 광주 계림동 책거리를 놓고도 지자체에서 이래저래 북돋우려고 한다지만 책집지기 마음이나 손길이나 발자국을 어느 만큼 담아내는지는 모를 노릇입니다. 책집 알림판을 새것으로 갈아 준대서 책거리가 달라질까요.

예전에 〈보리 국어사전〉 편집장·자료조사부장을 맡을 적에 일본 옛 교과서를 '사전짓기 자료'로 잔뜩 장만하곤 했습니다. 교과서 짜임새도 살피지만, 일본 교과서에 깃든 일본 한자말도 살핍니다. 오늘 새삼스레 이 묵은 일본 교과서《新版 標準 國語》를 들추는데, 일본도 1960년대부터(또는 1950년대부터) 1980년대까지 누런종이 교과서를 썼군요. 새삼스럽습니다. 그동안 이 일본 교과서를 다시 장만하고 싶었지만 좀처럼 못 만났어요. 아무튼 이 일본 옛 '국어 교과서'를 들여다보니, 겉그림이며 속그림이 거의 '이와사키 치히로' 님 그림인데, 이와사키 치히로 님 그림을 그대로 안 썼네요. 다른 그림쟁이가 '이와사키 치히로 그림 흉내'를 내면서 그렸어요. 그림결 이 퍽 서툽니다. 아, 이런 그림넣기를 우리도 일본을 따라했지요. 우리나라 초등학교 교과서는 일본 교과서 틀을 그냥 베꼈군요. 짜임새에 그림넣기를, 또 '문학을 교과서 엮는이 마음대로 줄이거나 간추려서 넣는' 얼개를.

사람 손길을 타면서 빛나기에 헌책입니다. 줄거리가 헐거나 낡지 않습니다. 겉그림이나 책종이에 살그마니 사람 손길이 밸 뿐입니다. 나온 지 얼마 안 되는 책도 꽤 많아요. 갓 나와서 갓 읽히고 새로운 책손을 기다리는 책이 줄줄이 물결을 칩니다. 사람들한테 사랑받아 애벌로 읽히고는, 두벌 석벌 넉벌째 새 손길을 기다리는 따끈따끈한 책이 골마루를 사이에 두고 이쪽저쪽으로 곧게 물결치는 모습을 지켜보다가 슬쩍 쓰다듬습니다. 책물결은 숱한 사람들 눈길이며 사랑을 머금고서 이렇게 어우러지겠지요. 책물결 뒤쪽에는 어떤 책이 잠자면서 기다릴까요. 깊이 묻힌 안쪽 책은 누가 캐내어 햇볕을 쪼여 줄까요. 모든 책은 우리가 읽을 때를 기다리면서 조마조마 꿈을 꿉니다.

사람은 지식으로 살지 않아요. 사람은 사랑으로 살아요. 글은 지식으로 못 써요. 글은 사랑으로 써요. 책은 지식으로 못 엮지요. 책은 사랑으로 엮습니다. 글쓰기도 사랑쓰기요, 책읽기도 사랑읽기입니다.

《사랑의 비문》(이상규, 동해, 1989)
《新版 標準 國語 一年 下》(教育出版周式會社, 1970)
《新版 標準 國語 三年 上》(教育出版周式會社, 1981)
《新版 標準 國語 六年 上》(教育出版周式會社, 1981)
《늑대와 춤을》(마이클 블레이크/정성호 옮김, 아름드리미디어, 2002)
《나보다 우리일 때 희망이 있다》(조충훈·김종두, 임팩트프레스, 1999)
《신라인의 마음, 신라인의 노래》(이형대, 보림, 2012)
《고양이 눈으로 산책》(아사오 하루밍/이수미 옮김, 북노마드, 2015)

눈을 뜨다

수원 〈마그앤그래〉

고흥에서 구미로 가는 길에 서울을 거치기로 하면서, 서울로 가는 길목인 수원에서 기차를 내려 수원 시내버스를 탑니다. 〈마그앤그래〉에 가는 길입니다. 지난 1월에는 전철역부터 걸었다가 땀을 옴팡 쏟았지만, 이제 수원 시내가 조금 익숙해서 시내버스를 씩씩하게 탑니다. 여름빛이 살랑거리는 책집입니다. 책집 앞에 이렇게 나무가 자라면서 푸른빛을 베푸니 얼마나 사랑스러운지요.

《붉나무네 자연 놀이터》를 봅니다. 서울 한켠에서 신나게 숲놀이를 즐기는 강우근 아재는 '붉나무'란 이름으로 숲놀이 이야기를 그림꽃으로 짓습니다. 우리 집 놀이순이랑 놀이돌이한테, 우리 집 숲순이 숲돌이한테, 붉나무 놀이꽃은 더없이 재미난 책이 되리라 생각합니다.

《새로운 단어를 찾습니다》를 봅니다. 갓 나올 적에 이야기를 들었지만 미처 장만하지 못했어요. 수원에서 서울로 가는 길에 이 책을 펴서 읽는데, 핑하고 눈물이 돌아요. 얼른 눈물을 닦고서 책을 덮었습니다. 책집에 서서 몇 자락 읽다가 가슴이 짜르르했지요.

왜 책 한 자락 때문에 가슴이 짜르르할까요? 모든 책은 아름답거든요. 어느 누구도 안 간다 싶은 길을 홀로 노래하며 가는 사람이 있다면, 이 혼잣걸음을 누가 알아보고는 이렇게 책으로 묶어 주면, 어쩐지 찡합니다. 저는 '우리말사전 새로쓰기'란 일을 합니다. 사전지음이한테 이런 책 하나는 고마운 눈물바람을 일으키는 이슬같아요.

그림책 《안녕, 물!》을 고릅니다. 모든 그림책을 다 사도 좋습니다만, 그러자면 짐이 매우 무겁습니다. 책짐을 너무 젊어지면 걸어다니기 벅차니, 아쉬운 마음을 삼키면서 딱 넉 자락만 고르기로 합니다.

책을 다 고르고, 책값을 치르고, 책집 사진을 찍고는 책집지기님하고 몇 마디를 주고받습니다. 수원에 계신 분들은 이 책집이 참 조그맣다고 말씀하신다는데, 전라도에서 사는 사람으로서 보자면, 이 수원 마을책집은 엄청난 아름터입니다. 저는 이곳 〈마그앤그래〉가 교보문고보다 훨씬 낫다고 여겨요. 책집지기가 아름다운 눈, 바로 '아름눈'으로 찬찬히 골라서 갖춘 책이 빛나거든요. 이 빛을 수원 이웃님이 기쁘게 맞아들이시리라 생각해요. 또 저처럼 수원사람 아닌 시골사람도 가끔 이곳으로 마실을 와서 새삼스러우면서 반가이 아름책을 만날 테고요.

책집지기가 눈을 뜨니, 책손이 눈을 뜹니다. 책손이 눈을 뜨면서 책집지기도 함께 눈을 뜹니다. 우리는 다같이 눈을 뜨면서 삶을 뜨고, 삶을 뜨개질하듯 짓고, 사랑도 꿈도 노래도 같이 뜹니다. 뜨개질하듯 짓습니다. 손길이 닿고, 마음길이 만나고, 생각길이 춤춥니다.

《박물관에서》(가브리엘르 벵상/김미선 옮김, 시공주니어, 1997)
《붉나무네 자연 놀이터》(붉나무, 보리, 2019)
《새로운 단어를 찾습니다》(사사키 겐이치/송태욱 옮김, 뮤진트리, 2019)
《안녕, 물!》(앙트아네트 포티스/이종원 옮김, 행복한그림책, 2019)

2019.7.18.

오늘은 첫걸음

서울 〈이후북스〉

오늘 드디어 〈이후북스〉를 찾아냅니다. 몇 해 앞서부터 이곳에 들르려고 하다가 골목에서 길을 헤매어 못 들렀습니다. 1995년부터 2003년 가을까지는 서울에서 살았는데, 아무리 서울이란 고장을 떠난 지 열여섯 해가 되었다 하더라도, 서울에서 살던 무렵 날마다 서울 온갖 골목을 두 다리랑 자전거로 헤집으면서 헌책집 길그림을 손으로 그렸던 사람이, 이제는 서울 골목이 영 헷갈릴 뿐 아니라, 곧잘 전철마저 거꾸로 타거나 엉뚱한 데에서 내리기 일쑤입니다.

돌이키면 지난날에는 손전화는커녕 1:10000 길그림조차 없었어요. 더구나 헌책집 이야기도 딱히 없었습니다. 스스로 모든 골목을 다 걸어다니고 자전거로 지나가면서 어느 곳에 어느 헌책집이 있는지를 살폈고, 스스로 헌책집 번지수랑 주소를 다 살피고 전화번호까지 챙겨서 전국 헌책집 목록으로까지 엮어서 2006년에 이 목록을 누구한테나 터놓았습니다. 아무튼 예전에는 눈감고도 서울 골목을 읽던 사람이 어느덧 서울길은 아주 깜깜합니다.

그런데 여러 해 만에 이 마을책집을 찾아내어 들어왔어도 머물 틈은 얼마 안 됩니다. 저녁에 볼일을 보러 다시 움직여야 합니다. 오늘은 어느 골목으로 들어와서 어떻게 찾아가면 되는가를, 또 이쪽으로 찾아드는 마을버스는 어디에서 멈추고 어디로 움직이는가를 어림하자고 여깁니다. 이렇게 첫걸음을 했으니 다음에는 수월히 두걸음을 하리라 여기면서 두 가지 책을 손에 쥡니다.

그동안 미처 장만하지 못한 《동물은 전쟁에 어떻게 사용되나?》를 먼저 쥡니다. '책공장더불어'에서 다부지게 펴내는 책은 늘 눈여겨봅니다. 이다음으로 《はしぶくろでジャパニーズ·チップ》를 쥡니다. 젓가락싸개로 새롭게 이야기를 엮은 책이 새삼스럽습니다. 이른바 '젓가락 종이싸개'로 즐긴 종이접기라고 할 텐데요, 밥집마실을 다니면서 마주하는 작은 종잇조각을 살뜰히 건사하는 손길이기에 이 손길로 책까지 새로 여미어 내는구나 싶습니다.

큰손이 아니어도 마을책집을 가꿉니다. 작은손이어도 마을책집을 보듬습니다. 사랑손이 될 수 있다면, 웃음손이나 기쁨손이 될 수 있다면, 누구라도 마을책집을 누리고 아끼면서 도란도란 이야기꽃으로 피어날 만하지 싶습니다. 책집을 나설 즈음 책집지기님한테 동시 한 자락을 건넵니다. 오늘 서울로 오는 길에 시외버스에서 새로 썼어요. 시골자락에 흐르는 싱그러운 숲바람이 서울 골목길 한켠에도 상큼하게 불기를 바라는 뜻을 동시에 얹어 보았습니다. 서울이건 시골이건 어디나 푸르게 일렁이는 바람꽃으로 모두 활짝 웃음짓는 오늘을 누리면 좋겠습니다.

《동물은 전쟁에 어떻게 사용되나?》(앤서니 J.노첼라 2세와 세 사람/곽성혜 옮김, 책공장더불어, 2017)
《はしぶくろでジャパニーズ·チップ》(辰巳雄基, リトルモア, 2019)

비랑 커피랑 책이랑

대구 〈서재를 탐하다〉

구미에서 기차로 대구에 옵니다. 쏟아지는 비를 고스란히 맞으며 한참 걸었습니다. 시내버스를 탈까 싶기도 하고, 택시를 잡을까 싶기도 했습니다. 그렇지만 터를 옮긴 〈서재를 탐하다〉를 찾아가는 오늘 이 길을 걷고 싶더군요. 어떤 마을을 곁에 두고서 이 책찻집을 새로 가꾸시나 하고 느끼고 싶었어요.

기차나루부터 〈서재를 탐하다〉에 이르기까지 마을이 싹 허물어지네 싶습니다. 뭔가 와르르 때려부수기는 하는데, 왜 어떻게 때려부수려는지, 이렇게 때려부순 자리에 뭘 하려는지, 그리고 새로 올려세울 으리으리할 것이 앞으로 얼마나 으리으리하게 나아갈는지, 하나도 종잡히지 않는 대구시 모습을 또렷이 봅니다.

즐거운 보금자리가 없다면 마을이란 있지 못합니다. 즐거운 마을이 없이 도시란 있지 못합니다. 즐거운 고을·고장 없이 나라도 있지 못해요. 그런데 벼슬아치를 맡은 이들은 무엇을 바라볼까요? 앞으로 스무 해나 쉰 해 뒤를 얼마나 헤아릴까요? 백 해나 이백 해나 오백 해 뒤에 이 터가, 이 고장이, 이 나라가, 이 별이 어떠한 모습으로 나아가기를 바랄까요?

빗물을 잔뜩 먹은 몸으로 〈서재를 탐하다〉에 닿습니다. 커피 한 모금을 마십니다. 빗물하고 커피물이 어울립니다. 기차에서 새로 쓴 동시랑, 새로 써낸 《이오덕 마음 읽기》를 드립니다. 찬찬히 책시렁을 살피다가 《신들이 노는 정원》을 읽고 《나쓰메 소세키, 추억》을 읽습니다. 시집 《지나가지만 지나가지 않은 것들》도 손에 쥡니다. 빗물이 노래하는 하루이니, 비가 그친 하늘은 어떤 파랑파랑으로 새롭게 노래하려나 하고 생각하면서 싯말을 혀에 얹습니다.

대구에서 사는 이웃님이 책집으로 찾아옵니다. "고흥에서 대구까지 오셨는데, 우리 집에서 책집까지는 그리 안 멀어예." 비는 그치지 않고 어둠이 내립니다. 책, 동시, 이야기, 마을, 책집을 둘러싼 이야기가 도란도란 흐릅니다. 퍽 오래도록 사진관이던 자리가 오늘부터 책집으로 새옷을 입고 마을 한켠을 빛냅니다.

골목에 깃든 책집 〈서재를 탐하다〉 이야기를 담은 '생각과 기억과 책과 글' 1호(2019.6.10.)를 봅니다. 1호 다음으로 2호도 나올 이 골목신문은 이 책집에 찾아오기에 만날 수 있습니다. 골목하고 마을이 책집을 품은 이야기를, 책집이 골목하고 마을을 품은 이야기를, 새삼스레 생각하며 빗소리를 듣습니다. 이 빗물은 모든 앙금을 씻고 갖은 티끌을 고이 달래는 숨결이리라 생각합니다.

《신들이 노는 정원》(미야시타 나츠/권남희 옮김, 2018)
《나쓰메 소세키, 추억》(나쓰메 쿄코·마쓰오카 유즈루/송태욱 옮김, 현암사, 2016)
《지나가지만 지나가지 않은 것들》(이순화, 브로콜리숲, 2017)
《스웨덴, 삐삐와 닐스의 나라를 걷다》(나승위, 파피에, 2015)
《あるかしい書店》(ヨシタケシンスケ, ポプラ, 2017)

여름빛을 누리는 길

광주 〈소년의 서〉

우리 집에서는 선풍기조차 없이 바람을 끌어들입니다. 나무하고 풀을 스치는 바람이 찾아들면 부채조차 부질없습니다. 바람이 후 불면 그저 눈을 감고서 이 싱그러우면서 시원한 바람으로 온몸을 샅샅이 씻습니다. 여름에 바람을 쐬면 매우 튼튼할 수 있습니다. 땀이 좀 흐르더라도 바람은 땀을 맑게 씻어 줍니다. 둘레 볕살을 섣불리 떨어뜨리지 않으면서 살갗이 즐겁게 숨을 쉬도록 이끌어요. 이와 달리 선풍기는 둘레 볕살하고 동떨어진 바람이요, 에어컨은 아예 둘레 볕살을 가로막는 바람이니, 이 두 가지를 자꾸 쏘이면 몸이 무너지겠구나 싶습니다.

여름이기에 홑옷을 가볍게 두른다든지, 맨살을 해바람에 드러내면 좋을 텐데, 이제 이 땅 어디를 가든 시골버스나 군청 같은 데조차 차가운 에어컨이 춤을 추면서, 여름에 외려 긴소매에 겹옷을 두르는 이들이 늘어납니다. 자동차에서 하나같이 에어컨이니 여름에는 긴소매에 겨울에는 뜬금없이 반소매를 두르는 사람이 늘어나요.

샛골목에는 바람이 가볍게 일렁이지만, 책꽂이가 빽빽한 〈소년의 서〉에는 좀처럼 바람이 스며들지 못합니다. 여름날에는 〈소년의 서〉 책꽂이를 골목으로 빼내고 해가림천을 세워서 '골목바람을 누리는 책집'으로 꾸미면 어떠려나요.

《이갈리아의 딸들》은 1996년에 우리말로 처음 나왔다는군요. 그해 1996년은 강원도 양구 멧골짝에서 군인으로 지내느라 그무렵 나온 책은 한 가지조차 모릅니다. 2016년에 고침판으로 새로 나왔다는 이 소설책을 이제야 손에 쥐어 봅니다. 가시내하고 사내가 이 푸른별에서 맡은 몫을 확 뒤집어서 그대로 그립니다. 재미있으면서도 거북하게 잘 그렸구나 싶어요. 이 '거북함'이란, 푸른별에서 사내들이 느껴야 할 대목일 테지요. 사내들 주먹다짐 같은 힘으로 굴러가는 오늘날 얼거리란 어깨동무하고 동떨어진 '거북한 길'인 줄 깨닫고서 이를 다같이 고쳐 나가야 할 노릇 아니겠느냐 하고 대놓고 따지는 줄거리이지 싶어요.

참말로 기나긴 나날에 걸쳐 뭇사내는 주먹힘으로 뭇가시내를 억눌렀습니다. 오늘날 불거지는 숱한 응큼질(성추행)을 보셔요. 야당·여당 가리지 않고 꼭두머리 뭇사내가 일삼습니다. 교수·교사도, 시인·소설가도 이 막짓을 멈추지 못합니다. '성인지 교육'을 누구보다 정치·행정·문화 꼭두머리가 안 받은 탓이라고도 하겠지만, 집살림을 꾸리는 길을 어릴 적부터 익히지 않은 탓이 매우 크다고 여겨요. 즐겁게 밥살림·옷살림·집살림을 짓는 사람이라면 가시내·사내가 어깨동무를 하는 아름길을 걷겠지요. 어린이·푸름이는 '살림꽃'부터 배우면 좋겠습니다. 살림지기가 되도록 북돋우는 살림책을 다같이 읽기를 바랍니다.

《나는 누구입니까》(리사 울림 셰블룸/이유진 옮김, 산하, 2018)
《이갈리아의 딸들》(게르드 브란튼베르그/히스테리아 옮김, 황금가지, 2016/고침판)

노래꽃 곁에 수다꽃

광주 〈러브 앤 프리〉

광주로 마실 나올 일이 잦지는 않지만 한걸음 두걸음 잇다 보니 광주 시내 버스를 타는 일이 차츰 익숙합니다. 금남로 전철나루까지 시내버스를 타 고 잘 달립니다. 시내버스에서 내리고 보니 동서남북이 헷갈립니다만 하늘 이랑 구름을 바라보면서 '예전에 간 마을책집 〈소년의 서〉는 이 바람이 흐 르는 곳에 있었어' 하고 어림하면서 걷습니다. 길그림이나 길찾기가 아닌 바람결을 따라 책집을 찾아나섰고, 참말로 바람결이 이끄는 곳에 〈소년의 서〉가 있어요. 〈소년의 서〉에 들르고서 고흥에 돌아갈는지 마을책집 한 곳 을 더 들를는지 망설이는데, 〈소년의 서〉 책집지기님이 "여기서 15분쯤 걸 어가시면 젊은 친구들이 하는 멋진 책방이 있어요. "러브 앤 프리"란 이름 처럼 사랑스러운 곳이에요. 꼭 가 보셔요." 하고 말씀합니다. 이웃 책집지 기님이 '사랑스러운 책집'이라고 귀띔하는 곳이니 사랑스럽겠지요?

골목을 걷고 걷습니다. 광주 골목도 살갑습니다. 이 살가운 멋이랑 맛을 광주에 계신 분도 살갗으로 깊이 느끼면서 느긋이 걷고, 해바라기를 하고 바람을 쐬고 꽃내음을 맡고, 돌턱에 앉아 다리쉼을 하면 좋겠어요.

마을쉼터가 있어 낯을 씻고 다리를 쉽니다. 새로 기운을 내어 더 걸은 끝에 〈러브 앤 프리〉에 닿습니다. 마주보는 마을가게에 마을 할매랑 할배가 잔뜩 앉아서 수다꽃을 피웁니다. 수다꽃 마을가게를 바라보는 고즈넉한 마을책집이 어울립니다.

등짐을 내려놓고서 돌아봅니다. 책집 한쪽을 가득 채운 시집 겉그림을 물끄러미 바라봅니다. 단출하면서 단단하게 차려 놓은 시집을 가만히 들여다봅니다. 어느 시집을 손에 쥐고서 고흥으로 돌아가는 시외버스에서 읽을까 하고 어림합니다.

1990년대에 태어난 분들은 이른바 '젊은 시인'이란 이름을 내겁니다. 예전에는 1980년대에 태어난 분들이, 더 예전에는 1970년대에 태어난 분들이, 더 예전에는 1960년대나 1950년대에 태어난 분들이 '젊은 시인'이라 했어요. 가만히 보면 그 어느 곳보다 시나 소설을 이야기하는 판에서는 '젊은 글님'이란 이름을 으레 내겁니다. 글님이 젊기에 목소리가 젊다는 뜻일까요? 우리 삶터에는 젊은 목소리가 있어야 한다는 뜻일까요? 그런데 몸나이로만 젊다고 할 만한지는 잘 모르겠습니다. 몸나이 아닌 마음나이로, 또 넋나이로, 생각나이랑 꿈나이랑 사랑나이로 젊음을 말할 적에 비로소 곱게 피어나는 눈부신 '젊은 노래'가 태어나리라 봅니다.

시를 아끼는 〈러브 앤 프리〉에 《우리말 글쓰기 사전》 한 자락을 드리면서, 광주길에 시외버스에 쓴 동시 '홀'을 흰종이에 옮겨적어서 같이 드립니다. 책꽃 곁에 수다꽃을, 수다꽃 곁에 마을꽃을, 마을꽃 곁에 노래꽃을 놓는 꿈을 그립니다.

《상어 사전》(김병철 글·구승민 그림, 오키로북스, 2018)
《이 작은 책은 언제나 나보다 크다》(줌파 라히리/이승수 옮김, 마음산책, 2015)
《작은 미래의 책》(양안다, 현대문학, 2018)

이웃님 고장에 사랑꽃

강릉 〈고래책방〉

강릉에 닿고서야 강원도에서 겨울올림픽을 치른 적 있은 줄 떠올립니다. 고흥서 강릉에 닿기까지 버스랑 기차에서 10시간을 보냈습니다. 대중교통으로 움직이면 이렇습니다. 그런데 고흥서 음성까지 대중교통으로 11시간이 걸리니, 외려 강릉까지는 좀 가까운(?) 길이었다고 느낍니다. 서울이나 부산에서는 어디로든 쉽고 빠르게 갈 수 있는 나라입니다만, 시골이나 작은마을에서는 어디로든 멀고 더뎌요. 모두 서울로 쏠린 나머지, 이 나라 골골샅샅 수수하고 아름다운 곳이 바로 옆마을하고 이어질 길조차 없이 싹둑 끊어졌달까요.

사람들이 서울이나 부산에 가장 많이 몰려서 사는 까닭이 있습니다. 모두 서울하고 부산에 있다 할 만하거든요. 그러나 사람들이 서울이나 부산 아닌 데에서 즐겁게 살아가는 까닭도 있어요. 서울이나 부산에 갖가지 물질문명하고 문화가 쏠렸습니다만, 서울이나 부산에는 숲이 없어요. 서울이나 부산에는 맑은 냇물이나 하늘이나 땅이 없어요. 서울이나 부산에는 조용한 거닢길이나 풀밭길도 없고요.

262

강릉에서 삶을 짓는 이웃님이 있어서 이분을 만나려고 작은아이하고 마실을 합니다. 함께 강릉 바닷가에 앉아 모래밭을 맨발로 느끼는데 작은아이가 바닷물에 발을 담그자며 손을 잡고 끕니다. 강릉 바닷물은 고흥 바닷물하고 비슷하면서 다릅니다. 고흥은 흙놀이를 할 만한 아주 고운 모래라면, 강릉은 투박하면서 굵은 모래입니다. 강릉은 사람이 미어터진다 할 만큼 바닷가가 시끄럽고 가게에 자동차가 가득하지만, 고흥은 우리 몇만 까르르 떠들면서 바닷물하고 한덩이가 되어 놉니다.

해가 지고서 〈고래책방〉에 찾아갑니다. 저녁에도 여니 고맙게 찾아갑니다. 8월 3일부터는 '고래빵집'도 연다고 해요. 이제 일곱 달을 조금 넘겼다는데요, 책꽂이가 시원시원합니다. 더 많은 책을 꽂거나 갖추기보다는, 더 아늑하게 책을 두면서 쉼터까지 느긋하게 둡니다. 튼튼하며 알뜰한 책상이 길게 있습니다. 책꽂이하고 어깨를 나란히 하는 빵굼틀을 보면서 생각합니다. 그림책 《샌지와 빵집 주인》이 떠오릅니다. 빵냄새를 맡았다면서 돈을 물리려는 빵집지기가 있었다는데, 〈고래책방〉은 책집을 두루 빵냄새랑 책내음으로도 넉넉하도록 꾀하는 터로구나 싶습니다.

〈고래책방〉 아래칸(지하)에 깃든 '강릉을 사랑한 작가' 칸을 바라봅니다. 고장마다 '우리 고장을 사랑한 이야기'를 그러모아 꾸미면 재미있겠어요. 〈고래책방〉 윗칸(2층)으로 올라가니 여러 인문책을 살뜰히 갖춘 책꽂이가 반깁니다. 책마다 책집지기 눈썰미로 가린 손길을 느낄 수 있습니다. 앞으로 강릉이란 곳을 놓고서 '고래책방이 있어 아름다운 고장'이라고 얘기하자고 생각합니다.

《낱말 먹는 고래》(조이아 마르케자니/주효숙 옮김, 주니어김영사, 2014)
《내 안의 새는 원하는 곳으로 날아간다》(사라 룬드베리/이유진 옮김, 산하, 2018)

돼지책을 아름다이 만나는

수원 〈책먹는 돼지〉

국립한글박물관에 가야 할 일이 있는데, 낮 1시 무렵까지 가자면 도무지 때를 맞출 수 없어 하루 일찍 움직입니다. 함께 움직인 곁님하고 아이들은 기차로 영등포까지 달려서 일산으로 가고, 저는 수원나루에서 내려 시내버스를 타고서 지동초등학교 언저리에서 내려 천천히 걷습니다.

책을 먹는 돼지는 무엇을 누릴까요? 책을 먹는 돼지를 아끼는 사람은 무엇을 즐길까요? 책돼지는 마음으로 속삭입니다. '넌 돼지가 어떤 숨결인 줄 아니? 너희가 돼지라는 이름을 붙인 우리는 어떤 사랑인 줄 아니?' 고흥에서 순천을 거쳐 수원으로 가는 길에 '돼지'라는 이름을 붙인 수수께끼한 자락하고 동시 한 자락을 썼어요. 저절로 샘솟더군요. 보들보들한 털에, 곧은 등줄기에, 폭신한 몸에, 똑부러지고 다부진 눈빛에, 씩씩하며 날렵한 몸짓인 돼지는, 해바라기랑 숲놀이랑 흙씻기랑 풀잎 먹기를 즐겨요. 구정물이나 찌꺼기를 즐기는 돼지가 아니라, 더없이 깔끔하면서 정갈한 돼지인데, 사람들이 잘못 길들여요. '고깃감'으로 태어난 돼지가 아닌, '삶을 노래하는 사랑'으로 태어난 이웃이에요.

구석구석 꼼꼼한 손길로 책꽂이를 가다듬은 책쉼터인 〈책먹는 돼지〉입니다. 허술히 놓은 책이 하나도 안 보입니다. 이렇게 꾸리기까지 쏟은 사랑어린 손길을 물씬 느낍니다.

책집지기님이 만화책을 좋아하신다고 해요. 다달이 만화수다를 나누신다는군요. 만화수다를 나눌 수 있는 마음이기에 책을 더욱 깊고 넓게 즐기며 이웃하고 어깨동무를 하겠지요. 일본만화가 아닌 그저 아름다운 만화를 짓는 테즈카 오사무, 타카하시 루미코, 오자와 마리, 오제 아키라, 이런 분들 만화가 제대로 읽히면 좋겠어요. 《불새》나 《블랙 잭》이나 《우주소년 아톰》도, 《경계의 린네》나 《이누야샤》나 《루미코 걸작 단편집》도, 《이치고다씨 이야기》나 《은빛 숟가락》도, 《우리 마을 이야기》나 《나츠코의 술》도, 착한 마음을 참하게 그리면서 사랑으로 곱게 펴는 숱한 이야기에 깃든 씨앗이 온누리에 퍼지면 좋겠습니다. 미움이나 시샘이 아닌, 꿈하고 사랑이 씨앗이 되면 좋겠어요.

다음에 수원마실을 하면서 한결 느긋이 〈책먹는 돼지〉를 비롯해 여러 수원 마을책집하고 헌책집을 누리자고 생각합니다. 책집지기님하고 신나게 수다꽃을 펴느라 많이 늦는 바람에 택시를 불러서 인천으로 씽 하고 달려갑니다. 이튿날은 서울에 볼일이 있지만 오늘 저녁에는 인천에 볼일이 있거든요. "네, 네, 죄송합니다. 수원에서 참 멋진 책집을 오늘 만나는 바람에, 이곳에서 책을 읽고 이야기를 하느라 ……." 책을 읽다가 늦게 간다는 말을 부디 너그러이 받아들여 주시기를…….

《자전거 도시》(앨리슨 파랠/엄혜숙 옮김, 딸기책방, 2019)
《명왕성으로 도망간 돼지》(에머 스탬프/양진성 옮김, 푸른날개, 2014)
《용기를 내! 할 수 있어》(다카바타케 준코 글·다카바타케 준 그림/김숙 옮김, 북뱅크, 2019)

2019.9.3.

어린이책을 즐기는 어른

서울 〈책방 사춘기〉

제가 쓰는 사전이나 책을 꾸준히 펴내어 주는 출판사가 망원역 곁에 있습니다. 이곳에 찾아온 길에 책집부터 들릅니다. 이제부터 이 책집을 잘 알고 사귀면서 사뿐히 찾아가면 좋겠다고 생각합니다. 마을찻집 '커피 문희'에서 찻집지기님이 타 주는 따뜻한 코코아를 누리고서 나긋나긋 갑니다.

오늘은 첫걸음이라면 머잖아 두걸음을 할 테고, 서울마실길에 가볍게 세걸음이며 네걸음을 하겠지요. 햇빛도 햇살도 햇볕도 골고루 스며드는 골목 한켠에 깃든 〈책방 사춘기〉 앞까지 걸어왔습니다. 책집에 들어서기 앞서 해님을 더 맞아들입니다. 해가 좋은 날에 책집으로 가벼이 마실할 수 있는 일도 기쁘구나 싶어요.

어린이책이며 푸른책이며 그림책을 알뜰살뜰 여민 이곳이기에 더 마음에 듭니다. 어린이책이란 어린이부터 누리기에 참으로 허물없는 이야기꽃이지 싶어요.

그림책《무슨 벽일까?》는 담 하나를 사이에 두고서 '두 눈에 들보를 스스로 쓰느라 참빛을 제대로 보지 못하는 아이'가 어떻게 담을 뛰어넘으면서 스스로 새길을 즐겁게 노래하면서 나아가는가 하는 이야기를 들려줍니다.

　그림책이란 대단하지요. 깊고 너른 이야기를 부드러우면서 눈부신 붓결로 찬찬히 들려주어 어린이가 마음 가득 생각꽃을 키우도록 북돋우거든요. 푸름이나 젊은이도, 할머니나 할아버지도 이 같은 그림책을 어린이하고 함께 읽으면서 새롭게 슬기를 틔우고 사랑을 바라보기도 해요. 《줄리의 그림자》는 좀 아픈 이야기를 다룹니다. 마치 제 어릴 적을 보는 듯한 그림책인데, 온누리 곳곳에 아픈 어린 날을 보낸 이웃이 많은가 봐요. 저마다 다르게 즐겁고 가벼이 어린 나날을 누린 분이 있다면, 저마다 다르게 아프고 고단한 어린 나날을 누린 분이 있을 테지요.

　그림자가 나쁘다고 여기지 않아요. 그늘진 옛길이 나쁠 까닭이 없어요. 그림자로 얼룩진 일을 겪었을 뿐이고, 그늘로 가려진 일을 치렀을 뿐입니다. 아이는 스스로 일어섭니다. 아이는 똑같은 어른이 되지 않습니다. 아이는 상냥한 어른이 되는 꿈을 마음에 씨앗으로 품습니다. 아이는 사랑스런 어른으로 크는 길을 마음에 생각으로 심습니다. 이 아이하고 손을 잡으시겠어요? 마을 한켠에서 해님을 듬뿍 받는 책집으로 가볍게 마실을 가서 우리 아이들 마음에 빛으로 스며들 노래꽃을 살몃살몃 한 자락씩 두 자락씩 만나 보시겠어요? 마을·책집에서 어린꽃이랑 푸른꽃을 보살피려는 손길로 하루살림을 짓는 책집지기 이웃님한테 손수 쓴 글꽃을 슬쩍 건네고서 다시 길을 나섭니다. 책집마실을 하면서 해님을 가득 품습니다.

《봉숭아 통통통》(문명예, 책읽는곰, 2019)
《식혜》(천미진 글·민승지 그림, 발견, 2019)
《무슨 벽일까?》(존 에이지/권이진 옮김, 불광출판사, 2019)
《줄리의 그림자》(크리스티앙 브뤼엘 글·안 보즐렉 그림/박재연 옮김, 이마주, 2019)

2019.9.19.

마을을 푸르게 가꾸는
씨앗이 이곳에

익산 〈그림책방 씨앗〉

홍성으로 이야기꽃을 펴러 가는 길에 익산에 들릅니다. 익산에서 기차를 갈아타는 김에 〈그림책방 씨앗〉을 찾아가려 합니다. 익산은 어떤 고장일까요. 이 고장은 어떻게 따사로우면서 얼마나 아늑한 삶자리일까요. 고장멋을 느끼려면 골골샅샅 걸어 보아야지 싶습니다. 마을맛을 알려면 고샅이며 골목을 누벼 보아야지 싶습니다. 얼마쯤 걷다가 시내버스를 타고 가는 길을 알아봅니다. 손전화 길그림을 켜고 버스를 어디서 타는가를 알아보지만 아리송합니다.

걷고 또 걸으며 생각합니다. '걷다 보면 반갑게 눈앞에 나타나겠지.' 드디어 파란 빛깔 책집을 봅니다. 빨래집하고 중국집이 나란히 붙은 책집입니다. 아파트 어귀에 바로 있네요. 책집 건너쪽 아파트에 사는 분들은 코앞에 이처럼 이쁜 책쉼터가 있으니 즐겁겠구나 싶습니다. 책집 유리창에 적힌 두 줄 "오늘 만난 그림책 씨앗이 모두의 마음에, 어여쁘게 꽃 피우기를 바랍니다"를 되뇌고서 들어갑니다.

익산 〈그림책방 씨앗〉은 바로 이렇게 그림책으로 씨앗이 되어 마음에 꽃으로 피우는 이야기를 퍼뜨리려고 하는 터전일 테지요. 마을에서 이웃으로 사는 분들이 사뿐사뿐, 마을에서 태어나 살아가는 아이들이 가뿐가뿐, 익산으로 나들이를 온 분들이 홀가분히 찾아오리라 생각합니다.

책낯이 환히 드러나는 그림책을, 책등으로 이름을 헤아리는 그림책을, 또 빨간 빛깔로 옷을 입은 다 다른 그림책을 하나하나 살핍니다.

글은 누가 쓸까요? 손이 있는 사람만 쓸까요? 손 입 다리가 없어도 누구나 글을 쓸 수 있지 않을까요? 우리는 나무하고 글을 주고받을 수 있고, 마음으로 생각을 나눌 수 있습니다. 풀꽃을 비롯해서 구름바람하고도 마음으로 생각을 주고받을 수 있어요. 파리나 모기하고도, 새나 풀벌레하고도, 고래나 코끼리하고도, 여우나 곰하고도 얼마든지 마음으로 생각을 주고받을 만합니다. 우리가 숲하고 바다랑 마음으로 생각을 주고받을 줄 안다면 온 누리는 어떻게 달라질까요? 사람 사이에서도 '소통 · 의사소통'을 잘 해야 한다고들 말합니다. 그렇다면 사람하고 사람 사이뿐 아니라, 사람하고 숲 사이도, 사람하고 흙 사이도, 사람하고 냇물 사이도, 사람하고 비구름 사이도 마음으로 생각을 나누는 길을 슬기로이 열 노릇이지 싶어요.

아기하고 할아버지가 책동무가 되도록 잇는 그림책입니다. 어린이도 푸름이도 곱게 한자리에서 어울리도록 잇는 그림책입니다. 그림책을 둔 보금자리에서 씨앗이 자랍니다. 그림책을 소리내어 읽고 나누는 마을에서 아름드리숲이 피어납니다.

《100년 동안 우리 마을은 어떻게 변했을까》(엘렌 라세르 글·질 보노토 그림/이지원 옮김, 풀과바람, 2018)
《커럼포의 왕 로보》(윌리엄 그릴/박중서 옮김, 찰리북, 2016)
《수상한 나무들이 보낸 편지》(베르나데트 푸르키에 글·세실 감비니 그림/권예리 옮김, 바다는기다란섬, 2018)

타박타박 걸어서

광주 〈심가네박씨〉

오늘날에는 책을 사는 길이 꽤 많습니다. 지난날에는 책집으로 가서 살펴보고서 샀다면, 오늘날에는 누리책집에서 미리보기로 가볍게 훑고서 살 만한가를 살필 수 있습니다. 예전에는 나라밖 책을 사자면 서울 교보문고나 영풍문고 같은 곳에 가서 '해외도서 주문서'를 그곳에 있는 공책에 적은 다음에 보름쯤 기다린 뒤에 찾아갔다면, 이제는 아마존이며 웬만한 누리책집에서도 나라밖 책을 시킬 수 있어요. 이때에는 비행기삯을 안 들여도 되니 값싸고 쉽게 장만한다고 하겠지요. 나라안 책도 고흥 같은 시골자락 책손으로서는 큰고장에 안 가고도 장만할 만하니 찻삯이며 품을 아낄 만하다고 여겨도 됩니다. 그러나 두 다리로 타박타박 걸어서 찾아가는 책집이 아닐 적에는 '시키는 책'이 아닌 '미처 모르던 책'을 알아보기 어렵습니다. 누리책집에서는 이곳에서 널리 팔려고 올려놓은 책만 살필 수 있어요.

　광주에 일이 있어서 찾아가는 길에 〈심가네박씨〉를 들르려고 시외버스에서 내려 전철을 갈아타고서, 손전화 길그림을 켜서 한참 걸은 끝에 책집 앞에 닿습니다. 걷고 보니 멉니다. 짐꾸러미가 없는 단출한 몸이라면 안 멀다 싶지만, 등에 인 짐에다가 손으로 끄는 짐이 있으니, 어디나 거님길이 울퉁불퉁하고 턱이 많은 데를 걸어서 가자면 멀구나 싶어요.

이마에 흐르는 땀을 훔치고서 책집에 들어갑니다. 오늘은 마을책집에서 《논 벼 쌀》을 장만하고 싶어서 〈심가네박씨〉로 찾아왔습니다. 며칠 앞서 〈전라도닷컴〉에서 이 마을책집에서 조촐히 책수다를 했다고 들었어요.

느긋이 한참 둘러보면서 《이중섭 편지》도 고릅니다. 그림지기 이중섭 님이 어떤 일본글로 쪽글을 곁님한테 띄웠으려나 궁금합니다.

가만히 보면, 나라밖 책을 한글로 옮기는 분은 하나같이 먹물입니다. 많이 배운 이들이 옮김지기 노릇을 해요. 그런데 많이 배운 먹물이라는 눈길을 벗어나지 못하는 분이 많아요. 여느 사람들 수수한 말씨로 풀어내는 길하고 멀어지곤 합니다.

아이 손을 잡고 사뿐사뿐 거닐듯 바깥말을 우리말로 옮길 줄 안다면 참으로 좋으리라 생각해요. 아이 손을 확 잡아끌면서 달리는 몸짓이 아닌, 아이가 다리가 아프면 느긋이 쉬며 놀이노래를 부를 줄 아는 몸짓으로 바깥말을 옮길 적에 아름다운 글이 된달까요. 오늘 우리가 누리는 마을책집이란 터전도 이와 같다고 여겨요. 책을 더 많이 읽은 사람 눈높이가 아닌, 널리 알려진 몇몇 글님 책이 아닌, 이름값 있는 커다란 출판사 책이 아닌, 수수한 마을에서 작은 사랑으로 태어난 들풀 같거나 들꽃 같은 책을 고이 건사하는 마을책집으로 나아간다면, 참고서 · 문제집 · 교과서 · 대학교재를 치워버린 마을책집이라는 숲빛이 한결 눈부시리라 생각합니다.

《논 벼 쌀》(김현인, 전라도닷컴, 2019)
《이중섭 편지》(이중섭/양억관 옮김, 현실문화, 2015)

2019.11.28.

그림책을 빵처럼 신나게

광주 〈책빵〉

광주에서 하룻밤을 묵습니다. 길손집에 들기 앞서 책집을 먼저 들렀고, 묵직한 짐꾸러미를 길손집에 차곡차곡 내려놓은 다음에 가벼운 차림으로 산수시장을 거닐려고 하는데, 저잣거리 어귀에 빵집처럼 보이는 책집이, 아니 책집처럼 보이는 빵집이 있습니다. 저잣길을 걷고서 들를는지, 먼저 이곳을 들를는지 한동안 망설이다가, 저녁이 깊으면 이곳이 먼저 닫을 수 있으니 얼른 들르자고 생각합니다.

해가 떨어져 캄캄한 골목을 환하게 밝히는 〈책빵〉은 한켠에는 빵, 한켠에는 그림책이 가득합니다. 아이들하고 함께 마실했다면 이런저런 빵을 골랐을 터이나, 혼자마실인 터라 한두 조각만 먹을 만하니 한두 가지만 고르고서 그림책 놓인 자리를 가만히 돌아봅니다.

'책빵지기'님 말씀을 들으니 이곳에 놓은 그림책은 '이곳에 와서 읽을 수만 있다'고 합니다. 빵집지기로 계신 분은 빵굽기도 즐기지만 그림책도 무척 즐긴다고 말씀하셔요. 빵집에는 어린이 손님이 자주 찾아오고, 빵을 기다리는 동안 폭신걸상에 앉아서 그림책을 누리면 좋으리라 여겨 이처럼

'책 + 빵'인 가게를 꾸린다고 합니다. 아하, '책집은 아닌 빵집'으로서 '빵집 그림책 쉼터'네요!

그동안 읽은 그림책도 많이 보이지만, 그동안 눈여겨보지 않은 그림책도 꽤 보입니다.《즐거운 빵 만들기》나《고릴라 아저씨네 빵집》같은 그림책은 처음 만납니다. 빵굽기에 그다지 마음을 안 기울인 터라 이런 그림책이 있는 줄 몰랐어요. 나중에 두 가지 그림책을 마을책집에서 장만해 보자고 생각하는데,《손, 손, 내 손은》이 보입니다. 반갑습니다. 제가 그동안 읽고 누리며 아이하고 함께 읽은 숱한 그림책 가운데 더없이 아름답다고 여기는《손, 손, 내 손은》인걸요. 큰아이가 이 그림책을 낡고 닳고 해지도록 읽어 주었기에 새로 한 자락 더 장만하기도 했고, 영어 그림책을 여러 자락 장만하기도 했습니다.

그림책을 사랑하는 마음으로 빵을 굽는다면 이곳 빵에는 상냥한 기운이 감돌겠지요. 빵을 사랑하는 손길로 그림책을 편다면 이곳에서 읽는 그림책에는 고운 마음이 어우러지겠지요.

글을 쓰는 분들이 '글쓰는 손'을 '살림하는 손'으로도 펴면 좋겠다고 생각합니다. 그림을 그리는 분들이 '그림그리는 손'을 '살림을 사랑하는 손'으로도 이으면 좋겠다고 생각합니다. 사진을 찍는 분들이 '사진찍는 손'을 '살림을 꿈으로 짓는 손'으로도 엮으면 좋겠다고 생각합니다. 온누리 골골샅샅에서 이 일 저 일 하는 뭇어른이 '일하는 손'을 '놀이하는 손'으로 잇고 '사랑스레 살림하는 손'으로 여미며 '숲을 고이 품는 손'으로 가만가만 풀어낸다면 가없이 아름답겠네 하고도 생각해요.

책 하나는 우리한테 생각을 새롭게 일으킵니다. 그림책 하나는 우리한테 사랑을 새삼스레 보여줍니다. 이야기책 하나는 우리한테 노래를 싱그러이 들려줍니다. 살림하는 손길로 짓는 책이 알찹니다.

제주에는 책밭이 있습니다

제주 〈책밭서점〉

누가 저한테 "제주를 어떻게 생각하셔요?" 하고 물으면 대뜸 "제주에는 〈책밭서점〉이 있습니다." 하고 대꾸합니다. "네? 책 뭐라고요? 서점이요?" "제주 〈책밭〉을 모른다면 아직 제주를 모른다는 뜻이고, 제주마실을 안 했다는 뜻이라고 생각합니다." 하고 덧붙이지요. "책방이라면 어디에든 있잖아요? 굳이 제주에까지 가서 책방에 가야 하나요?" "바다라면 제주 아니어도 있고, 오름하고 똑같지 않아도 봉우리나 숲이나 마을은 제주 아니어도 수두룩합니다. 왜 제주마실에서 〈책밭〉이 대수로운가 하면, 이곳 〈책밭〉은 제주에 마지막으로 남은 헌책집이자 제주스러운 빛을 돌보려는 손길로 두고두고 이 고장을 사랑한 숨결이 깃든 터이면서, 제주에 있는 대학교나 신문사조차 다루지 못하는 제주살림을 아는 배움자리이자, 어느 제주 글꾼도 쓰지 않은 제주스러운 멋하고 이야기가 흐르는 쉼뜰이거든요."

'책집을 빛내는 길'이란 바로 마음 + 손길 + 눈빛 + 다리품이리라 생각해요. 헌책집 〈책밭서점〉은 바로 이 네 가지가 어우러진 책터이자, 책뜰이요, 이름 그대로 '책밭'입니다.

"정말 오랜만에 오셨네요. 그런데 오랜만에 오시고도 또 책부터 보시네요.""그러게요. 책집에 오면 그 책집에서 저를 기다리면서 부르는 책을 바라보느라, 막상 책집지기님 얼굴도 제대로 쳐다보지 못하네요.""책이야 다른 곳에서도 언제라도 살 수 있지 않아요?""그렇기는 하지요. 그런데 〈책밭〉에는 〈책밭〉지기님이 고운 손길로 건사하신 아름다운 책이 있기에, 다른 어느 책집에 가도 〈책밭〉에 있는 책을 만날 수는 없어요. 아무리 똑같은 상품인 책이라 해도 〈책밭〉지기님 손을 탄 책은 다르구나 싶어요."

우리는 책으로 만나서 책벗이 됩니다. 우리는 흙도 가꾸고 책도 가꾸기에 텃밭 곁에 책밭을 둡니다. 책으로 신나니 책놀이예요. 책으로 어울리니 책마을이고, 책이 반가워 책사랑입니다.

"사장님, 살림돈을 여투어서, 오늘 못 챙기는 책을 다음에 꼭 장만하고 싶습니다. 그 책들이 부디 그날까지 이곳에 있으면 좋겠네요. 아니, 그 책을 알아보는 사람이 있다면 그분이 먼저 가져가셔야겠지요. 아, 생각해 보니 저 스스로도 헤매네요. 그 책을 알아보는 눈밝은 사람이 있으면 좋겠다는 생각 하나에, 그 책을 사람들이 알아보지 못한 채 그대로 머물면서 제가 살림돈을 여투어 장만할 수 있으면 좋겠다는 생각으로 ……."

《표준 고등말본 교사용 지도서》(정인승, 신구문화사, 1956)
《實業補習學校 農業教科書 特用作物篇》(朝鮮總督府, 1931)
《人間 톨스토이》(로맹 로오랑/박태목 옮김, 자선사, 1954)
《나의 鬪爭》(아돌프 히틀러/이윤환 옮김, 신태양사, 1961)
《찬란한 아침, 추억의 자서전》(마리안 앤더슨/최영환 옮김, 여원사, 1966)
《韓國 俗談의 妙美》(김도환, 제일문화사, 1978)
《한국의 탈춤》(김수남, 행림출판, 1988)
《少年非行의 精神醫學的 考察》(서울가정법원, 1964)
《꽃》(공병우, 공안과의원, 1978)
《김환기 1913-1974》(브리태니커, 1978)

우리 둘레에서 빛나는 이야기

원주 〈책빵소〉

지난 원주마실에서는 길을 엉뚱하게 들어서 〈책빵소〉를 못 갔어요. 오늘은 제대로 길을 찾자고 생각하면서 손전화를 켜고 길그림을 봅니다만 한참 딴길로 갔어요. 나중에 〈책빵소〉를 찾고서 시외버스나루로 가고 보니 무척 가깝고 쉽게 가는 다른 길이 있군요.

골목에 깃든 〈책빵소〉는 조용합니다. 시외버스가 들락거리는 곳은 시끌 벅적하지만 몇 걸음을 책집으로 올 뿐인데 소리가 확 다릅니다. 가만 보면 버스나루나 기차나루에 꽤 큼직한 책집이 들어서기도 하고, 그렇게 큼직한 곳에는 사람도 많습니다. 북적판에서는 북적대는 대로 오로지 책에만 마음을 기울이면서 스스로 고요한 넋으로 이야기를 맞아들이면 되겠지요. 고즈넉한 골목 한켠에서는 이 골목에 감도는 바람을 느끼면서 책에 담긴 이야기를 맞이하면 될 테고요.

자그맣게 꾸린 《나는 도서관 옆집에 산다》를 집어듭니다. 책이름처럼 도서관 옆집에 살던 나날을 손수 갈무리해서 엮었습니다. 꾸미지 않은 말씨가 산뜻하고, 수수하게 엮은 매무새가 곱습니다. 도서관을 즐긴 나날을 돌아보면서 '나는 이렇게 아름다운 날을 보내기도 했구나' 하고 갈무리하니, 이 책은 글쓴이한테뿐 아니라 글쓴이 곁에서 자랄 아이가 앞으로 새삼스레 돌아볼 발자국이 되겠지요.

구례란 고장을 사뿐사뿐 밟은 이야기를 담은 《걷는 책, 구례 밟기》를 넘깁니다. 이런 이야기꾸러미가 고장마다 태어난다면 재미있겠네 싶어요. 대단한 나그네가 아니어도 됩니다. 이른바 여행작가여야 마실노래를 부를 만하지 않아요. "구례 밟기"도 "원주 밟기"도 "울진 밟기"도 "장흥 밟기"도 하나하나 그 고장에서 태어나 그 고장 마을책집에 이러한 책을 놓는다면 재미나리라 생각합니다.

마을책집 〈책빵소〉 지기님이 손수 쓰고 펴낸 《편의점에 이런 손님 있지!》를 집어듭니다. 마을책집을 차리기 앞서 편의점 일꾼으로 지낸 살림을 조그마한 책에 담았어요.

고흥에서 원주로 오는 찻삯만 박박 긁듯 챙겨서 나왔습니다. 새로운 사전을 써내기 앞서 여태껏 살림이 쪼들렸습니다. 사전 하나를 제대로 마무리하자면 다른 일은 할 수 없기에 오로지 사전쓰기에 매달리느라 팍팍한데요, 그래도 이 사전 저 사전 차곡차곡 갈무리했습니다. 비록 찻삯을 덜면 남는 돈이 얼마 없으나 책 석 자락은 장만할 만합니다. 책을 밥으로 삼아서 보내는 셈이랄까요. 〈책빵소〉는 빵을 다루지 않습니다. "빵처럼 맛있게 책을 먹어요"라는 말을 내붙이면서, 책을 빵처럼 누리자고 이야기합니다. 맛있게 즐길 수 있다면, 빵도 밥도 없어도 배가 부를 수 있어요. 마음이 부르니 몸이 넉넉하고, 마음이 반짝반짝하면 몸도 환하겠지요.

《나는 도서관 옆집에 산다》(윤예솔, 와이출판사, 2019)
《걷는 책, 구례 밟기》(나래, 구름마, 2018)
《편의점에 이런 손님 있지!》(오윤정, 2019)

별빛을 머금는

원주 〈터득골북샵〉

터득골이 터득골스럽기를 바라는 마음으로 한 땀씩 손보면서 자라나는 마을책집 〈터득골북샵〉이라고 느낍니다. 나무로 지은 걸상에 나무로 세운 바깥마루입니다. 나무로 우거진 숲을 조금 걸으면 노래도 춤도 마당놀이도 펼 너른터가 나옵니다. 이곳에서 하루를 묵으면 밤에는 밤무지개를, 새벽에는 새벽무지개를 만나요.

종이에 없는 책이기 앞서 마음에 담는 책을 만나는 곳이지 싶습니다. 종이가 되어 준 숲을 먼저 마음으로 마주하면서 우리 모두 언제나 푸른 숨결인 줄 느끼자고 속삭이는 자리이지 싶어요.

이 책터에서 하루를 묵으면서 느긋느긋합니다. 바삐 돌아가야 하지 않으니 한결 차분히 여러 책을 봅니다. 무섭게 잘 팔린다는 《여행의 이유》 옆에 《나는 초민감자입니다》가 있습니다. 지난밤을 〈터득골북샵〉에서 묵은 터라, 밤새 《여행의 이유》를 읽었는데 한 가지를 느꼈어요. '아, 나는 김영하라는 분이 쓴 책에서 밑줄을 그으며 생각을 살찌울 만한 대목을 하나도 못 찾네?' 그리고 '이름값이라는 허울을 쓴 사람이 글을 쓰면 이렇게 빈껍데기일 뿐인 글을 쓰고, 바로 이 빈껍데기가 오늘날 이 나라 서울(도시)을 이루는 옷이 아닌가?' 싶어요. 아침연속극 같은 글, 한·일 두 나라가 맞붙는 축구 같은 글, 편의점에서 다루는 세모김밥 같은 글, 그런 글은 저랑 안 맞는다고 다시금 배웁니다.

카레를 다룬 책을 장만할까 말까 망설이다가 《식물의 책》을 장만하기로 합니다. 카레가 여러 나라를 돌아다니는 이야기도 재미나지 싶지만, 풀포기를 찬찬히 바라보고 그림으로 옮긴 이야기가 조금 더 끌립니다. 그렇지만 막상 《식물의 책》을 장만해서 시외버스에서 읽는데, 썩 재미없네요. 그림으로 풀포기를 담기는 하되, 풀하고 마음으로 이야기를 하지는 않더군요. 다른 책·자료 줄거리를 그냥 옮겨붙여요. 눈앞에서 보는 풀은 책·자료에 나오는 풀이 아닌, 우리가 오직 하나인 숨결로 마주하는 풀입니다. 눈앞에 있는 풀을 다른 도감이나 책에 나오듯 그려야 할 까닭이 없어요.

풀소리를 듣고서 이야기를 엮을 적에 '우리가 만난 풀하고 노닐며 지은 새로운 책'이 태어납니다. 정보나 지식에 치우친 틀에 박힌 책이 아닌, 우리 나름대로 이 별에서 살림을 지으면서 하나하나 깨닫고 웃으며 노래한 책을 지어요. 풀한테는 사람하고 닮은 입이나 귀나 눈은 없지만, 사람하고 똑같이 마음이 있어요. 이 마음으로 풀이랑 이야기를 합니다. 풀한테도 사람한테도 나무한테도 숨소리라고 하는 빛길이 있어요.

별빛을 머금는 멧골책집에서 별빛을 담습니다. 숲빛을 사랑하는 마을책집에서 숲노래를 듬뿍 바랍니다. 마을책집 한 곳이 있기에 제가 사는 고장하고 다른 이웃 고장에서 흐르는 별노래를 듣고 별살림을 만납니다.

《나는 초민감자입니다》(주디스 올로프/최지원 옮김, 라이팅하우스, 2019)
《귀농통문》(전국귀농운동본부) 89호(2019년 봄)
《식물의 책》(이소영, 책읽는수요일, 2019)

사랑 담아 잘 익은 말

전주 〈잘 익은 언어들〉

전주 곳곳에 새롭게 마을책집이 뿌리를 내리니 '한옥골 전주'를 넘어 '책골 전주'라고 할 만합니다. 전주는 그리 크지 않은 고장이어도 책집이 많아요. 책읽는 고장이 살아숨쉬는 고장이랄까요.

새로 열었다는 이야기를 바람결에 들은 뒤부터 찾아가고 싶던 〈잘 익은 언어들〉이 있습니다. 어쩐지 끌렸어요. 12월 6일에 원주에 가서 하루를 묵은 다음, 이튿날 서울에서 묵고서, 새벽바람으로 기차를 타고 전주로 옵니다. 겨울볕을 듬뿍 받는 책집을 이 골목 저 골목 살피면서 알아봅니다. 골목에 깃든, 아니 골목이 품은 책집이란 호젓하면서 따사롭습니다. 골목이란 사람들이 수수하게 살림을 짓는 터예요. 골목이란 서로 나즈막하게 어깨를 겯으면서 도란도란 즐거운 곳이에요.

책집지기님이 이웃나라 책집마실을 다녀오면서 장만했다는 멋진 그림책을 손으로 만지면서 넘깁니다. 그림책은 어느 나라나 꿈날개를 얼마나 펴면서, 이 꿈날개에 사랑이랑 빛을 어느 만큼 담느냐에 따라서 싱그러운 결이 달라지지 싶어요.

여러 날 바깥마실을 하는 길에 전주에 들를 생각으로 고흥부터 챙긴 책을 하나 책집지기님한테 드립니다. 책집지기님도 저한테 그림책을 건네줍니다. 책 하나가 이쪽에서 저쪽으로, 다른 책 하나가 저쪽에서 이쪽으로 옵니다. 책나눔이란 서로 새로운 눈으로 거듭나면서 앞으로 한결 싱그러이 꿈꾸며 살아가자는 뜻으로 내미는 마음빛 아닐까요? 책 하나를 주고받다가 혼자 생각날개를 폅니다. 대통령이 장관을 뽑으면서 임명장 말고 그림책을 하나씩 건네면 어떨까요? 학교에서 졸업장을 아이마다 하나씩 주기보다는 동화책이나 동시집을 하나씩 건네면 어떨까요? 임명장이나 졸업장이나 표창장 같은 종잇조각을 모조리 없애고서, 서로서로 마음을 빛낼 책 하나를 가려내어 건네면 참으로 아름답겠지요.

왜 방송이나 신문이 있어야 할까요. 방송·신문은 무슨 구실을 할까요. 책은 어떤 몫을 맡는가요. 책은 왜 있어야 하고, 책은 어떻게 누가 쓰며, 책은 누구한테 어떻게 읽히는가요. 평화·평등·민주·자유·통일을 슬기로이 밝히지 않거나 숲을 노래하지 않으면, 책이란 어떤 쓸모일까요?

사전에는 '새책'이란 낱말은 없고 '신간'만 있습니다. 그러나 우리는 어린이하고 '새책'이란 말을 즐겁게 쓰면 되어요. 새책을 다루니 '새책집'이라 하면 되고, 마을에 있으니 '마을책집'이라 하면 됩니다. 잘 익은 말이란 사랑을 담은 말이라고 여겨요. 잘 익은 열매란 온누리를 따사롭게 비춘 해님이라는 사랑을 품은 빛이라고 여겨요. 이곳 전주골 한켠에서 따사로운 〈잘 익은 언어들〉을 노래하고서 부안으로 건너갑니다.

《분홍 몬스터》(올가 데 디오스/김정하 옮김, 노란상상, 2015)
《가드를 올리고》(고정순, 만만한책방, 2017)
《비에도 지지 않고》(미야자와 겐지 글·야마무라 코지 그림/엄혜숙 옮김, 그림책공작소, 2015)
《밤의 이야기》(키티 크라우더/이유진 옮김, 책빛, 2020)

민들레 곁에 어떤 들꽃이?

포항 〈민들레글방〉

마을책집이 태어나서 뿌리내리는 자리는 사뭇 다릅니다. 마을사람이 찾아가는 마을책집이면서, 둘레 여러 고장에서 찾아갈 수 있기에 마을책집입니다. 책집은 숱한 마을가게하고 참 다릅니다. 여느 마을가게라면 마을사람이 드나드는 쉼터이자 이웃일 텐데, 책집만큼은 나라 곳곳에서 일부러 찾아가는 쉼터이자 이웃이 되어요.

포항 효자동에 2014년에 둥지를 튼 〈달팽이책방(달팽이 books & tea)〉이 있습니다. 마을책집 한 곳은 조용하던 효자역 둘레를 찬찬히 바꾸어 냈다고 느낍니다. 책집 하나가 들어서기 앞서도 마을은 있고 사람들이 오갑니다. 그런데 책집 하나가 들어선 다음부터 '오가는 발길이 마을에 머무는 틈'이 늘어납니다. 이러면서 이웃이 다른 마을가게가 들어서는 틈까지 넓어져요. 2019년에 이르러 이 효자동 골목에 마을책집이 새로 태어납니다. 〈달팽이책방〉을 즐거이 드나들던 분이 한 땀씩 엮는 손길로 〈민들레글방〉을 엽니다. 달팽이 곁에 민들레입니다.

바쁜걸음이어야 하지 않으니 나무를 바라보고 하늘빛을 올려다보고, 다리를 쉬다가, 다시 걷고 한 끝에 〈달팽이책방〉을 찾았고, 월요일은 쉰다는 알림글을 뒤늦게 알아봅니다. 다시 골목을 이리 누비고 저리 걷다가 〈민들레글방〉을 찾습니다. 책집 곁에 빈집이 있습니다. 책집 앞에서 기다리다가 빈집을 돌아봅니다.

들판에서 피고 지는 들꽃은 싸우지도 다투지도 않아요. 잘 모르는 이들은 으레 '들꽃도 서로 경쟁한다'고 말합니다만, 제가 보기로는 들꽃 가운데 어느 아이도 겨루거나 다투지 않아요. 서로 뿌리를 맞잡으면서 저마다 다른 때에 저마다 알맞게 싹을 틔우고 줄기를 올려요. 들꽃은 어우러지면서 핍니다. 홀로 피지 않습니다.

포항 〈달팽이책방〉은 어른 인문책이 바탕이 되면서 찻내음이 향긋한 마을쉼터라면, 〈민들레글방〉은 어린이책하고 그림책을 한복판에 놓으면서 아이들 목소리가 웅성거리는 마을놀이터이겠네 싶습니다. 결이 다르면서 맞물리는 책집이 골목 사이에 있어요.

책집 곁에 김밥집이 있습니다. 김밥집 곁에 빨래집이 있습니다. 빨래집 곁에 찻집이 있습니다. 찻집 곁에 술집도 밥집도 있습니다. 이 곁에 오랜 저잣거리가 동그마니 있습니다. 이 여러 가게를 둘러싸고서 살림집이 있습니다. 모두 고루고루 햇볕을 나누어 먹습니다. 그리고 온누리를 밝히는 도란도란 수다꽃을 주고받습니다. 몇 해쯤 뒤에 포항 효자동 책집골목에 만화책을 다루는 작은 쉼터도 태어날 수 있으려나 하고 꿈꿉니다. 만화책도 사진책도 좋고 시집도 좋겠지요. 마을길을 환하게 보듬는 빛살이 저 쪽빛 바다에서 불어오다가, 저 멧골숲에서 불어옵니다.

《굴렁쇠랑 새총이랑 신명나는 옛날 놀이》(햇살과 나무꾼 글·정지윤 그림, 해와나무, 2007)
《미운 멸치와 일기장의 비밀》(최은영 글·양상용 그림, 개암나무, 2014)
《염소 시즈카》(다시마 세이조/고향옥 옮김, 보림, 2010)

2019.12.24.

선비마을보다는 책마을

안동 〈마리서사 오로지책〉

책이 없던 먼 옛날에도 사람들은 서로 읽고 살았습니다. 종이책이나 누리책 없던 옛날에는, 신문이나 잡지가 없던 지난날에는, 무엇보다 낯빛을 읽고 마음을 읽었습니다. 생각을 읽고 꿈을 읽었어요. 이루고픈 뜻을 읽고, 밝히려는 뜻을 읽으며, 함께 나아가려는 뜻을 읽었습니다. 바람이며 하늘이며 날씨를 읽었지요. 비랑 눈이 오는 결을 읽고, 꽃이 피고 열매가 맺는 철을 읽으며, 씨앗마다 다른 숨결을 읽었습니다. 바닷물이 흐르는 결을 읽고, 물살마다 다르게 일렁이는 빛을 읽으며, 제비 날갯짓이나 딱따구리 먹잇짓을 읽었어요.

안동 시내 한복판에 2019년 12월 2일부터 〈마리서사 오로지책〉이 열렸습니다. 이곳은 헌책집입니다. 책을 다루는 손길이 깊은 헌책집이요, 책을 다루는 사람들 손길에 어리는 사랑을 고이 품으려는 마을책집입니다.

책꽂이나 책시렁이 빽빽하기보다는 알맞게 느슨하면서 여러 책을 차근차근 누리도록 이끌려는 손길을 봅니다. 따로 책집지기가 알려주지 않아도 눈으로 발걸음으로 책자취로 알 만합니다. 얼마나 품을 들이고 땀

을 쏟았을까요. 우리한테는 오늘인 이 하루가 앞으로 태어나서 자랄 아
이들한테는 어제입니다. 우리는 오늘을 오늘책에 담고, 앞으로 살아갈
아이들은 '우리가 지은 오늘책'을 '새롭게 돌아보며 배울 어제책'으로 삼
아요, 어제를 또렷이 되새기면서 오늘을 가꾸는 밑거름으로 삼을 어제노
래가 책이라는 모습으로 남습니다. 이러한 몫을 헤아린다면, 우리 삶터
는 좀 달라질 만할까요.

이쪽에서는 이 책이 "날 좀 보렴." 하고 부릅니다. 저쪽으로 고개를 돌리
면 "그래, 날 보려고 했구나." 합니다. 아아, 헌책집에 들어와서 그야말로 길
을 잃습니다. 온갖 책이 온갖 목소리로 "내가 여태 품은 이야기를 옹글게 받
아먹고서 한결 새롭게 마음을 살찌워 보렴." 하고 떼노래를 부릅니다.

으레 안동을 놓고서 선비마을이라고들 하는데, 선비는 낮에 땅을 짓고
밤에 글을 지었습니다. 선비는 흰 두루마기를 바람에 날리면서 거들먹거
리는 사람이 아닙니다. 선비는 한 손에 호미를 쥐고 다른 손에 붓을 쥐면서
삶과 꿈을 스스로 짓던 일꾼이자 살림꾼이자 글꾼이었습니다. 안동을 안동
답게 가꾸는 길이라면, 뭔가 으리으리한 관광시설이나 관광단지나 관광사
업이 아닌, 조촐한 숲하고 책집이지 않을까요? 숲을 사랑하는 마음하고 책
을 돌보는 숨결이 어우러지기에 비로소 선비라는 사람이 되지 않을까요?
고즈넉하면서 싱그러운 마을책집입니다.

《한국미, 한국의 마음》(최순우, 지식산업사, 1980)
《하르방 이야기》(제주아동문학협회 7집, 아동문예, 1988)
《톨스토이의 생활과 문학》(로망 롤랑/오현우 옮김, 정음사, 1963)
《북한》(북한연구소) 116호(1981.8.)
《월간 독서》(월간독서) 1979년 2월호, 1979년 5월호, 1979년 7월호
《공소 예절》(가톨릭 공용어 심의위원회, 한국천주교회, 1967)
《kite, how to make and fly them》(Marion Downer, Lothrop Lee & Shepard, 1970)

경성중고
버스
제일호텔
x극동 방송국
x홍익대 정문
x서강초등학교
오거서 02) 333-3282
버스 ← 지하철 6호선 상수역
② ⑦ 361
버스②
헌책교환 할인판매
헌책교환 할인판매
011-714-6764

2020년

어떻게 보면, '위대한 미술가의 얼굴' 같은 묶음책을 조금 더 값싸게 엮을 수 있습니다. 대학생뿐 아니라 대학생 아닌 이들도 수월하게 장만하도록 빚을 수 있습니다. 참말 값진 책으로 빚을 수 있고, 가볍고 조그마한 책을 나란히 빚을 수 있겠지요. 예술이나 문화가 여느 사람들 수수한 삶에서 비롯하고 여느 사람들 투박한 사랑에서 뿌리내리는 줄 느낀다면, 책도 글도 사진도 그림도 눈높이를 어디에 맞출 적에 한결 아름답게 빛나는가를 깨닫겠지요. 책을 읽는 사람들은 언제나 삶을 읽습니다.

그림을 남기는 그림책집

순천 〈도그책방〉

우리 집은 텔레비전을 안 키웁니다. 자가용도 농약도 비료도 농기계도 안 키웁니다. 이모저모 안 키우는 세간이 많다 보니 둘레에서 "아니, 텔레비전을 안 본다구요? 아니, 텔레비전이 집에 없다고요? 어떻게 텔레비전을 안 보고 살아요?" 하고 묻습니다. 저는 방그레 웃으며 "아니, 아직도 텔레비전을 키우신다구요? 아니, 나무를 키우실 노릇이지, 뭣하러 텔레비전을 키우세요?" 하고 되묻습니다.

마을길을 걸어서 찾아가는 〈도그책방〉에서 다리를 쉬다가 문득 생각합니다. 책살림을 사랑하는 분이 가꾸는 아름다운 책집에 텔레비전을 들여놓은 분은 아예 없다시피 하다고 말이지요. 설마 있을까요? 가끔은 텔레비전도 봐줘야 하지 않느냐고 묻는 분이 많습니다만, 정 뭘 보고 싶으면 셈틀을 켜서 누리바다에서 살피면 돼요. 끝없는 광고에 연속극에 연예인 말잔치에 사건·사고·정치 얘기랑 스포츠만 넘치는 텔레비전을 키우다가는 그만 우리 넋이 헝클어지지 싶어요.

텔레비전 풀그림이 알찬 책을 알려주기도 한다지만, 우리 손에 쥘 책은 스스로 책집마실을 하면서 차근차근 헤아리면 넉넉하다고 느껴요. 전문가 눈길 아닌 책사랑이 손길을 타는 책 몇 자락을 틈틈이 마을책집에서 품으면 즐겁습니다.

얼핏 《외로운 사람끼리 배추적을 먹었다》를 읽는데, 너무 멋부린 말씨가 거북하지만, '배추구이'라 하면 '배추지짐'이 떠올라요. 이제 가게를 접은 헌책집으로 서울 연신내 〈문화당서점〉이 있는데, 책집지기 아재는 곧잘 배추지짐을 해서 새참으로 삼았고, 책손한테 한 젓가락씩 나누어 주셨어요. "배추지짐을 모르시나? 우리 경상도에서는 자주 해먹는데. 아무 양념을 안 하고 그냥 배추를 지지기만 해도 얼마나 맛나는지 몰라. 책만 보지 마시고 한 점 드셔 보시오. 드셔 봐야 알지. 아, 그런데 배추지짐을 드시려면 막걸리가 있어야 하나? 내가 술을 안 먹어서 말이지, 막걸리하고 같이 드시고 싶으면, 내, 막걸리도 사다 드리지."

이 그림책 저 그림책 꼼꼼히 보던 큰아이는 어느새 빛연필을 꺼내어 척척 그림을 그립니다. 책집 아주머니가 건네는 떡을 먹고서, 또 여러모로 이 아름드리 책터를 누리고서, 큰아이 나름대로 한 가지를 책집 아주머니한테 드리려고 생각했구나 싶습니다. 파란 빛깔로 새랑 꽃이랑 바람이랑 깃털을 그리는데 더없이 눈부십니다. 큰아이가 오늘 이곳에서 그린 그림은 마을책집하고 나눈 마음빛깔이겠지요. 그림책을 누리고서 그림을 남깁니다. 저는 새로 쓴 노래꽃 한 자락을 나란히 남깁니다. 하늘을 마시면서 싱그러운 몸이 되고, 하늘을 꿈꾸면서 의젓한 마음이 되고, 하늘을 담은 책을 읽으면서 가볍게 집으로 돌아갑니다.

《편지 받는 딱새》(권오준 글·김소라 그림, 봄봄, 2019)
《화분을 키워 주세요》(진 자이언 글·마거릿 블로이 그레이엄 그림/공경희 옮김, 웅진주니어, 2001)
《외로운 사람끼리 배추적을 먹었다》(김서령, 푸른역사, 2019)

2020.2.13.

마음으로 쓰고 읽는 꽃책

서울 〈꽃 피는 책〉

2001년이 저물 즈음 서울 관훈동 한켠에 〈감꽃책방〉이라는 헌책집이 조용히 태어난 적이 있습니다. 그즈음에는 서울을 비롯해 나라 곳곳에서 마을새책집·마을헌책집이 빠르게 문을 닫았어요. 신문·방송에서는 '사라지는 책집' 이야기만 가득했습니다. 그러나 사라지는 책집 못지않게 새로 여는 책집이 꽤 있었어요. 참고서·문제집으로 벌이를 하던 새책집은 줄줄이 문을 닫았고, 참고서·문제집이 아닌 '읽는 책'을 다루는 마을헌책집은 적잖이 문을 열었지요. 이 나라 책집살림이 확 달라지던 너울이었달까요. 〈감꽃책방〉은 2002년 5월 즈음 책집이 깃든 건물을 헐고서 번듯한 새집을 짓는다고 해서 자리를 옮깁니다. 이러고서 그리 오래 책살림을 잇지는 못했습니다.

2020년 2월에 서울마실을 할 일거리가 생기면서 서울 양천구 한켠, 양화초등학교 건너쪽에 있는 〈꽃 피는 책〉을 찾아갑니다. 책집 이름에 '꽃'을 넣다니, 얼마나 놀랍고 사랑스러운가요. 어느덧 스무 해가 된 일입니다만, 스무 해쯤 앞서 "감꽃책방"이라는 이름을 들은 이웃은 두 갈래로 대꾸했

290

지요. "이름이 곱네요!"나 "책집하고 안 어울리게 가볍다!" 하고.

돌림앓이가 무섭다고 시끌시끌한데, 하얀먼지로 뒤덮인 하늘이야말로 끔찍하지 않을까요? 길을 가득 메운 자동차물결이야말로 무섭지 않을까요? 숨조차 제대로 쉴 틈이 없는 찻길에, 높다른 집에, 시멘트랑 아스팔트 뒤덮어 풀포기가 돋지 못하는 땅뙈기에, 한밤에도 안 꺼지는 술집 불빛이야말로 목을 죄는 굴레는 아닐까요?

한창 어지럽고 시끄러우며 매캐한 서울 한복판을 지나니, 용왕산을 옆에 낀 〈꽃 피는 책〉에 닿습니다. 책집으로 들어서니 조용합니다.

가만히 돌아보면 2000년대 첫무렵까지만 해도 초등학교 둘레에 헌책집이 제법 있었어요. 1990년대 첫무렵까지는 웬만한 초등학교 앞에 헌책집이 한둘쯤 있었다고 하며, 1980년대 첫무렵까지는 초·중·고등학교 앞에 으레 헌책집이 있었다고 하더군요.

풀꽃나무를 노래하는 그림책이며 이야기책이 정갈한 〈꽃 피는 책〉에는 책 못지않게 풀꽃이 그득 차지합니다. 숲에서 자란 나무로 빚은 책 곁에 푸른바람을 베푸는 풀꽃이 나란히 있는 쉼터가 되겠네 싶습니다.

우리가 책을 읽는다고 할 적에는 겉종이만 훑지 않습니다. 종이에 박힌 글씨를 이룬 마음을 읽어요. 누구나 언제나 마음으로 쓰고 읽는 책입니다. 책집도 그렇지요. 마음이 흐르는 책을 마음으로 잇는 자리가 책집이요 책터요 책숲입니다. 이곳을 드나드는 어린이마다 풀꽃내음이랑 책내음을 듬뿍 누리면 좋겠어요. 이곳으로 마실하는 어른마다 풀꽃빛하고 책빛을 가득 즐기면 좋겠어요.

《봄 여름 가을 겨울》(헬렌 아폰시리/엄혜숙 옮김, 이마주, 2019)
《넌 동물이야, 비스코비츠》(알레산드로 보파/이승수 옮김, 민음사, 2010)
《제주어 마음사전》(현택훈 글·박들 그림, 걷는사람, 2019)

책이 있는 집은 길

서울 〈이상한 나라의 헌책방〉

디딤돌을 하나하나 밟고 들어서는 헌책집은 '이곳은 다른 나라야' 하는 마음소리를 들려줍니다. 책집 이름처럼 '다른 나라인 헌책집'입니다. 흔히 알거나 뻔히 알 만한 나라가 아닌 헌책집입니다. 흔한 책이나 뻔한 책이 아니라, 새롭게 읽을 어제책을 품는 헌책집입니다. 어제책을 오늘 되읽으면서 모레를 그립니다. 어제책하고 오늘책이 한자리에서 만나기에 모레책이 태어납니다. 어제가 있기에 오늘이 싱그러우며, 이 오늘을 사랑하기에 모레가 빛납니다.

어제 방송국에서 거듭 묻더든요. "왜 굳이 헌책집을 다니시나요?" 빙그레 웃어요. "글게요, 그랗게 말입니다. 무시기 헌책집을 새앙쥐 풀방구리 드나들듯 돌아댕겼을깝쇼?" 책을, 책이 되어 준 숲으로 새롭게 마주하면서 이 삶을 사랑하는 마음을 배워 기쁘게 나누는 보금자리를 두 손으로 신나게 짓는 길을 어제한테서 엿보고 오늘한테서 들으며 모레한테서 노래로 맞아들이는 재미가 아름다우니 헌책집마실을 그토록 질경이처럼 단단히 붙잡고서 하루를 살아내었지 싶습니다.

《線을 넘어서》를 봅니다. 1975년에 '루이제 린저 전집'이 열 자락으로 나온 적 있습니다. 중학교를 다니던 무렵부터 린저 글을 곁에 두었기에 홍제동에 있던 헌책집에서 처음 '루이제 린저 전집'을 만났을 적에 기꺼이 장만했습니다. 이러다가 2000년 여름이 저물 즈음, 한창 잘 일하던 출판사에서 사장하고 멱살잡이를 하고서 사표를 냈습니다. 그 출판사가 저지른 어떤 잘못을 영업부 막내일꾼으로서 풀어냈는데요, 사장은 '왜 시키지도 않은 좋은 일을 스스로' 하느냐고, 사장이며 부장 들이 우습게 보이느냐고 막말을 퍼붓고 멱살을 잡았어요. 아무튼, 실업자가 된 터라 벌이가 없이 집삯을 내야 하니 빈털터리로서는 여태 장만한 아름책을 팔아야 했어요. 사람들이 값지게 여길 만한 책을 얼추 육천 자락쯤 헌책집에 팔고 또 팔고 자꾸 팔았습니다. 석 달 동안 책팔이로 겨우 입에 풀을 발랐어요. 그때에 제 손을 떠난 책한테 "걱정 마. 이다음에 다시 돈을 벌면 너희를 꼭 품을게." 그때 떠나간 '루이제 린저 전집'은 스무 해가 훌쩍 넘도록 제 손에 돌아오지 못합니다. 그때 떠나보낸 다른 책 가운데 제 손으로 돌아온 책은 아직 한 가지조차 없습니다.

그러나 책이 있는 집은 따사로운 보금자리 같은 사랑길입니다. 그래서 책집입니다. 책길이고, 책숲이며, 책터이자, 책사랑입니다. 이 고요터에서 마음을 달랩니다.

《우아하고 감상적인 일본야구》(다카하시 겐이치로/박혜성 옮김, 웅진출판, 1995)
《이브의 일곱 딸들》(브라이언 사이키스/전성수 옮김, 따님, 2002)
《다윈 이후》(스티븐 제이 굴드/홍동선·홍욱희 옮김, 범양사, 1988)
《線을 넘어서》(루이제 린저/홍경호 옮김, 범우사, 1975)
《2019 씨앗 발자국》(은평씨앗학교, 2019)
《인디언 영혼의 노래》(어니스트 톰슨 시튼·줄리아 M.시튼/정영서 옮김, 책과삶, 2013)

언덕받이로 드리운 별내음

목포 〈동네산책〉

온누리를 한눈에 아우르는 길그림을 펼쳐서 보기를 즐겼습니다. 남북녘을 한눈에 품는 길그림도 펼쳐서 보기를 즐겼어요. 어린 날에는 길그림만 들여다보아도 하루가 어느새 지나갈 만큼 푹 빠졌어요. 어버이를 따라 몇 군데 가 본 데에는 동그라미를 그리고는, 아직 발을 못 디딘 여러 고장에 언제쯤 가 보려나 하고 꿈꾸었어요. 이웃나라에는 언제 찾아가 보려나 하고도 꿈꾸었고요. 어느 날, 제가 나고 자란 인천에서만 해도 늘 노는 마을에서 늘 만나는 동무랑 이웃만 만날 뿐, 이웃한 구·동으로 갈 일이 드물다고 문득 깨달았습니다. 이웃나라로 가기 앞서, 이웃 여러 고장이나 고을로 가기 앞서, 먼저 인천이란 데부터 구석구석 누비면서 '가까운 이웃이며 동무'부터 만날 일 아닌가 하고 생각을 새로 해보았습니다.

2007년부터 2010년 사이에 날마다 너덧 시간쯤 두 다리나 자전거로 인천을 샅샅이 다녔어요. 나고 자란 고장이어도 날마다 몇 시간씩 몇 해쯤 다니지 않고서는 '안다'라든지 '본다'라든지 '느낀다'라든지 어느 말도 할 수 없다고 배웠어요.

아직 목포에 간 일이 없다는 생각이 든 봄날, 시외버스로 시골길을 돌아서 찾아가고 싶습니다. 마침 목포시립도서관 곁에 움튼 〈동네산책〉이란 마을책집이 있군요. "아버지는 목포마실을 해보려 하는데 같이 갈래? 가려면 버스에서 네 시간 남짓 있어야 하지." "에? 네 시간도 더? 서울보다 멀잖아? 음, 우린 집에서 놀게요. 잘 다녀 오세요."

목포는 큰길을 걷는 사람을 거의 못 봅니다. 이 시끄러운 큰길을 누가 걷고 싶을까요. 길이 반듯할수록 마을사람은 마을하고 멀어질 뿐입니다.

마을길로 접어드니 그 시끄럽던 자동차 소리가 수그러듭니다. 귀도 몸도 살 만합니다. 흐드러지는 개나리꽃을 보고서 멈춥니다. 거리나무로 자라는 후박나무를 쓰다듬습니다. 갈퀴나물하고 속닥속닥하다가 냉이꽃하고 눈을 맞추다가 '동네산책'이라 적힌 걸개천을 알아차립니다. 오르막 디딤돌을 딛고 가면 되는군요. 언덕받이에 자리한 〈동네산책〉은 더없이 아늑한 터에 깃들었구나 싶습니다. 책을 누리러 이곳에 오는 손님은 바람이며 햇볕이며 하늘을 옴팡 누리겠어요.

마을길에서, 골목 한켠에서, 언덕받이에서, 하늘바라기 마당에서, 별빛이 쏟아질 밤에, 이 책집을 드나든 숱한 걸음걸이를 떠올리다 보면 글이 저절로 피어날 만하겠다고 느낍니다. 마을이 온갖 이야기를 들려줄 테지요. 골목에서 갖은 노래를 불러 주겠지요. 언덕받이로 드리우는 별내음하고 햇살이 숱한 살림빛을 베풀 테고요.

───────────

《아우내의 새》(문정희, 난다, 2019)
《빈 배처럼 텅 비어》(최승자, 문학과지성사, 2016)
《고독한 직업》(니시카와 미와/이지수 옮김, 마음산책, 2019)
《붉은 보자기》(윤소희 글·홍선주 그림, 파랑새, 2019)

이팝나무 바람이 마을길로

서울 〈조은이책〉

4월 끝자락하고 5월 첫머리가 달콤철이던데, 여느 일터에서는 길게 쉴 때일는지 모르나, 시골은 달력으로 흐르지 않기에 먼나라 이야기로 느낍니다. 쉬는 날이 잇달아 있든 없든, 풀꽃나무는 딱히 안 쉽니다. 더구나 4월 끝자락하고 5월 첫머리는 풀꽃나무가 활짝 어깨를 펴면서 빛나는 철이에요. 옅푸른 빛살에서 짙푸른 빛살로 넘어가는 5월 첫머리요, 멧새가 기운차게 노래하고, 여러 풀벌레가 날갯짓을 하려는 5월 첫머리라고 느낍니다. 이맘때에는 모든 들풀이 나물입니다.

숲은 푸르고 들은 곱습니다. 숲들에는 갖은 풀벌레가 있어 잎을 갉고 나무줄기를 파고들어 알을 낳지만, 온갖 새가 있어 풀벌레를 알맞게 잡습니다. 벌레도 새도 짐승도 고루 어우러집니다. 이 푸른별은 뭇목숨이 고이 어우러지는 사랑스러운 터전이지 싶어요.

마포구청나루에서 전철을 내립니다. 드디어 바깥바람하고 해를 봅니다. 큰길은 자동차로 시끄럽지만 마을길은 드문드문 지나가는 자동차가 있을 뿐 조용합니다. 곳곳에 제법 자란 나무가 있습니다. 이 안골에 처음 뿌리를 내릴 무렵에는 작았을 나무일 테지만, 이제는 꽤 키가 큽니다. 이팝나무 바람을 쐬며 걷는 마을길이 싱그럽습니다. 이켠에 둥지를 튼 〈조은이책〉도 바로 앞에 나무 몇 그루가 바람 따라 살랑이면서 가볍게 그늘을 드리웁니다. 나무가 상냥한 곳에 자리잡는 책집이란 아늑하지요. 걸상을 나무그늘에 놓고서 책을 펼 만하고, 나무그늘 곁에서 조촐히 책모임을 할 만해요.

오랫만에 다시 태어난 그림책 《나의 원피스》를 만나고 《장날》을 봅니다. 누리책집에서 시킬 수 있지만, 두 발로 찾아가서 두 손으로 만나고 싶었습니다. 이서지 님이 빚은 그림은 예전에 《보리 국어사전》 편집장으로 일할 적에 알뜰히 사서 건사했어요. 시골살림을 사랑스레 담아낸, 멋부리기보다는 수수한 사람들 마을빛을 찬찬히 옮겨낸, 한국에서는 참 드문 그림입니다. 가만 보면 숱한 그림쟁이는 예술을 하려고 합니다. 그저 그림을 그리면 될 텐데요. 예술도 문화도 아닌 살림이며 사랑을 그림으로 담고, 숲처럼 살아가는 마을을 그림으로 옮기면 돼요.

책 하나가 모든 삶을 밝히지 않을 수 있습니다. 어느 책은 장삿속에 기울 수 있습니다. 눈가림이나 거짓말이나 이름팔이를 하는 책도 있을 테지요. 그러나 적잖은 책은 삶을 고요히 밝혀요. 오직 사랑스러운 꿈을 짓는 길을 들려주려는 책이 많아요. 맑은 눈빛을 받고서 자란 이야기가 밝은 손길을 거쳐 책으로 태어나면, 즐거운 눈길로 여민 책시렁을 반가운 손빛으로 쓰다듬는 이웃이 찾아오겠지요. 서울 한복판이어도 나무에 멧새가 찾아와 노래합니다.

《나의 원피스》(니시마키 가야코/황진희 옮김, 한솔수북, 2020)
《장날》(이서지 그림·이윤진 글, 한솔수북, 2008)
《무슨 일이지?》(차은실, 향, 2019)
《으악, 도깨비다!》(손정원 글·유애로 그림, 느림보, 2002)

2020.5.7.

나무그늘 나무걸상

익산 〈두번째집〉

더 빨리 가서 좋다고 느끼지 않습니다. 더 느리게 가니 좋구나 싶지 않습니다. 즐겁게 노래하면서 갈 적에 비로소 마음이 넉넉해요. 신나게 춤추면서 갈 적에, 이러다가 맴돌이라든지 제자리뛰기라든지 빙글빙글 돌기를 해보니 재미나요.

다 다른 어버이를 찾아서 다 다르게 태어난 아이들이 까르르 웃음을 짓습니다. 뒤집기는커녕 고개도 가누지 못하던 아기는 내리사랑을 받으며 무럭무럭 크더니 어느새 걸음질에 뜀박질에 글씨질에 소꿉질을 하나하나 피워냅니다. 아이는 그냥 자라지 않아요. 저를 사랑으로 맞이한 어버이한테 치사랑을 살며시 돌려주어요.

서울마실을 가볍게 하는 길에 여러 이웃님을 만납니다. 마을쉼터를 걷다가 이런 풀잎을 훑어서 봄맛을 즐기고, 저런 풀꽃을 따서 봄결을 누려 보았습니다. 천천히 햇빛을 맞아들이고, 가만히 바람을 마시다가 영등포나루로 옮겨 기차를 탑니다. 기차는 홍성 군산을 돌고돌아 익산에 닿습니다. 한달음에 달리는 기차가 아닌, 굽이굽이 돌아가는 기차에는 손님이 적습니

298

다. 앉은 자리에 스미는 햇살을 누리면서 이팝나무 이야기를 동시로 적고, 팥배나무 이야기도 동시로 그립니다. 나무는 첫째 둘째를 가리지 않아요. 풀꽃은 셋째 넷째를 따지지 않아요. 언니 동생을 굳이 갈라야 하지 않습니다. 위랑 아래를 애써 벌려야 하지 않습니다. 우리가 선 모든 곳은 한복판이자 빛입니다. 우리가 가는 모든 길은 마을이면서 보금자리입니다.

익산나루에 내립니다. 그리 멀잖은 길을 네 시간 남짓 달렸습니다. 기지개를 켭니다. 걸어서 남부시장으로 갈까 하다가 택시를 탑니다. "여행 다니시나 보네요?" 제 등짐이며 끌짐은 책하고 무릎셈틀하고 사진기를 채웁니다. "남부시장 안쪽에 〈두번째집〉이라는 어여쁜 책집이 있거든요. 그곳에 가는 길입니다." "네? 남부시장에 책방이 있다고요?" "아직 모르는 분도 많지만, 익산이란 고장을 새롭게 바꾸는 작은 손길로 태어난 데예요."

오랜 저잣길을 걷습니다. 크게 한 바퀴를 돈 끝에 〈두번째집〉을 찾습니다. 저잣길에서 장사하는 이웃 분은 커피를 시켜서 마십니다. 마을책집에서 꼭 책만 사서 읽어야 하지는 않으니까요.

마을책집이란 나무그늘에 둔 나무걸상이에요. 마을책집이란 나무로 우거진 숲에 가만히 피어난 들꽃이에요. 마을책집이란 우리가 새롭게 이름을 붙이면서 만나는 동무가 되도록 다리를 놓는 징검다리예요. 〈두번째집〉을 나서고서 '솜리맥주'에 들러 보리술 한 모금을 마십니다. 이제 길손집을 찾으러 큰길을 건넙니다. 길손집마다 지기가 안 보입니다. 어떻게 묵어야 하나 아리송해서 두리번거리니 '무인자판기'가 있군요. 아하, 무인자판기에 맞돈을 넣어 열쇠를 받으라는 뜻이로군요.

《당신이 나의 고양이를 만났기를》(우치다 햣켄/김재원 옮김, 봄날의책, 2020)
《엄마, 잠깐만!》(앙트아네트 포티스/노경실 옮김, 한솔수북, 2015)
《토끼의 의자》(고우야마 요시코 글·가키모토 고우조 그림/김숙 옮김, 북뱅크, 2010)

2020.5.7.

어제오늘을 잇는 다리가 되어

부천 〈이지헌북스〉

어젯밤에 부천에 와서 하루를 묵었습니다. 그림책《하루거리》를 선보인 김휘훈 님을 만나서 함께 이야기꽃을 피웠습니다. 아침밥은 거르고 마을쉼터에 갑니다. 저는 하루 한끼, 또는 이틀이나 사흘에 한끼여도 좋습니다. 고무신이며 버선을 벗습니다. 맨발로 풀밭을 밟습니다. 나무한테 다가가 안깁니다. 나무한테 말을 걸면서 잎을 쓰다듬고, 풀한테 귀띔을 하면서 풀이 들려주고 싶은 말을 받아들입니다. 풀꽃은 새로운 책이고, 나무는 새삼스러운 노래라고 느껴요.

한동안 풀바람 해바라기를 하다가 걷고, 전철을 타고서 중동역 가까이 있는 〈이지헌북스〉에 갑니다. 이곳을 다시 찾은 지 열 해가 넘습니다. 열 몇 해 앞서 인천서 살 적에 찾아올 적에는 〈중동서점〉이란 이름이었어요. 그사이 아파트가 엄청나게 늘었습니다.

한길에서 보면 이 책집으로 들어오는 길목은 작지만, 안으로 들어오면 놀랄 만큼 널찍합니다. '알라딘 중고샵'은 댈 수 없도록 넓을 뿐 아니라 책도 대단히 많습니다. 어린이책이랑 그림책을 비롯해 인문책에 참고서에 만화책까지 알뜰살뜰 넉넉히 갖춘 책집입니다. 열 몇 해 앞서 이곳을 찾아올 적에도 주머니는 늘 든든히 챙겼습니다만, 오늘도 주머니는 걱정없으려나 하고 돌아봅니다. 어제오늘을 넘나드는 책을 읽느라, 판이 끊어져 더 만나기 어려운 그림책을 넘기느라, 시간이 훅훅 흐르는 줄 까맣게 잊습니다.

책집이란 '때랑 곳을 넘나들'면서 '때랑 곳을 잊도록' 이끄는 징검다리이지 싶어요. 어제책을 오늘 읽고 앞으로 나아갈 길을 새롭게 헤아리도록 북돋우는 배움자리이지 싶습니다. 여기를 보셔요. 여기에 어제를 밝히는 책이 한 자락 있습니다. 저기를 볼까요. 저기에 오늘을 노래하는 책이 두 자락 있네요. 거기는 어떤가요? 아, 거기에는 모레를 사랑하는 책이 가득 가득 있군요. 어제책하고 오늘책하고 모레책을 한자리에서 만납니다. 살림책이랑 사랑책이랑 숲책을 그득그득 마주합니다. 모든 책을 사지는 못하지만, 어느 책이든 마음에 담습니다.

《노을빛 메시지 8》(권현수, 송천문화사, 1987)
《9회말 투아웃 5》(료 히고/편집부 옮김, 화인, 1996)
《아름다운 상상》(지혜안, 대원, 2000)
《실프》(이소영, 대원씨아이, 2001)
《꼬마 마녀 토르테 1~3》(루루루 콘도/박련 옮김, 시공사, 2000)
《홈스터디 선정 중학교 필독도서 : 사씨남정기》(김만중/편집부 옮김, 동아출판사, 1990년대?)
《아동문학작가학교 제8기 작품집》(한겨레신문사 문화센터, 1999)
《말·글·얼》(조용란, 한얼문고, 1973)
《외로운 영혼의 여름》(케이트 쇼핀/서숙 옮김, 정우사, 1981)
《풀잎 편지》(교사 시인 7인 엮음, 풀잎, 1989)
《野性 아마존 紀行》(안종익·김인규·조연흥, 일지사, 1975)
《국어생활》(국어연구소) 1986년 봄호
《이야기 속의 철학》(연변인민출판사·임창성, 광주, 1988)
《해란강아 말하라 上》(김학철, 풀빛, 1988)
《믿음의 육아일기》(나연숙, 홍성사, 1989)
《베스트 셀러》(이우용·박노해·염재웅·엄혜숙·임규찬, 시대평론, 1990)
《らんま 1/2 5》(高橋留美子/寒星 옮김, 吉林美術出版社, 2005)

이야기 자라는 마을

전주 〈소소당〉

어느 고장을 가든 길손집이 늘어선 곳은 술집 곁입니다. 술집 곁에 길손집이 있어도 나쁘지 않으나, 이제는 나라나 고장에서 마음을 기울여서 길손집 둘레에 조그맣게라도 나무숲을 마련하면 좋으리라 생각합니다. 이 고장 사람이라면 굳이 길손집에 안 묵을 테지만, 이 고장을 좋아하고 싶은 이웃이 길손집에 찾아온다는 생각을 하면 좋겠어요. 하루를 묵기 앞서 나무 곁에 서고, 하루를 열면서 나무를 가만히 쓰다듬으면서 해바라기를 할 만한 자리가 길손집 곁에 있다면, 이 고장을 좋아하고 싶은 이웃한테도 이바지하겠지만, 무엇보다 이 고장 사람들한테 이바지하겠지요.

곳곳에 조그맣게 나무숲이 있으면 되어요. 한꺼번에 아주 많은 사람이 들이닥칠 나무숲이 아닌, 아이 손을 잡고서 사뿐히 마실하면서 바람을 쐬고 해님을 맞이할 나무숲이면 됩니다.

기차를 타도 가까운 익산·전주 마실길은 자전거로 달려도 가깝습니다. 그러고 보니 익산·전주 두 고장이 찻길 말고 자전거길로 오가도록 해도 꽤 재미나겠구나 싶어요. 자전거길 옆으로 거닒길을 두어도 참 좋을 테고요. 나무로 그늘을 드리우는 거닐길로 익산하고 전주를 잇는다면, 아마 이 들길·나무길·숲길을 거닐려는 사람이 제법 많지 않을까요?

기차나루에서 전주 시내버스를 타고 〈소소당〉을 찾아갑니다. 시끌시끌 한 찻길에서 벗어날수록 조용합니다. 마침내 책집 앞에 서니 골목 안쪽이 라 더 한갓집니다. 참말로 마을책집은 큰길 아닌 마을길에, 아니 골목길에 깃들 적에 아름답구나 싶어요. 마을사람이라면 언제라도 마실하고, 이웃고 장에서는 틈틈이 나들이를 하는 책쉼터입니다.

책집을 둘러싼 풀하고 나무를 보다가, 이 골목에 둥지를 튼 제비를 바라 보다가, 책시렁도 가만가만 바라봅니다. 예부터 마을이란 아이가 자라는 배움터라고 했습니다. 아이를 낳아 돌보는 어버이를 비롯해 마을이웃 누구 나 스승이자 길라잡이에다가 들동무에 숲벗이 되는 배움터이기에 마을이 라 했어요. 마을이란 집집이 모인 터라고만 할 수 없어요. 마을이란 다 다 르게 살림하는 손빛을 나누면서 저마다 다르면서 새롭게 꿈을 키워 사랑 으로 나아가는 보금자리이지 싶습니다.

다같이 배우고, 다함께 사랑하는 마을이니, 이곳에서는 늘 새삼스레 이 야기가 피어나겠지요. 아이가 자랄 만할 적에 마을이요, 이야기가 자라기 에 마을인 셈일까요. 노래하는 아이가 뛰놀기에 마을이면서, 춤추는 아이 가 어른 곁에서 사랑을 배우기에 마을이라고도 하겠지요. 이러한 마을·책집 은 마을놀이터로도, 마을수다터로도, 마을꿈터로도, 마을사랑터로도, 마을 노래터로도 될 테고요.

《나에게 작은 꿈이 있다면》(니나 레이든 글·멜리사 카스트리욘 그림/이상희 옮김, 소원나무, 2018)
《분홍 모자》(앤드루 조이너/서남희 옮김, 이마주, 2018)
《먼 아침의 책들》(스가 아쓰코/송태욱 옮김, 한뼘책방, 2019)
《체리토마토파이》(베로니크 드 뷔르/이세진 옮김, 청미, 2019)

살림밭 사랑밭 노래밭

부산 〈글밭〉

부산지방법원을 찾아왔습니다. 고흥에 있는 들풀모임 '청정고흥연대' 분들이 부산항공청에 대고 '고흥만 경비행기시험장 취소 소송'을 했는데, 6월 18일 1심 판결을 앞두고 기자회견을 하기에 이 자리를 함께했습니다. 푸른 시골에서 무인군사드론을 마구 띄우며 실험하는 이 나라인데요, 푸른흙살림하고 동떨어진 이런 일을 고흥군청이며 정부이며 왜 그만둘 생각을 안 하는지 안쓰럽습니다. 시골사람 목소리를 법원 앞에서 외치고서 저는 따로 부산에 남습니다.

시내버스에서 내립니다. 큰길은 내키지 않아 마을길을 걷습니다. 해바라기를 하며 책터를 어림합니다. 해가 잘 드는 자리에 찻집하고 어깨를 나란히 하고서 책집이 있습니다. 책집 옆에 찻집, 찻집 옆에 책집. 사이좋게 나아가는 두 곳일 테지요. 책집하고 책집 옆에 또 어떤 집이 나란히 있으면 좋을까요. 마을이기에 커다란 가게가 있어야 하지 않습니다. 동무하는 가게가 되고, 이웃하는 살림이 되면서, 함께 노래하는 길이면 아름다워요.

1945년부터 나왔지 싶은 《主婦の生活》 1977년 9월호를 봅니다. "주부

의 생활"을 고스란히 따라하며 이 나라에서 "주부생활"이란 잡지가 나왔지요. 묵은 일본 잡지를 들추는데, 손수 짓는 밥살림·옷살림·집살림 이야기가 가득합니다. 잡지를 무릎에 얹고서 생각합니다. 밥이며 옷이며 집을 가꾸는 손길을 사내랑 가시내가 함께 배우고 가르치고 키우면서 북돋울 적에 멋지면서 알차리라 느껴요. "주부의 생활"이 아닌 "살림짓기"나 "살림꽃"이 될 노릇이요, "살림빛"이나 "살림지기"나 "살림벗"으로 나아간다면 무척 값지리라 생각합니다.

오늘 우리는 저마다 다른 눈빛으로 저마다 다른 살림을 지으면서 저마다 싱그러운 사랑꽃을 피우는 길을 가겠지요. 달력종이로 책을 싼 자취를 보고는 《그로잉 업》을 집습니다. 이 책을 장만할 뜻은 없으나, 겉을 싼 달력종이가 애틋하기에 집어요. 1983년 책을 감싼 달력종이란 바로 그해 어느 달 이야기였겠지요.

헌책집 〈글밭〉은 글로 일구는 밭을 책으로 만나도록 잇는 다리이지 싶습니다. 책을 읽기에 책밭을 누리고, 글을 쓰기에 글밭을 가꾸며, 아이를 돌보는 살림을 건사하며 살림밭을 어루만져요. 텃밭도 남새밭도 꽃밭도 좋지요. 이 곁에 사랑밭 노래밭 웃음밭 이야기밭이 나란히 있으면 더없이 아름다우리라 생각합니다. 우리 모두 별밭이 되고 어진밭에 상냥밭에 참밭이 된다면 그지없이 아름다울 테고요.

책집 곁에 찻집 '두살차이'가 있습니다. 책집에 들르고서 찻집에서 쉬어도, 찻집에서 쉬고서 책집을 마실해도 즐겁겠지요.

《主婦の生活》 1977년 9월호
《韓國人의 手決》(정병완 엮음, 아세아문화사, 1987)
《그로잉 업》(보어즈 데이비드슨/강문영 옮김, 대일서관, 1983)
책을 싼 달력종이(1983)
《다시쓰는 한국현대사 3》(박세길, 돌베개, 1992)

숲을 헤엄친 깃털

부산 〈동주책방〉

후끈후끈한 여름볕이 매우 좋습니다. 이 후끈볕을 맨몸으로 받으며 걸으니
그야말로 즐겁습니다. 고등학교 1학년이던 열일곱 살에 너나들이랑 나눈
말이 있어요. "넌 눈부시지 않니? 너만 멀쩡한가 봐." "응? 햇살이 따갑다
고 이맛살을 찡그리면 더 눈부셔. 그냥 해를 바라보면 괜찮던데."

어느 골목에 마을책집이 깃들었으려나 하고 헤아리며 걷습니다. 부산은
집이 빼곡하고 길이 좁은데, 〈동주책방〉으로 가는 길은 아파트 꽃밭이 옆
으로 제법 넓습니다.

파랑하고 공룡이 어우러진 책집에 닿습니다. 가만히 여닫이를 당겨 들
어갑니다. 이모저모 알뜰하게 손질하고 돌본 티가 물씬 흐르는 빛을 느낍
니다. 얼마나 깊고 넓게 '자연·생태' 책을 살폈으면 이만하게 꾸밀 수 있
을까요. 책시렁 한켠이며 책 한 자락이며 즐겁고 따사로이 빛납니다.

큰책집도 작은책집도 아닌 마을책집이기에 이처럼 꾸미고 돌볼 만하다
고 생각합니다. 스스로 좋아하는 삶길을 일구면서 배우고 느끼고 맞아들
인 기쁜 눈물웃음을 고이 건사한 몸짓이기에 이러한 마을책집이 되는구나

싶습니다. 백 살이 넘었지 싶은《Familiar wild flowers》같은 책을 살살 손으로 쓰다듬으면서 넘깁니다.《Flowers of the farm》도 넘깁니다. 미국이나 유럽 여러 나라에서는 이런 책이 꽤 나왔습니다. 한국에서는 아직 이런 책이 안 나오다시피 합니다. 한국에서는 너무 전문스럽게 치우거나 멋져 보이는 사진 · 그림으로만 엮으려 합니다. 삶자리나 마을에서 문득 바라보고 즐겁게 마주하고 동무할 상냥한 '풀꽃 그림꾸러미'가 드물어요. 어린이 눈썰미나 눈높이로 다룬 풀꽃 그림책이 없다시피 하달까요. 스웨덴 분인 엘사 베스코브 님이 1899년부터 1900년대 첫무렵 사이에 빚은 그림책은 자연생태 그림책이 아닌 이녁 딸아들을 담아낸 그림책입니다만, 이 그림책에 깃든 풀꽃나무가 얼마나 따사롭고 아름다운지 몰라요. 꼼꼼하게 담아내어도 나쁘지 않으나, 이보다는 사랑스러운 눈길로 바라보고 즐거운 손길로 어루만지는 마음이 되고서 풀꽃나무를 붓끝으로 옮길 적에 아름답게 나눌 풀꽃책 하나가 태어나지 싶습니다.

우리가 찾아가는 마을책집이란 나무 곁에 있는 쉼터이지 싶어요. 이 책집으로 찾아오면서 숲을 느끼고, 이 숲을 느끼는 마음으로 우리 보금자리를 가꾸는 즐거운 눈망울로 자라나지요. 그냥 모여서 이루는 마을이 아닌, 숲바람을 마시고 함께 노래하는 발걸음으로 보금자리가 하나둘 피어나서 태어나는 마을이라면 기쁘겠어요. 저 하늘에 별이 빛나고, 이 땅에 마을책집이 빛납니다.

《개복치의 비밀》(사와이 에쓰로/조민정 옮김, 이김, 2018)
《시선들》(캐슬린 제이미/장호연 옮김, 에이도스, 2016)
the collected badges of birds - 검은머리물떼새
the collected badges of birds - 물총새
동주책방 책바구니

2020.6.9.

쪽빛책뜰

부산 〈인디고서원〉

사전짓기라는 길을 안 갔다면 숲에서 조촐히 하루를 보냈으리라 생각합니다. 그저 풀꽃나무를 읽고 하늘바람을 읽다가 노래를 부르면서 맨발 맨손으로 숲을 누비고 살겠네 싶어요. 사전짓기를 하는 터라 숲 곁에서 지내면서도 큰고장으로 책집마실을 다닙니다. 요즈막에 '자살당하다'란 말을 처음 들었습니다. 뭔 소리인가 갸우뚱했는데 '자살이 되도록 몰렸다'라든지 '자살로 보이도록 시달렸다'는 뜻이더군요. 이 나라는 '어린이 · 푸름이 자살률'이 무척 높습니다. 어르신도 스스로 목숨을 끊기 일쑤입니다만 꽃피울 겨를이 없이 꺾이는 어린이 · 푸름이는 자꾸 늘어납니다. 돌림앓이를 둘러싸고서 아직도 교육부에서는 '교과서 진도+대학입시'만 바라봅니다. 왜 아이들을 시멘트덩이에 밀어넣어야 할까요. 왜 아이들이 숲을 껴안는 길로 가도록 이끌지 않을까요. 왜 아이들을 대학교에 보내려 할까요. 왜 아이들 스스로 꿈을 지어 사랑을 가꾸도록 몸소 보여주면서 즐겁게 가르치고 함께 배우는 살림하고는 등질까요.

햇볕을 머금으면서 걷습니다. 아침 열 시가 안 되어 바깥에서 골목새 노래를 들으면서 동시를 씁니다. 이윽고 열 시를 넘고, 드디어 〈인디고서원〉 안쪽을 들여다봅니다. 손으로 찍은 벽돌로 칸칸이 쌓아올린 이 터전은 즈 믄해를 바라보면서 지었다고 합니다. '즈믄책집'이로군요. 웬만한 나무는 즈믄해를 삽니다. 이웃나라에는 여러 즈믄해를 살아낸 나무가 꽤 있어요. 우리나라는 숱한 싸움질하고 삽질 탓에 즈믄나무가 자취를 감추었습니다. 고흥읍에는 즈믄살 가까운 우람나무가 한 그루 있습니다만, 고흥군청은 이 나무를 돌보거나 사랑하지 않아요. 즈믄살 가까운 고흥읍 우람나무 둘레에 잔뜩 떨어진 담배꽁초하고 술병이란 슬프기까지 합니다.

나무걸상이 있고 꽃그릇을 놓은 느긋한 살림집 같은 〈인디고서원〉인데, 알뜰살뜰 여민 어린이책이 1층에, 요모조모 꾸린 푸른책이 2층에 있습니다. 1층에서 2층으로 가는 길목에는 높이 솟은 은행나무를 만날 수 있고, 2층에서 문득 내다보면 질경이가 함초롬한 마당이 있어요.

푸름이를 아끼는 손길로 돌보는 마을책집에 멧새가 깃들어 마을새가 됩니다. 마을에서 나고 자란 아이는 차츰차츰 철이 들면서 마을지기가 될 테지요. 이 마을지기 푸름이가 한 올 두 올 엮는 이야기는 어느새 마을책이 될 테고요. 질경이 곁에 흰민들레가 어깨동무하면 참 곱겠구나 생각합니다. 고흥에 돌아가면 올해에 훑은 흰민들레씨를 이곳에 보내야겠어요.

하늘을 담아 새파란 바다는 쪽빛입니다. 가없이 맑은 하늘처럼 그지없이 싱그러운 물빛은 '빛깔없음(투명)'이 아닌 '파랑'이지요. '쪽빛책뜰'이란, 이 책집을 드나들 어린이·푸름이뿐 아니라 어른들 마음에 생각을 새롭게 씨앗으로 묻도록 귀띔하는 터전이지 싶어요.

《세실의 전설》(브렌트 스타펠캄프/남종영 옮김, 사이언스북스, 2018)
《인디고서원, 내 청춘의 오아시스》(아람샘과 인디고 아이들, 궁리, 2018)

마실빛이 낳은 새길

대전 〈버찌책방〉

제 등짐은 어릴 적부터 컸습니다. 1982년부터 1987년까지 다닌 국민학교
에는 책칸이나 짐칸이 따로 없으니 누구나 모든 교과서하고 공책을 날마
다 이고 지고 다녔어요. 그때에는 교과서·공책뿐 아니라 숙제도 많고 폐
품도 으레 학교에 바쳐야 했습니다. 그무렵 어린이는 어린이라기보다 '어
린 짐꾼'이었습니다. 중·고등학교를 다닐 무렵에는 배울 갈래가 잔뜩 늘
었고 참고서에다가 문제집에다가 사전까지 늘 짊어집니다. 등짐 하나로는
모자라 둘을 챙겨야 하던 판입니다. 학교를 마친 뒤에는 신문을 돌리느라
이 몸이 쉴 겨를이 없습니다. 손잡이가 휘청할 만큼 신문을 자전거 앞뒤에
싣고서 달렸고, 일을 마친 다음에는 헌책집을 다니면서 다시금 종이짐을
한가득 꾸리며 살았습니다. "뭐 하는 분이세요?" 하고 묻는 분이 많아서
빙긋 웃으면 "멧골 다녀오셨어요?"나 "여행 다니세요?" 하고 더 묻습니다.
다시 빙그레 웃으며 "사전을 씁니다. 우리말사전, 또는 배달말사전을 쓰지
요. 제 등짐이나 끌짐에는 모두 책을 담았습니다." 하고 대꾸합니다.

　따로 여행을 다니지 않기에 '여행에서 얻는 느낌'이 무엇인지 모릅니다.

다만 초·중·고등학교를 다니던 때에는 '이 깜깜한 나라에 앞날이 있을까' 하고 물었고, 신문을 돌리던 즈음에는 '이 메마른 땅에 꽃이 필까' 하고 물었으며, 아이를 낳아 살림을 꾸리는 오늘은 '이 매캐한 마을에 숲을 심자' 하고 되새깁니다.

사전이라는 책을 씁니다만, 제가 쓰는 글로 엮는 사전은 "아이하고 뛰놀고 날아다니고 노래하고 춤추고 웃고 떠들면서 소꿉잔치 벌이는 동안 스스로 길어올리거나 짓거나 찾아내는 사랑이라고 하는 빛살을 이야기로 여미는 꾸러미"가 되기를 바랍니다. 책마실을 다니는 길에는 늘 이 대목만 생각합니다. 삶이 말로 되고, 말이 생각으로 되고, 생각이 이야기로 되니, 어느새 사전으로 그러모아요.

대전 기스락에 깃든 〈버찌책방〉은 냇물 하나 건너면 〈책방 채움〉을 만날 만큼 서로 가깝습니다. 더구나 두 책집이 연 때도 비슷하답니다. 살구도 오얏도 복숭아도 딸기도 오디도 아닌 버찌가 맺는 책집인데요, '버찌'란 열매를 마주할 적에는 《버찌가 익을 무렵》을 쓴 옛어른이 떠오릅니다. 배고픈 멧골아이가 학교 한켠에 자라는 벗나무에 맺는 버찌로 배를 채우려다가 교장샘한테 들켜 꾸중 듣는 모습을 보고는, 아이들을 불러서 벗나무에 타고 올라 "애들아, 너희 마음껏 나무를 타고서 이 열매를 누리렴. 이 열매는 새랑 너희 몫이란다." 하고 노래한 옛어른. 〈버찌책방〉은 책으로 싱그러운 들내음을 나누는 들꽃다운 자리일 테지요.

《머나먼 여행》(에런 베커, 웅진주니어, 2014)
《혁명노트》(김규항, 알마, 2020)
《여자에게 여행이 필요할 때》(조예은, 카시오페아, 2016)
《말도 안 돼!》(미셸 마켈 글·낸시 카펜터 그림/허은미 옮김, 산하, 2017)
《출근길에 썼습니다》(돌고래, 버찌책방, 2020)

오래된 숲

대전 〈중도서점〉

2000년대 첫무렵에 '북녘책을 누구나 사서 읽을 수 있는 길'을 나라에 여쭈어 처음으로 등록허가를 받고서, 서울역 곁에 '북한책 전문서점'을 연 〈대훈서적〉이 있습니다. 북녘책을 다루는 책집이라 하더라도, 북녘책을 사들일 길이 마땅하지 않습니다. 〈대훈서적〉 지기님은 몸소 연변에 찾아가서 북녘책을 몇 꾸러미씩 장만해서 하나하나 날랐고, 이렇게 날라온 책을 팔았지요. 사전짓기를 하는 길에 제가 곁에 두는《조선말 대사전》(1992)은 '대훈서적 북한책 전문서점'에서 그때 104만 원을 치르고서 장만했습니다. 이제 대전이며 서울역 곁이며 〈대훈서적〉 자취는 찾아볼 길이 없습니다.

대전을 밝히는 헌책집거리는 두 곳이고, 대전역에서 가까운 〈중도서점〉은 두 거리 가운데 하나인데, 이곳만 이쪽 거리에서 꾸준히 책살림을 잇습니다. 〈중도서점〉은 2·3·4층을 헌책집으로 꾸리는데요, 2층을 돌아보다가 "대전 동구 중동 27-7"〈大訓書籍〉 책싸개를 보았습니다.《韓國敎育의 社會的 課題》를 싼 종이에 흐르는 옛자취를 쓰다듬습니다. 이 곁에는《학의 다리가 길다고 자르지 마라》를 감싼 "대전 중동318 홍명상가 1층 103

호"〈홍명서림〉 책싸개가 있어요. 책보다 책싸개가 값질 때가 있습니다.

대전 동구는 오랜골목이 깃든 터전입니다. 빈집이 수두룩하고 빈가게도 많습니다. 저잣거리를 북돋우려는 물결이 있구나 싶으면서도 대전시에서 실타래를 잘 못 잡네 하고 느낍니다. 오랜골목에 75층짜리 아파트를 세우면 젊은이가 찾아들고 나아지는 터가 될까요?《대전 태평국민학교》18회 (1988) 졸업사진책을 보면서 1987년에 6학년이던 대전 어린이를 빛깔사진으로 만납니다. 제 또래 모습을 담은 졸업사진책은 처음인데, 그즈음 대전 어린이는 이런 옷차림이었네 싶어 새삼스럽습니다. 그때 인천 어린이도 옷차림이 비슷했습니다.

정갈하게 추스른 책꽂이마다 빈틈이 없습니다. 어제를 이은 오늘을 되새기고 앞날을 살피려는 눈썰미가 있다면, 이곳에서 새 발자국을 읽을 만합니다. 오래되기에 숲을 이룹니다. 새롭게 싹이 트기에 봄여름이 짙푸릅니다. 오래된 숲에서 푸나무가 새롭게 자라고, 새롭게 자란 푸나무는 오래된 숲을 새삼스레 북돋아요. 오랜골목을 살리는 슬기로운 길을 헌책집에서 엿봅니다. 우리는 마음을 아끼고 생각을 돌보니 마음벗이 되는데, 마음벗이 어깨동무를 하면서 우리 마을을 아름터로 가꾸고, 이 아름터에서 나누는 책으로 푸르게 우거지기를 바라니 책숲을 지어요. 마음을 보듬는 따사로운 손길로 가꾸는 삶터입니다.

《民族語의 將來》(김민수, 일조각, 1985)
《손에 손을 잡고, 노동자 소모임 활동사례》(이선영·김은숙, 풀빛, 1985)
《학위 수여자 명단, 1975학년도 전기》(고려대학교, 1976)
《호수돈여자고등학교》 졸업장(1975.1.10.)
《國漢 最新漢字玉篇》(文生 엮음, 인창서관, 1964)
《대전 태평국민학교》 18회(1988)

냇물소리가 가만가만

대전 〈책방 채움〉

나라에 크고작은 책집이 만 곳이 훌쩍 넘던 때가 있습니다. 학교 앞에서 문
방구이면서 책집이던 곳도 많았습니다만, '문방구이자 책집'이라기보다는
'문방구 곁에 책을 몇 자락 놓으'면서 늘 책을 새롭게 마주하도록 마음을
쏜 살림이지 싶습니다. 예전 '학교 앞 문방구 책집'은 책을 얼마 못 두기에
'잘 팔릴 책'을 으레 놓기도 하지만 '잘 읽힐 책'을 곧잘 놓곤 했습니다. 널
리 알려진 책을 놓는 학교 앞 책집이 있으나, 널리 읽히면 좋겠다고 여긴
책을 문방구지기가 가려내어 갖춘달까요.

　제가 어릴 적부터 으레 다닌 책집은 큰책집이 아닌 마을책집이거나 '문
방구책집'입니다. 어머니가 "네가 보고서 부록 좋은 (여성)잡지를 골라 와"
하고 심부름을 맡기면 한 손에 종이돈이랑 쇠돈을 움켜쥐고 바람처럼 달
려서 휭휭 돌아올 만큼 가까운 곳을 드나들었습니다.

　참고서하고 교과서가 빠진 마을책집에는 여성잡지나 갖은 이레책·달
책도 빠집니다. 그렇다고 달책을 아예 안 놓는 마을책집이 아니에요. 책집
지기 스스로 가리고 추리고 솎고 뽑아서 갖추는 몇 가지 달책이 있습니다.

2000년대 첫무렵까지 그토록 많던 책집은 도매상에서 밀어넣는 잡지나 책이 수북했다면, 오늘날 책집은 책집지기가 눈썰미를 키워서 가려내어 마을이웃하고 함께 읽으면서 생각을 나누고픈 책이 아기자기합니다.

대전마실을 하려고 순천으로 가서 기차를 탑니다. 서대전에서 내려 지하철역으로 걸어가고, 한참을 달려 〈책방 채움〉을 만납니다. '비움'이 있기에 '채움'이 있을 테지요. '채움'을 지나 '만남'에 닿고, 이윽고 '누림'이며 '나눔'으로 뻗으리라 생각해요. 손바닥쉼터가 곁에 있고, 냇물이 옆에 있습니다. 가까운 동산은 나무가 꽤 우거집니다. 타박타박 걷는 발소리가 조용히 스미는 책집에는 이 고장이 싱그럽게 피어나기를 바라는 그림책이며 동화책이며 이야기책이 곱게 자리를 잡습니다. 이곳에서 산 책을 냇물소리를 들으며 나무그늘에서 읽으면 좋겠네요. 또는 냇가에서 놀다가 책집으로 마실을 올 만합니다. 또는 나무그늘에서 낮잠을 늘어지게 누리고서 책집 나들이를 해도 재미있을 만합니다.

옆동산에서 바람이 불어옵니다. 이 책집에서 살짝 바람이 피어나 옆동산으로 갑니다. 냇물 따라 싱그러운 빛이 흐릅니다. 이 책집에서 슬쩍 자라난 이야기가 냇물에 가만히 안겨서 나란히 흐릅니다.

책에는 길이 없습니다. 책을 읽는 사람은 책을 읽어 얻은 이야기로 힘을 얻습니다. 책에 길이 있기에 책을 읽으며 길을 찾지 않아요. 책을 읽어 얻은 이야기로 힘을 얻기에, 이 힘을 씩씩하게 다스리면서 스스로 새길을 닦습니다.

《플로라 플로라, 꽃 사이를 거닐다》(시부사와 다쓰히코/정수윤 옮김, 늦여름, 2019)
《수학에 빠진 아이》(미겔 탕코/김세실 옮김, 나는별, 2020)
《우아한 계절》(나탈리 베로 글·미카엘 카이유 그림/이세진 옮김, 보림, 2020)

말길을 찾아서

천안 〈갈매나무〉

열일곱 달 만에 천안마실을 합니다. 얼핏 열일곱 달은 긴 듯하면서, 지나고 보면 어제 같습니다. 마음에 없는 사이라면 날마다 마주하더라도 고달프면서 지겨울 테지만, 마음에 있는 사이라면 모처럼 마주하더라도 새롭게 웃으면서 이야기꽃을 지필 테지요. 이웃님 여섯 분한테서 밑돈을 얻어 〈갈매나무〉에 찾아옵니다. 조선총독부에서 낸 《朝鮮語辭典》을 장만하려는 길입니다. 1920년에 처음 나온 사전에 왜 1928년 책자취가 찍혔는지 모르지만 이제 제 곁에 이 사전을 둘 수 있습니다.

해묵은 사전을 왜 뒤적이느냐고 묻는 분이 많습니다만, 우리가 쓰는 '우리 · 쓰다 · 말 · 나무' 같은 낱말이 얼마나 오래되었는가를 헤아릴 길이 없어요. 우리 마음이 스미면서 살갑고 따스하고 즐겁게 쓰는 모든 말은 하나같이 해묵은 낱말입니다. 우리는 해묵은 낱말에 새로운 빛줄기를 생각이라는 씨앗으로 심어 마음에 놓기에 도란도란 이야기를 합니다.

오랜 책길이 새로운 손길로 피어납니다. 오래 이은 책넋이 새로 짓는 숨결로 자라납니다. 오래 다스린 살림이 새로 가꾸는 사랑으로 잇닿습니다.

오래오래 사귄 사이는 두고두고 너나들이로 흐르면서 어깨동무라는 꽃길
을 이끕니다.

　말길을 찾아서 책숲마실을 다닙니다. 말밑을 찾아서 이 나라 숱한 책집
을 떠도는 동안 고맙게 곁책을 만납니다. 《조선어사전》을 사러 〈갈매나무〉
에 왔다가 다른 책도 잔뜩 보는데요, 《아르미안의 네 딸들》도 품고 싶었으
나 그렇게 하기에는 주머니가 탈탈 털려서 손가락만 쪽 빼물었습니다. 오
늘은 품지 못하더라도 다음에 고이 품는 날이 있겠지요.

　잘 팔리는 책을 사서 읽어도 즐겁고, 여러 해째 첫벌조차 안 팔리는 책
을 사서 읽어도 즐겁습니다. 마음을 살찌우고 싶으면 책으로 얼마든지 마
음을 살찌웁니다. 생각을 가꾸고 싶다면 책읽기로 생각가꾸기를 즐거이 합
니다. 새책 하나로도 책읽기를 누리고, 헌책 하나로도 책읽기를 누립니다.
새책도 헌책도 모두 책일 뿐인걸요. 새책도 헌책도 모두 이야기를 아름다
이 갈무리한 마음밥인걸요. 고장마다 숱한 나무가 우거지면서 책집을 둘러
싼 마을이 싱그럽습니다.

《朝鮮語辭典》(朝鮮總督府, 1928/1932)
《中等漢文讀本 卷一》(김경돈 엮음, 동방문화사, 1947)
《中等漢文讀本 卷二》(김경돈 엮음, 동방문화사, 1949)
《高等小學 算術書 第二學年 兒童用》(文部省, 1932)
《尋常 小學國史 上卷》(文部省, 1920)
《키리히토 찬가 3》(테즈카 오사무/서현영 옮김, 학산문화사, 2001)
《落弟生의 글과 그림》(민관식, 아세아정책연구원, 1976)
《4月의 塔》(편찬위원회, 세문사, 1967)
《톰의 별명은 위대한 두뇌》(죤.D피쯔제랄드/정돈영 옮김, 상서각, 1986)
《세계는 넓고 할 일은 많다》(김우중, 김영사, 1989)
《불타는 그린 1》(이상무, 서울문화사, 1997)
《에미는 先覺者였느니라, 羅蕙錫一代記》(이구열, 동화출판공사, 1974)
《모래 위에 쓴 落書》(김동명문집간행회 엮음, 김동명, 신아사, 1965)

바라기

천안 〈뿌리서점〉

서울 집값이 비싸다면 '서울에 살고픈 사람은 많고, 서울에 집이 적'은 탓입니다. '서울에서 살면 누리거나 얻는 것이 많고, 서울을 벗어나면 누리거나 얻는 것이 적'은 탓일 테고요. 서울에서는 마당 있는 집을 누리기 벅차다지요. 서울에서 살면 나무 한 그루 심을 땅을 얻기도 힘들다지요. 서울에서 살면 바람이 매캐하고 밤에 별을 못 본다지요. 서울에서는 멧새가 들려주는 노래를 듣기 어렵고, 맨발로 디딜 풀밭이나 숲길이란 너무 멀며, 한갓지게 구름을 볼 틈이 없다지요.

거꾸로 본다면, 오늘날 아주 많은 사람들이 매캐한 바람이나 별빛 없는 밤이어도 좋다고 여기는 셈이에요. 나무 한 그루 심을 마음이 없고, 멧새도 풀벌레 노래나 개구리 노래도 안 듣는 셈이지요.

아직 아파트를 안 세운 들판이나 빈터에 아파트를 더 올리면 서울 집값이 떨어지거나 살 만할까요? 저는 아니라고 여깁니다. 서울을 줄이고 아파트를 허물고 찻길을 줄이면서 나라 곳곳으로 저마다 홀가분히 떨어지면서 지낼 적에 모두 달라지리라 여겨요. 고장마다 대학교는 하나만 둔다면, 고장마다 알맞춤하게 마을이랑 숲을 가꾸는 길로 나아간다면, 그때에 비로소 이 나라는 살 만하리라 봅니다.

시골에는 극장도 없으나 책집도 없습니다. 시골에는 읍내쯤 가야 은행이 있고, 사라지는 학교도 많습니다. 그러나 시골은 멧골이랑 바다랑 냇물을 곁에 품을 수 있어요. 숲이라고 하는 책을 마음으로 읽는 터가 시골입니다. 이 시골에서 책숲마실을 다닙니다. 천안 〈뿌리서점〉에 깃들어 온갖 책을 살핍니다.《Compton's Encyclopedia 12 I-Juven》은 겉종이가 없습니다만, "Division of Encyclopaedia Britannica"라 하면서 1922년부터 해마다 새판을 찍은 백과사전이네요.《새로운 시대, 새로운 도약-김영삼 대통령 러시아 · 우즈베키스탄 공식방문》은 '정병규 디자인'이 꾸몄다는군요. 반민주 정치권력이 으르렁거리는 그때에 끄나불로 붙어서 '대통령 해외순방 사진책'을 꾸미고 돈 · 이름 · 힘을 얻는다면 안쓰럽습니다.

돈바라기 아닌 하늘바라기이면 좋겠어요. 이름바라기 아닌 숲바라기이기를 빌어요. 힘바라기 아닌 별바라기 · 해바라기 · 사랑바라기 · 마을바라기를 꿈꿉니다.

《나의 작은 산에서 생긴 일》(사토 사토루/햇살과나무꾼 옮김, 정신세계사, 1992)

《바쇼의 하이쿠 기행 3》(마츠오 박쇼/김정례 옮김, 바다출판사, 2008)

《껍데기를 벗고서》(편집부 엮음, 동녘, 1987)

《참 삶의 길》(미쉘 꽈스트/조철웅 옮김, 성바오로출판사, 1970)

《맑은 하늘을 보면》(정세훈, 창작과비평사, 1990)

《Compton's Encyclopedia 12 I-Juven》(F.E.Compton Com, 1922/1981)

《돌배의 만화일기》(신영식, 대교출판, 1992)

《筆ペンスケッチ入門》(小林東雲, つちや書店, 2016)

《香姑和石娃》(易乙·方瑤民·侯春楊, 智茂文化事業有限公司, 1988)

《うちの妻ってどうで-よう? 1》(福滿げゆき, 雙葉社, 2008)

《World Ports (Seoul photo Exhibition)》(15th IAPH Conference, 1987)

《흐름》(이지수 엮음, 형성사) 1호(1988.9.)

《새로운 시대, 새로운 도약-김영삼 대통령 러시아·우즈베키스탄 공식방문》(공보처, 1994)

맺음말

아름책집

높다란 시멘트집을 치우고서 꽃밭이며 숲으로 가꿀 살림길로 가면 좋겠어
요. 수돗물을 멈추고서 맑은 시냇물을 두 손으로 떠서 마시는 살림길을 이
루면 좋겠어요. 큰발전소를 멈추고서 집집마다 알맞춤하게 손수 전기를 지
어서 누리거나 나눌 뿐 아니라, 대학 졸업장하고 자격증을 모조리 불사르
고서 살림꽃으로 손잡는 사랑스러운 나라가 되면 좋겠습니다.

　저는 오늘도 책을 읽습니다. 종이책을, 아이책을, 바람책을, 숲책을, 구
름책을, 살림책을, 부엌책을, 웃음책을, 여기에 마음책을 읽습니다. 마을에
깃든, 또는 마을이 품은 마을책집으로 나들이를 가니 책집마실이요, 이 책
집마실이란 언제나 숲으로 나아가는 길이라서 책숲마실입니다. 책집에서
도, 풀밭에서도, 나무밭에서도, 모두 숲바람을 맞아들이면서 푸르게 말하
고 노래할 하루를 그립니다. 여태 찾아간 '아름책집'이 있고, 앞으로 찾아
갈 '사랑책집'이 있습니다. 저는 '독립책방·독립서점·동네책방'이란 이
름보다는 '아름책집·사랑책집'이나 '마을책집'이란 이름을 즐겨씁니다.
아름다우니 아름책집이요, 사랑스러우니 사랑책집입니다. 마을에서 마을
빛을 나누니 마을책집이고요. 고맙습니다. ㅅㄴㄹ

숲에서 온 책을 새롭게 만나려고
새롭게 숲을 바라보고
새삼스레 숲으로 찾아가
또다른 책숲 이야기를 듣습니다.
13살 어린이가 '또다른 책숲'에서
보고 들은 모습입니다.

또다른 책숲

또다른 곳으로

사름벼리
글·그림

2020

풀비가 와.

파란노래 비.

풀무지개가 보인다, 곧 오나봐.

밤에 가느다랗게 내려.

여러 빛 무지개.

이 비는 어떠니?

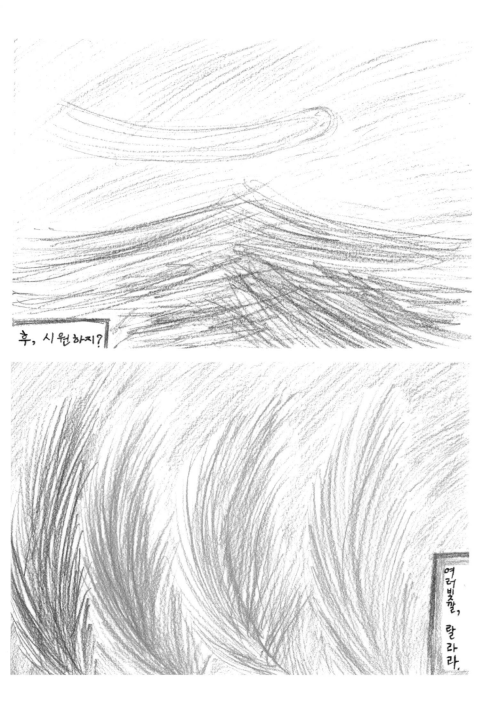

후, 시원하지?

여러 빛깔, 랄라라,

329

아주 흐릿한 안개와 비.

안개가 사라락
지나간다.

아직
안개가
살짝.

도서관 뒤 나무에서
종이가 바스락
한장이 팔랑.

살랑
바람 불자
책
한권.

한권 더
왔습니다.

이 책은
나뭇가지

이 책은
풀 빛

이 책은
구름

이 책은
그 나무와
그 바람
이야기

이 분홍
즐거운 책
벚꽃이야기

이 파란책
하늘 이야기

이 빨간
불빛 책
단풍나무
이야기

이 책은 매화

파란 안개가
나오고 비가 와.

이 도서관에 놀러오실 누구는
바람을 타고 단풍나무,
벚나무, 자주빛나무가 선 곳으로
날아와 주세요.

다음에
또
놀러오세요.
선.

책밭을 거닐고픈 숲사람,
숲에서 숲으로 숲을

책숲마실

초판 1쇄 발행 | 2020년 9월 16일

기획	숲노래
글·사진	최종규
그림	사름벼리
펴낸이	이정하
디자인	원숲

펴낸곳	스토리닷
주소	서울시 서초구 서초대로22길 30 203호
전화	010-8936-6618
팩스	0505-116-6618
ISBN	979-11-88613-16-8 (03810)

홈페이지	http://blog.naver.com/storydot
SNS	www.facebook.com/storydot12
전자우편	storydot@naver.com
출판등록	2013. 09. 12 제2013-000162

전남 문화재단

이 책은 전남문화재단 지역문화예술특성화지원사업에 선정되어 제작비 일부를 지원받았습니다.

이 도서의 국립중앙도서관 출판예정도서목록(CIP)은 서지정보유통지원시스템 홈페이지(http://seoji.nl.go.kr)와 국가자료공동목록시스템(http://www.nl.go.kr/kolisnet)에서 이용하실 수 있습니다.
(CIP제어번호: CIP2020035595)

스토리닷은 독자 여러분과 함께합니다.
책에 대한 의견이나 출간에 관심 있으신 분은 언제라도 연락주세요. 반갑게 맞이하겠습니다.